全国少数民族文学创作

骏马奖获奖作家作品精选集

东西 主编

作品精选

QUANGUO SHAOSHU MINZU WENXUE CHUANGZUO

JUNMAJIANG

HUOJIANG ZUOJIA ZUOPIN JINGXUANJI

肖勤作品精选集

广西民族出版社
Gvangjsih Minzcuz Cuzbanjse

《全国少数民族文学创作骏马奖获奖作家作品精选集》

丛书编委会

作者简介

肖勤，作家，贵州遵义人。鲁迅文学院第十二期高研班学员，中国作协会员，主要从事小说创作，发表作品两百余万字。著有长篇小说《守卫者长诗》《水土》《血液科医生》《迎香记》《外婆的月亮田》等，中短篇小说集《丹砂》《尘世间小小的灯》《霜晨月》，小说作品获国家级文学奖——第十届全国少数民族文学创作骏马奖，以及人民文学奖、十月文学奖、小说选刊全国年度小说奖、民族文学全国年度小说奖等多个重要文学奖项。荣获贵州省第十四、十五届“五个一工程”奖，贵州省首届文学奖报告文学一等奖等。代表作有《丹砂》《隐秘的船》《去巴林找一棵树》等，作品发表于《人民文学》《人民日报》《十月》《民族文学》《北京文学》《芳草》《山花》等，多部作品被《新华文摘》《小说选刊》《中篇小说选刊》《小说月报》选载，入选中国各年度选本，并被译为英、韩、法、蒙古、哈萨克斯坦等文。根据其小说改编的电影有《小等》《碧血丹砂》。

《全国少数民族文学创作骏马奖获奖作家作品精选集》

序 言

◎ 邱华栋（中国作家协会党组成员、副主席、书记处书记）

这是一套获得全国少数民族文学创作骏马奖（简称骏马奖）的作家作品精选集。骏马奖是由中国作家协会和国家民族事务委员会共同举办的，旨在奖励全国少数民族文学创作优秀成果的国家级最高奖项。骏马奖自1981年创立至今，已连续评选13届，对推动中国少数民族文学创作和提高优秀民族作家创作积极性产生了良好效果。这一奖项的设立，体现了党和国家的民族政策，体现了中华各民族的大团结，体现了各民族文学交流互补、共同繁荣的盛世气象，对中国的改革开放和祖国的统一发挥着积极的推动作用。

党的十八大以来，各民族作家在文学作品中自觉弘扬中华优秀传统文化，中华民族共同体意识显著增强，都在努力讲好中华民族共同体故事；继承和发扬爱国主义传统，自觉维护祖国统一、民族团结。许多作品展现了中国式现代化文明的新成果，全面、及时反映民族地区的发展变化以及中国式现代化的伟大成就，引发各族人民的共鸣、共情。

此次广西民族出版社推出的《全国少数民族文学创作骏马奖获奖作家作品精选集》，主要收录党的十八大以来，历届骏马奖获奖作家中的部分优秀作家所创作的作品，以此推动我国少数民族文化建设，增强各民族读者的“五个认同”，推动各族人民相互了解、相互尊重、相互包容、相互欣赏、相互学习、相互帮助，像石榴籽一样紧紧抱在一起。相信这些弘扬主旋律，有正能量、有感染力，能够温润心灵、启迪心智的文学作品以丛书的形式集中推出，能起到推动新时代民族文学融入现代传播格局，加强民族文学阵地建设的作用。

精选集包括了八位作家的中短篇小说集和一位作家的散文小说合集。这九位作家都是当代极具实力的创作者。他们分别是：满族作家于晓威、回族作家石舒清、藏族作家梅卓、仡佬族作家肖勤、回族作家马金莲、壮族作家陶丽群、蒙古族作家鲍尔吉·原野、布依族作家潘灵、壮族作家黄佩华。所收录的作品可以视为这些优秀作家近年来的代表作。这些作品各具特色，思想性和艺术性都比较突出。

有些作家的作品，呈现的是一种普遍的人类境况，或具有民族共同体成员的普遍性特征，深入人的心灵世界。如满族作家于晓威专注于对人性或人的命运与境遇的勘探，其《裙子的那种蓝》将两位人物的复杂内心与行为动机通过有意无意间的只言片语揭示出来，余音袅袅。《马桶》表面写的是男性和女性的不同思维方式，但背后是人和人的隔阂与疏离的现实，以及对沟通与爱的渴望，而深潜其中的忏悔、内疚与辩解纠缠在一起，呈现出心理的幽暗、隐微与内在冲突。《L形转弯》里对人物心理复杂性的描述，借助对真相抽丝剥茧的层层推进于峰回路转中完成，对那种爱恨交织的幽微精神世界的把握举重若轻。

回族作家石舒清对普通人、边缘人命运的关注，使其作品获得了一种超越一时一地的具体事件的普遍性意义。《淘书纪事》中，摆旧书摊的人是为了谋生获利，而淘书的人当时只是为了乐趣和喜欢，两种看似完全不同类型的人竟因书产生了一种不自觉的紧密联系。那些摆旧书摊的人，他们的命运，他们人生的意义，就这样与一位写书的作家关联到了一起，作家记录他们的行迹，也是为了映照自己的人生，从而形成了一种奇特的共生关系。而其《九案》选取九件旧案为题材，反映人生的各种乖张错谬，在那些看似离奇怪异、不易理解的人和事背后，几乎都有一个共同点在指引着读者对作品的理解，即事与愿违。《淘来的故事》及《慢光阴》的命意和叙事策略与《九案》相仿。如《记工分》一篇，本来似乎是一句道歉就能解决的小事，竟因当事人的固执与偏狭，导致了家破人亡的惨案。令人唏嘘之余，却也引人沉思，到底是哪些不可逆料的因素参与导演了悲剧。

现代教育与文化的普及，产生了一个重要结果，就是女性和男性一样，受教育程度和文化水平普遍得到提高，即使是在偏远的少数民族地区也不例外，所以涌现一批批少数民族女作家也就是顺理成章的事情。藏族作家梅卓的小说多以传统的安多地区为背景，既有融合历史、传说与现实的魔幻叙事作品，也有书写社会和时代巨变引发的人们思想意识和行为模式的剧烈变化的现实力作。《神授·魔岭记》将在藏族、蒙古族等少数民族间广泛流传的英雄史诗《格萨尔》中的英雄除魔故事，与藏族少年阿旺罗罗成为神授传唱艺人的历程交叉叙述，形成一个有机的双线（复线）结构，表现的其实是普遍的人类命运及人类理想。《在阿庆与多拉雪山之间》里，年轻一代接受了现代的文化教育，已经不再将传统的信仰视为神圣不可动摇之物，像才让甚至有可能是表面装着相信，其实却是借机敛财。作家虽然故意以模棱两可之辞制造悬念，才让的不辞而别显然已道破玄机，而他在外乡办学校的传闻，又使故事的含义变得暧昧与多重。

仡佬族作家肖勤的小说多以乡村、基层干部和群众的生活为题材，充满人世间的烟火气，同时常常以“曲终奏雅”来收束全篇。《你的名字》以人的名字与身份、命运的关系为切入点，在一种貌似戏谑的笔调背后，是对正道与人情的呼唤。《所有的星星都有秘密》写的是关于农村合作医疗资金被套取的故事，属于反腐题材，但作家没有停留在事件的表面，而是深入表现故事背后人物复杂的关系与内心。《丹砂》里的堂祖公为人驱魔却驱不了自己的魔，但他其实是个真正的好人，喜欢说“收了米油在手，不如存了丹砂在心”，免费教村里的孩子认字。当然，故事的核心是，有些秘密即使已经不是秘密，也还当其是秘密才能减少对人的伤害。

回族作家马金莲的作品多以底层弱者为关注对象，描写贫穷对人生活与生命态度的影响，特别是含辛茹苦的妇女形象让人印象深刻。《醉春烟》用多重视角来反映复杂的人际关系，姐姐和男孩的成长具有象征意味。中篇小说《日夜之间》设置了类似悬念又不能完全称之为悬念的叙事障碍，主人公赫莲如来到偏僻的乡下山野，为的是要“杀”自己的父亲——一个怪人。但在与父亲的相处中，她逐渐改变了自己的认识和态度。在大自然和人类自然情感的相互作用下，她开始与父亲和解，同时与自己和解。《暂借》里年近四旬的李小梅，吃自助火锅时偶然与一位男青年坐在一桌，最后误打误撞被别人当成了他的“女朋友”。善良的她没有揭破真相，有一些瞬间甚至感到无由来的幸福。小说通过一个意外事件将人内心的微妙复杂展现出来，构思精巧。

如果说马金莲笔下多以女性形象为主，壮族作家陶丽群则更加专注于对女性人物与命运的描述，有些篇章对人物心理的刻画非常深入。在《母亲的岛》里，岛是母亲走向经济独立、获得自我新生的空间。那个从异地嫁来的母亲，一直默默忍受丈夫和子女们的使唤，但有一天突然只身往孤岛去，自己开荒种地，养殖家禽。小说并没有交代她的动机，也没有指出结局，但非常明显的是，她想寻找属于自己的空间，而不愿再被当作丈夫和子女的附属品。《净脸》则是描绘人类对温暖的需要，莫老太给临终之人或逝者家属以安慰，而自己也从中获得某种解脱与宁静。几位女作家的写作，给读者的普遍印象就是细腻、幽微，甚至精致。

由于历史的原因，中国的少数民族普遍聚居于中国的边疆地区，对维护祖国的统一和领土的完整起着至关重要的作用，而其在生产方式和文化上既具有东方或中华民族的共同特征，也具有自身的独特性，展现出中华文化的丰富性和多样性。收入丛书的蒙古族作家鲍尔吉·原野的作品，既有散文，也有小说，主要以书写草原生活为主，视野开阔，气韵生动，而又情真意切，诚挚感人。《把干净的字排在一起》里写道，“鸟类、蚂蚁和月光都不需要说教，它们按着自己的轨迹轮回”，这可以说是对大自然最高的礼赞了。当然，我们的作家也没有天真到认为人类不会试图主导世间的一切。《草原上的小黄羊》里，善良的牧民收养受伤的小黄羊，因为没有报告有关部门而受到了批评，原因是不能“私自收养”。《跑步者》一篇，把一般人视为单调枯燥的跑步写得趣味盎然，但也涉及人的身体运用的复杂性，并不是简单地为健身和运动背书。

布依族作家潘灵的小说虽然也有边疆生活的背景，但每一篇都能自出机杼，别开生面。《太平有象》一语双关，将人民对美好生活的期盼写了出来。《奔跑的木头》通过两个各有残障的年轻人之间的故事，讲述历史变化与个人际遇的复杂纠葛，同时赋予人物性格一种复杂性。《被遗忘的戍者》读来令人唏嘘，那个“不知有汉，无论魏晋”的清代守边战士的形象让人难忘，相形之下，民国殖边队的几个人物反而有些面目模糊。小说最有意思的地方在于，守界者能活着并完成自己的使命，其实有赖于越界者。

壮族作家黄佩华的早期小说表现边远地区人们的生活与风俗习惯，如《远风俗》一篇就是代表，以一种古老的风俗“以弟为子”为出发点。他近期的小说以普遍性的题材为主，如《落叶》着眼于主人公的暮年生活，由其中风所引发的一系列情节，促使读者去思考如何养老这一现实问题。《乡村大厨》围绕着乡村创业展开，其背后是命运的转机问题。

总体来看，收入精选集中的作品题材丰富、风格多样，反映了新时代作家们的创作成果，是当代中国文学的重要收获。期待作家们创作出更多更优秀的作品，不负时代的重托，永攀文学的高峰。

是为序。

2024年7月7日星期日于北京

目　录

丹砂……………………………………… 001
所有的星星都有秘密…………………… 023
你的名字………………………………… 105
暖………………………………………… 165
好花红…………………………………… 203
霜晨月…………………………………… 263
去巴林找一棵树………………………… 285
文学是灯光和星星
——万松浦访谈：专访肖勤女士………… 357

丹砂

节选自中短篇小说集《丹砂》/ 获第十届全国少数民族文学创作骏马奖

· 一 ·

爸爸把红布拿到奶奶面前时，奶奶眼里的微光已经完全熄灭了。爸爸知道，奶奶走得不甘心，因为他没能找到奶奶要的丹砂。这不怪爸爸，自从巨大的泥石流吞没了去往大山的路后，我们已经四十余年没有采砂了。早在奶奶过世十年以前，村子里的人下葬就已经没有丹砂陪葬了。

妈妈说，奶奶走得很忧伤。奶奶是我们寨子里唯一不做庄稼活也不织布绣花的女人。她总是一大早就到半山那棵大皂角树下，对着山坳那面哼哼咿咿地唱山歌，唱完歌便进山，在林子里挖草药。说她懒，说不太过去，在又热又湿的丛林里挖草药比种庄稼辛苦，还很危险——林子是野物的天堂，青竹蛇、蜈蚣冷不防就从哪一棵药草下蹿出来，把要命的毒液注进你的身体里。在大家看来，奶奶是个怪人，比如，她采药总是一个人静悄悄地去，一个人静悄悄地回。但这个敢独自一人到深山沟里采药的奶奶偏偏又很胆小，只要太阳一落山，她便坚决不出门，她说，天一黑，夜里就有东西。

妈妈总被奶奶吓得满身起鸡皮疙瘩，其实妈妈的胆子也不大，所以妈妈就嗔怪奶奶："您乱说什么？夜里有什么东西？"

"那些白天不敢出来的东西，它们到处窜。"奶奶孩子似的左右环顾，低声细语，脸上充满了神秘。听得妈妈后背发麻。

爸爸刚把红布铺进奶奶的棺木，我就出世了，当时妈妈没感到阵痛，羊水好像也没破，总之用妈妈的话说，是一点分娩的预兆也没有我就来了。妈妈说到这里的时候总是很自豪，因为在寨子里，肯生崽又生得顺利的女人是吉利的象征。谁家有这么个女人，就预示着五谷丰登、家族兴旺。

关于奶奶墓里那块红布，爸爸告诉我，那是奶奶去另外一个世界的灯。从阳世到那个世界的路，中间有一段很黑，得有灯引着去。那段路上还有很多鬼魂，也得靠这盏红色的灯为天性胆小的奶奶驱赶走那些鬼魅。本来那块红布应该是丹砂，寨子里的人认为丹砂红是驱魔的利器。可是，爸爸找不到丹砂。

· 二 ·

关于我的出生，跳傩的堂祖公沉着脸说：“时辰太巧了，搞不好他奶奶的魂走时刚巧撞上他，附了他。也说不定这崽的魂还没醒透，半路不巧随了他奶去。”

爸爸忧心忡忡地看着他怀里的我——他怀里这个婴儿的确有点古怪，白天不醒，晚上不睡。

妈妈疼我，不许人说我坏话。她说这崽打小懂事，白天知道我们要薅苞谷，不吵呢。她盛夏出门上山干活时都把我放在木栏过道中间的大木桶里，点燃一支艾香后才走，山风清凉地吹着，合着艾香味，一直把昏昏入睡的我熏到五岁。

我五岁时爸爸很严肃地与我交谈了一次。他说：“崽，不能这样睡了，你得上学，没有哪个学堂是晚上开课的。”

对于上学的意义，我并不太懂，但是因为爸爸严肃的表情，我不得不认真地听，可我做不到爸爸要求的事——每天去学堂。我总是趴在课桌上睡觉。

我从没告诉过任何人我为什么会这样。事实上，我一直做着一个相同的梦——我确信我是从出生那天就开始做这个梦的。梦里总有那座红色的山，山下堆满红色的砂，人们忙碌着，手中也沾满了红色的砂。你无法想象那铺天盖地的红色，天长日久地出现在一个幼稚的孩子梦中，这对一个一无所知的孩子来说具有多么大的魔力，它像一个咒语，不断地召唤我走进那片红色的海洋。而这鲜艳的海洋只有在黑暗的映衬下才显出它夺目璀璨的光芒。当太阳升起，世界绿成山岭、黄成田地、灰成房屋的时候，那片海洋便被这些色彩搅得乱七八糟。这色彩太乱。

这样乱的色彩让我异常疲惫，我宁愿睡着。

我一闭上眼睛，我要的红就回来了。黑夜的时候，我静静地坐在木屋里，桐油灯的火苗扭动着美丽又旖旎的身姿，风从窗子缝吹进来，它跳舞的样子是朝我这边飘的，而当风从灶房的篾席缝里吹过来时，它又跳着舞朝沉默地吸着水烟筒的爸爸那边飘。透过橘红的火苗，我能看到他们看不到的——我看到火苗的深处有一个红色的世界。我看着那个世界快乐地笑着，爸爸以为我是看着灯那面的他笑，便也笑，吐出一口烟说，乖崽崽。

·三·

跳傩的堂祖公老了，跳不动了。自从放下傩具，堂祖公的夜就长了，大把大把的时光沉淀起来，多得让堂祖公难受。刚开始的时候，堂祖公一个人坐在火塘边，把他的大半辈子的岁月一页页地往后翻，翻到伤心的那页时，挤出一两颗浑浊的老泪；翻到娶堂祖婆那页时，就咧着缺了一半牙的嘴笑。

但是再精彩的书总是有看腻的时候，何况是自己写的书。这样过了大半年，堂祖公实在是无事可做，就整天跑到奶奶以前爱去的皂角树下咿咿呀呀地哼歌。

夏天的皂角树下是很凉快的，难怪奶奶常坐在那儿悠然自得地唱她的歌。奶奶命好，她的爸爸是有名的淘砂王，当年奶奶带过来的那些嫁妆足以让她这样清闲自在地过一辈子，她想采草药也好想唱歌也好，爷爷都由她去，他只负责把她采来的草药晒干，攒起来担到山那边的集镇上去换钱。爷爷都不管奶奶，爸爸更不敢管。

巨大的皂角树像一把翠绿的大伞。我逃课后，总偷偷跑到那里睡觉，等放学的钟声响了后，才背起书包回家。可是我的这片领地被堂祖公发现而且侵占了。那天风正好，凉凉爽爽的，侵占了我领地的堂祖公站在上风口，不但不报以歉意，还一把揪起我，脱了我的裤子就要打我屁股。

我急得哇哇叫，说："你敢打！你打我我就告你！老几十岁的人了还唱情歌，不要脸！"

堂祖公高高举起的大手陡然停留在空中，堂祖公是寨子里威望最高的人，这样一把年纪还唱情歌实在是件丢脸的事情，何况是被我这样一个半大不小的娃崽发现的。

"嫩臭娃儿！你晓得个屁！啥子叫情歌？你祖祖啥时候唱情歌了？"

"昨天你就唱了！"我气呼呼地提起裤子，心想从明天起一定要让妈妈给我一条裤腰带，免得哪个从我身边走过去，突然伸手一拉，都可以拉下我的裤子来，光着半截屁股让人笑。

"昨天我唱啥了？"老谋深算的堂祖公瞅了我一眼。

"你唱：呀咿呀唉，妹妹的荒瓜不开花；呀咿呀唉，哥哥不在怎开花！"我学着堂祖公的嗓音像模像样地唱起来。

这一唱不要紧，吓得堂祖公一把捂住我的嘴。他侧过身来的样子太急，像是扑着跪倒在我面前，逗得我咯咯咯地笑起来。

“鬼娃崽！该死的鬼娃崽！”堂祖公气急败坏地咒骂道，“读书不行，学人家唱歌记性倒好！”

我昂着头说：“祖祖你自己说的，我是奶奶投的魂，奶奶会唱歌，我当然也会唱。”

堂祖公再次吓坏了，用老狐狸一样的眼神望着我。拍拍草皮坐下来说：“来，我们试试看——我再唱首歌，看你会不会学。”

堂祖公清清嗓子唱开来。歌很长，可难不倒我——不是唱山就是唱水，不是唱水就是唱树，还有山里、寨子里常见的鸟儿花儿。

堂祖公唱完后，扬扬眉毛看着我，挑衅似的。

我撇撇嘴，也扬扬眉毛，得意扬扬地唱开来，一字不差。

堂祖公这回真被我吓呆了，他瞪着一对死鱼似的眼睛死死地盯着我，呆若木鸡地咽着口水。半天，他突然一把抱起我就往山下走。我也吓坏了，拼命挣扎着叫：“没放学呢！你放下我！我爸要打我了，我就告你！”

堂祖公不听，擒我像擒着一只小鸡崽，随着山坡一溜小跑就到了我家。

“坏了，这娃崽真中邪了。”气喘吁吁的堂祖公焦急万分地对刚放下箩筐的爸爸说。

爸爸茫然而木讷地看着我说："他不好好的吗？"

"不。"堂祖公指着我，斩钉截铁地说，"他和他奶真撞上了！"

·四·

堂祖公的论断，爸爸不太信。他是读了几天书的人，他读的书和堂祖公看的那些不一样。爸爸学的叫文化，堂祖公学的那些叫迷信。只是爸爸不便顶撞堂祖公，思忖了半天，爸爸说："他祖祖，那您说咋个办呢？"

"给他冲个傩吧，把那啥……冲走。"堂祖公甚是忧虑地望着靠着木栏杆昏昏欲睡的我，"你看看，白天不醒，晚上不睡。不是那啥了，会是啥？"

"咋冲法？"爸爸一时没了主意。

"今天晚上，把他领我那儿去，我先给他烧个蛋，看看吉凶再说。这傩可不敢乱冲！"堂祖公说。

我一听到蛋，猛地醒了。

上次妈妈走夜路回寨子，阴风吹歪了她的嘴，堂祖公也替妈妈烧蛋了。热腾腾的熟鸡蛋从草木灰里刨出来，剥开壳，香死人了。堂祖公剥开蛋黄，指着中间斜斜的一道裂缝说："女娃，你是撞上落沟魂了。"

妈妈被吓得哭起来，半边僵硬的嘴巴扯着，很吓人。

堂祖公让妈妈把蛋吃掉。我想吃，却被堂祖公一巴掌打在手背上，他厉声呵斥道："给你妈烧的蛋，只能她吃了才能解！滚一边去！”

只要能吃上香腾腾的熟鸡蛋，我才不在乎撞上了什么魂！

吃过晚饭，堂祖公带着我回他的宅子。爸爸不放心地跟在后面说：“您顺便给他看看作业。”

堂祖公瞟了我一眼，说：“这崽崽聪明得很，等冲走了那啥，他自会是个好读书郎，不着急。”

堂祖公的宅子太深，一样的木栏式木屋，堂祖公家却一式盖了三转，只留着进门那一转没建，从远处看去，像一张巨大的嘴巴。我随着堂祖公走进那张“嘴巴”，觉得冷。

我说：“祖祖，屋里缺太阳。”

堂祖公说：“屋大了都这样，热天凉快。”

我说：“不好，缺气。”

堂祖公愣了愣，说：“啥气？”

“人气。”

堂祖公呆若木鸡地站在空荡荡的院坝中间，微张着嘴巴，一动不动地盯着我看。

我没理会堂祖公那诧异的表情，径直往里走。

走进堂屋，我突然嗅到一股奇异的味道，那味道我好像很熟悉。可这味道在寨子里从没有出现过，我确定我也从没嗅到过。我站在堂屋正中，冷不丁地对堂祖公说：“祖祖，我要！”

“你要啥子？”自从我说屋里缺气开始，堂祖公的表情就一直挂着莫名的疑惑与忐忑。我想，堂祖公是跳傩的，他能看到人们看不到的东西，他也许又看到什么了吧？

“你屋里藏着的东西。”我歪着头说。

“我屋里藏什么东西了？我屋里除了几斗米几坛油，还有啥子？”

“有。”桐油灯闪了闪，我嘟着嘴说，“红色的东西。”

关于我当时的神情，我并不知晓是怎样的。可堂祖公临死前说，我当时的表情是“神秘而诡异的”。堂祖公被我的表情吓坏了，两条可怜的老迈的双腿不断地哆嗦。那一刻，堂祖公确信我来时的灵魂与奶奶走时的灵魂冲在一起了，奶奶的灵魂附在我身上没走。我站在堂祖公的堂屋里，理所当然地盯着堂祖公，等着堂祖公把红色的东西交给我。

堂祖公的表情在我看来才叫怪异！他用那双充满恐慌与自责的眼睛看着我，然后从神龛后面拿出一个木盒子，放到八仙桌上打开来——里面是一层又一层的土布，等最后一层土布打开后，我眼前是一簇幽暗的红砂。

堂祖公小心翼翼地捧起一小簇来，不敢多用一分力，也不敢少用半寸劲儿，然后瞪大了眼，万分小心地半鞠下腰，递到我面前。

那簇砂离我越来越近，我的心咚咚直跳，开始那声音只是在心里轻而细地响，后来汇成溪、汇成河、汇成澎湃的海浪，轰隆隆地响在耳畔。梦里那座山就是这样的红色！梦里风中穿越过的气息就是这簇砂的气息！我睁大了双眼，控制着自己胸中升腾的欲望——莫名的欲望——我想吞下它！吞下这捧红砂后，它便永远与我相依相伴了，我再也不用在黑夜里睁大了双眼找寻它，再也不用在白天的梦境里奔跑着追赶它。只有吞下它，我才能真正地拥有它！

桐油灯的火苗静而直。没有风，砂的味道就直直地扑进我的鼻腔和胸腔。

堂祖公用通灵时才有的独特神情恭敬地对我说："崽他奶，你要，就拿去吧，想给我留就留，不想留就都拿走吧。你要多少，就拿多少。到了那边，别忘了等我过来时，半道上接接我。"

崽他奶？

我往身后看了看，背后空空的，一个人没有，屋子里只有我和堂祖公两个人，可堂祖公却盯着我叫崽他奶。

我吓坏了。心又开始咚咚响，堂祖公的脸伴随着震耳欲聋的鼓点夸张地扭曲、变形，他的眼睛变成了一张黑色的网，把我的身体拉着不断引向网的深处……

我突然惊跳起来，嘶声尖叫着冲出屋子，屋子像一块巨大的磁铁，使劲地想把我揪回去，我使劲地挣脱，一头扎进苍茫的雾色里。

寨子睡了，白天所有的气息也睡了。可是山的深处却有一股浓郁的气息还醒着，在不断地向毫无方向地奔跑着的我温柔地呼唤："来啊，来！"

我光着脚，朝着那个方向奔去。夜浓成了一团墨汁，可前面却有一串火苗在燃烧。堂祖公站在背后，还像幽灵一样急促又低沉地叫：崽他奶！崽他奶！

·五·

爸爸是到天亮才找到我的，当时我正安静地睡在武陵山脉的怀里，巨大的泥石流截断了祖辈采砂的路，也阻断了幼小的我狂奔的脚步。我靠在一块红色的砂石边上，那是一块被遗弃的废料石。我却像抱着宝贝似的抱着它，嘴里还含着没咽下的红土，幸福万分地沉睡着。

爸爸摇醒我的时候，我困涩地睁开眼睛，对爸爸说的第一句话是："我的鸡蛋呢？"

鸡蛋到底是没吃着。堂祖公在我面前也不再提冲傩的事情，只是每次都用一种复杂的眼光看着我。那目光里有慈爱，也有惧怕；有亲切，也有惶恐。我整天反复推敲堂祖公的眼神，这严肃认真的思考占去了我不少睡觉的时间，端起碗的时候我在想，坐在课堂上我也在想。到了晚上，运转了一整天的脑袋累得不行，倒头就睡了。这在别人看来是个好兆头，说明白天不醒晚上不睡的我终于渐渐恢复了正常。那天我放学回来，堂祖公正坐在我家灶前和爸爸喝酒，看到我气喘吁吁地冲进门扑到水缸边舀水喝，堂祖公长长吐了口气，对爸爸说："幸好把丹砂给他奶了。要不这孩子怎么会好？"爸爸转过头，一把揪过我，拍着我的脑袋认真地问我："你奶走时你有感觉吗？"

我不太听得懂爸爸的话，只得茫然地摇着头。却突然想起那晚上堂祖公盯着我叫崽他奶的情形。我生气地指着堂祖公说："祖祖骗人！他唱山歌被我听到了，怕我告他的状，半夜三更把我骗到他屋里冲着我乱喊，想把我吓疯。”

堂祖公欲辩又止，一脸苦笑，长叹一口气，揪心揪肝地说：“也不知道是谁想把谁吓疯！这丹珍！”

丹珍是奶奶的小名。

听堂祖公这沉重的一唤，爸爸确信了堂祖公所说的一切，他把我像宝贝一样搂在怀里，生怕我再有什么闪失。

此后的十余年，堂祖公对我始终敬而远之，不冲傩了的堂祖公闲来无事，便教些半大不小的娃崽认字。我不想睡觉的时候便混于其中，看他教别人，每次堂祖公看到我走进他的堂屋，都会极认真地和我打招呼：“来了？”

我觉得堂祖公对我的态度很奇怪。我只是一个孩子，他却偏偏当我是大人一样。有时候，孩子们在齐声念书时，他会走过来，讨好似的对我说：“怎样？我教得还行吧？”

我蹬鼻子上脸，拿腔拿调地答：“唉，还行吧。”

这时候堂祖公脸上便会挤出菊花似的笑纹，头不停地点着，颇有点接受表扬后的激动。教孩子的时间长了，总有人家觉得欠他人情，便要给钱和米。可他通通不收，只浅淡而懒散地说：“收了米油在手，不如存了丹砂在心。”

这话让人听不大懂，可自有一朵莲花盛开似的气息，从堂祖公那推辞不已的语气中弥漫开来。

我稍大一些后，堂祖公就领着我走山串寨收山歌。白天我听人唱，晚上回来堂祖公听我唱，边听边在灯下眯着眼睛把它们写在牛皮纸上。

装满第一箱歌集后，我已经到了看见异性会莫名脸红的年龄。那年暑假，山腰的妹子唱：“风不吹松，松不动哦。”我听了，想也不想就在山这面回唱：“妹不逗哥，哥不疯嘞。”堂祖公打趣道：“长大了，心活了哦！”

那天晚上，堂祖公终于坐在火塘边，郑重地和我提起了我的奶奶。

原来奶奶是乡里出名的才女，在二十里外的县城，没人不知道学堂有个比男孩读书更“行实”的她。可是富有的砂矿老板——我的外祖公——奶奶的爸爸不让她去县城念高中。那时候，守着一座砂矿比读书强多了。再说，在外祖公看来，女子读书最终是替夫家读的，何苦花那几串冤枉钱。可奶奶不愿意回山里，因为奶奶的心已经被县城中药房里那个抓药崽揪走了。奶奶教他学会了许多诗，他教奶奶认得了许多草药。拧不过外祖公，任性的奶奶干脆在一个雷雨夜与抓药崽失踪了。

“大半年过去了，我在县城豆腐街找到她。我听说豆腐街里有个唱山歌唱得特别好的女人，我想那一定是你奶。”堂祖公叹息着说，“我当时不知道她已经怀上了孩子，要是知道，我就不会把她的信息告诉你外祖公！哪怕你外祖公给的钱再多，我也不会的。回到寨子，你奶跪着求你外祖公，要他放她回去，那时候我才知道她有了。可你外祖公不肯，还大发雷霆，强迫着给你奶喂了打胎药。”

“你奶机灵，一喝完药就自己抠喉咙催吐，又猛灌绿豆汤。然后捂着肚子上山找草药——看来那抓药崽真教会了她不少东西，最后居然把孩子保住了。”

我瞪大了眼，仿佛听着一个遥远的神话。以我的年龄来说，接受这样的现实和这样的故事太沉重也太陌生了些。而且在妈妈给我的记忆里，奶奶单纯如一个女孩子，一生不知道织布绣花种庄稼，终日唱歌采药。她命好，爷爷宠她，啥都由着她，田间地头的活儿，从不让她沾。

“她唱歌，是在等人。她采药，是在想他。你爷爷宠她，其实是不愿管她——他是不喜欢你奶的，当年娶亲只是因为需要你奶的嫁妆。”堂祖公说到这里，表情很痛苦，“是我害了她，我不该图那一百元赏钱。”

我还是不信：“奶奶那么胆小，才不敢干这样的事情呢！”

“她胆小，是因为你外祖公咒她。说等她死的时候恶鬼要来收她，丹砂也照不亮她过那边去的路，她会万劫难逃。这话天天说年年说，你奶听着听着就听进了，人也像是听糊涂了，有时候，大白天指着空荡荡的院子神经质地喊‘来了来了！赶出去赶出去！’倒是吓得你外祖公一家心惊胆跳。后来干脆把她嫁给了你爷爷。那时你爷爷刚死了你大奶奶，一个人带着三个娃崽，苞谷饭都吃不上。你奶嫁过来时，嫁妆厚实得几个寨子的人都来看稀奇。”

“我奶奶怀的那个崽崽呢？”

堂祖公放下毛笔，郁郁地说：“嫁妆厚实，当然是因为多带了个人嫁过来。”

说完，看了看我，欲言又止，忍了半天，终于说出来：“就是你爸爸。”

我傻了。半张着嘴巴，口水从嘴角流出来也不知道。

堂祖公摸摸我的头，又开始埋头在牛皮纸上写字，我迟钝地看着堂祖公花白凌乱的头发，隐隐地感受到了堂祖公对于这个机灵却又敏感的奶奶那份愧疚之情——他带着我跋山涉水地收集山歌，是替一生都活在山歌般梦幻里的奶奶续梦呢。

灯光暗下来，该剪灯芯了。堂祖公抬起头，拿起剪刀剪了两下，灯光一下子欢喜地跳跃起来，蹿出红亮的火苗。火光一闪一闪，映出堂祖公眼睛深处的愧疚和忧伤来。

·六·

堂祖公对我一直很客气。因为他直到死时都确信无疑地说，我那晚和他说话的时候，其实是奶奶在和他说话。

十多年后，我一再对躺在床上薄得像片叶子的堂祖公说："祖祖，那是迷信。"

"不是，是你奶。"堂祖公痛苦地答。

"祖祖，世上没有鬼魂。"

"那你怎么解释你一进屋就闻到了丹砂的味道？又怎么知道它是红色的？"

是了，我的确不知道堂祖公屋里那特殊的味道来自一种叫作丹砂的矿物，我更不知道它是液体还是固体，是黑还是白。那年我才五岁而已。

可我当时分明不假思索地说："红色的东西。"

看我答不出来，堂祖公才痛苦万分地道出了另一段往事：

“你奶临死前来求过我，问我讨丹砂。你奶说，她怕过那条路时太黑，又怕红布不够亮。她说她爸爸咒她咒得那么凶，她没有丹砂一定会落到河里去。她落下去了其实也没有什么可怕，可她与他约好了，生时没能在一起，死也要在那边相聚。

她知道我有一捧丹砂，她说她只分一小半。我没给——你想啊，我一年要冲多少傩，要开罪多少鬼魅邪物。砂少了，我也怕我走不过那段路。所以没有给她。你奶当时哭得可厉害了，都几十岁的人了，还跟个小姑娘似的哭！”

堂祖公愧疚地叹了口气，又说：“她怕，没敢走，半路撞上你来投世，就附了你。我要早知道她那样怕，我给她就是！可我偏不给她！你奶生时没能好好过上一天自由的日子，死了还得附在你身上游荡那么多年，都怪我啊，怪我！我一辈子替别人冲傩驱魔，却冲不了自己的傩，驱不了自己的魔。我害了她一次又一次啊！”

看着千悔万痛的堂祖公，我终于明白那个夜晚堂祖公为什么会用那种怪异又诡秘的表情对着我。

人一老，便成了孩子，胆小而敏感。干巴巴的堂祖公躺在病床上，已瘦成一片树叶，全然不像以前那个威风八面、通灵得道的傩师。我安慰他说：“堂祖祖，奶奶不会怪你，你也不要担心什么了，世界上没有魔，人死了也没有灵魂。奶奶不需要丹砂，你也不需要！”

“哼哼。”堂祖公讥笑我，“你懂什么？你懂，那你说给我听听——你一直偷吃着矿石长大，为什么？”

我愣了，无言反驳。自从跑到山谷口睡了一夜后，我便经常跑到那里，选成色好的矿石，放在书包里偷偷吃。

“那是因为你的骨头里流着咱们仡乡的血，我们需要丹砂，你也需要丹砂。我们的灵魂和骨血里都缺不了丹砂！”堂祖公一字一顿地替我答。

关于丹砂的诱惑，我一直无法破解，直到高三那年，爸爸突然进城来，在校园的枫树脚，他望了一眼落下的枫叶，没头没脑地对我说：“去看看，找准了病，安心。”

爸爸说的安心，既有安他自己的心的意思，也有让我安心好好考大学的意思。

我听话地和爸爸上了一趟省城，找医院的时候我牵着爸爸的手，爸爸是大山的孩子，对于城市，爸爸是陌生的，他瞪大着眼，看着川流不息的车辆，半天不敢挪步，路对面的医院离他那么近，他却没有轻松渡过这条车流的勇气。

过了马路，爸爸的勇气又回来了，他紧紧牵着我，把我引到医生面前，万分仔细地将我小时候的事说给了医生听。这一说就说了四天半——因为每个医生的回答他都不满意。

直到有一个医生也用很认真仔细的口吻回答他说：“也许是那时候生活困难，缺营养，孩子缺锌，睡不好、有异食癖。一般来说，有这毛病的人，会有自我选择的意识，他身体里缺什么元素，他就会不由自主地去寻找带有这种元素的东西进行补充。也许，这孩子缺的东西，正好丹砂里有吧。我不知道这样的解释你是否赞同，但是你的确不用太担心——你的孩子各项指标都很正常。”

这个解释终于让爸爸不停走着的脚步停了下来。

他比较相信这个答案。

"只要不是脑子有病就好。"爸爸忧郁地看了我一眼，长吁了口气。我是家中的老小，尽管在学堂上课我经常趴着睡觉，但我仍然成了寨子里最优秀的学生。这样一来，我就成了寨子里的神童。可我越优秀爸爸越害怕——他总担心我突然有一天会一头再栽回五岁以前的状态中去。这样的担心一直困扰着爸爸，这些年，爸爸的烟酒量越来越大。我可怜的爸爸!

我知道，爸爸心头还埋着一层心事，犹如不接纳奶奶一样，寨子里的人也并不甚接纳爸爸。别人家插秧时有人帮忙，我家插秧时是没人帮忙的，那几个伯伯——爸爸的哥哥们，总在那一段时间里忙着，他们说："忙得实在是顾不过来。"在寨子里，我是妈妈唯一的骄傲，堂祖公是爸爸唯一的酒友。这些年我和爸爸都在共同为彼此做着相同的事情——我替他坚守着那个人人皆知的秘密，怕他受伤害，他也替我抵挡着这个人人皆知的秘密，怕我受伤害。

应了医生的吉言，十九岁那年，我嚼着家乡的砂土，骄傲得像头小山羊似的昂首走出了大山。

·七·

在仡乡山寨，冬天是一个特殊的时节，那是另一个世界敞开大门迎接老人们的季节。总有许多老人在严寒里，安静地离我们而去。老人有老人的安排，他们在离去以前总是要用良心再走一遍以前走过的路。灵魂走岔道的地方，他们用傩鼓召回迷失的灵魂。躯体走错的地方，他们迈着蹒跚的脚步重走一遍。打了不该打的娃，他们用苍老如树皮的手掌摩挲着娃的头，把欠下的那些“不该”搓走。总之，他们把一切收拾妥当了，才坐在老屋里等着被渡过去。可是堂祖公走的时候却显得脆弱和惶惑。他不停地念叨说，他过那段路时我奶奶肯定会来接他。

他一次次激动地问我，仿佛奶奶的灵魂还在我的身体里：“她会来吧？是吧？你奶她记情，心好。我把砂全给她了，她一定会原谅我，会来接我的。”堂祖公说着，目光里充满了渴求与希望。

我不想继续与堂祖公争辩下去。这个病床上的老人对他要去的那个世界是执着的，尽管要走一段艰辛的路，可他还对路前面的世界充满着希望，我没有必要打碎他的希望。

所以我对堂祖公说：“会的，会的。”就像是奶奶在作出承诺。

堂祖公反倒沉默了，眼里闪烁着一团碎星火似的东西，那个东西叫秘密。

快过年了，天下着大雪，该在床上躺着的堂祖公却不见了。

堂祖公回来时，已经不能说话了。

他躺在红木漆的床板上，带着似笑非笑的表情。堂祖公走时身下放了偌大一匹红布，红布不是普通的红棉布——爸爸用编箩筐换的钱给堂祖公买了一块耀眼夺目的绸布，它在阳光下放射着灿烂的光芒。

堂祖公安详地闭着眼。他知道他这一路走过去的，肯定是一个平坦而幸福的世界——因为他的坦诚与忏悔，已经把他去往那个世界的路清洗得一尘不染。而那块耀眼的红绸布，已把通向那个世界的路照耀得光辉灿烂。

因为，他临死前，把一个纸团交给了我。上面写着那个我真正应该叫爷爷的人的信息。

就是为了这个信息，已经几十年没上县城的堂祖公才会被驶过的三轮车撞倒在地。

堂祖公一生只去过两次县城，一次去找奶奶，一次去找这个人。

堂祖公是用孩子一样可爱而狡黠的目光看向我，然后等我走过去，把手里的纸团放在我手里的。

堂祖公说过他一辈子都在替别人冲傩驱魔，却冲不了自己的傩，驱不了自己的魔。现在堂祖公终于完成了他人生最后一次冲傩，完美的、圆润饱满的一声声傩鼓送走了堂祖公。

那个地址和那个人，我没对爸爸提起。我把它烧在了奶奶的墓前。我想，奶奶自然会收到的。

我只留了堂祖公的一件遗物——那是堂祖公经常说的那句话——收了米油在手，不如存了丹砂在心。

所有的星星都有秘密

原载《人民文学》2017 年第 7 期

·一·

寒气是从一寸寸泥里渗出来的，土地太孤单。雪花和山上的人气一样稀落，老娘拿着香纸烛，抬头看天，表情寡淡——天也好，你老汉也好，真能保佑啥子？命都是自己挣的。

神轿坡一年比一年萧条，撂荒的土地，山瘦，人瘦，薄冰不成气候，零星几畦菜地，偶尔一声狗吠。

又求老娘搬下山，老娘还是不肯。铁打的衙门流水的官，你以为你副县长当一辈子？哪天混不走了，这儿还有个根。

老娘就这脾气，从小到大冯玉就没从她嘴里听到过一句好话。她一个寡母，习惯了把最坏的打算摆在前面，用她的逻辑——先落到底儿了，之后生活所有的起色，都是白捡的。

冯玉开导老娘，日子再向回走，也断然没有活回神轿坡来的道理。

谁知道呢？人是三截草，不知哪截好。老娘嘁了一声，盯着老神龛上燃烧的两支烛出神，蜡烛突然开烛花，嚓嚓嚓，一朵接一朵，映着老娘那张苍老的男人脸，坚硬，少肉，冷，缺乏女人最起码的柔软。冯玉低头苦笑，他以为他当上副县长后这脸会暖和些，结果更冷了。人家盼儿子出人头地，她只盼儿子扎根贴地——大风刮过来，断的永远是树，没见过贴地长的野茅草给刮断过。

跟她说不清，只好埋头去烧纸，院门口的女贞子树下，是年年烧纸的地方，火光照耀，下通酆都，上接天宫，他老汉要是真骑着一股风来收拜生辰的阴司纸，倒也稀奇。

背后的木门嘎吱一声响，手机铃声伴着昏黄的灯光从老屋里泻出来，接着是儿子嫩得掐出水的声音——

冯县长，电话。

只有这声音让老娘快乐。老娘咧着嘴，从喉咙里冒出一串沙哑又欢喜的笑骂声，说，这干净。

她一笑，冯玉就笑了，几大步倒回去接过手机开心地问，谁？

那头声音细沉，说，姓袁的开始查了。

查什么？冯玉刚松开的眉头又皱了，圣百？博爱？

不然呢？

冯玉的头轰地炸了。

他知道会惹麻烦，但没想到会惹到姓袁的那里去。这老家伙，较劲的主儿。

我说吧，恢复定点医疗资格，多少人盯着，你不信，非要在刀尖上舔蜜，要危险的快感。快感是吧？这回遇到姓袁的，够你快的，现在怎么收拾？冯玉没好气地问。

对方却不以为意，说，袁神仙出来，我们就唤鬼。

唤鬼？冯玉一头雾水，什么意思？

这个你就不要多问了，也不要晓得太多，不然到了场面上你稳不住，你这个人呢，五行不定。对方似笑非笑，说，五行不定，输得干干净净，是个问题。我就知会你一声，心里头有个数。

挂掉电话，冯玉还是有点虚，回头看，院坝黑洞洞的，风雪把树下那堆火光吹得东摇西晃，他不禁打了个冷战。

看吧。老娘扑打着肩上的碎雪，碎啦啦骂，屁大一个县，鸭腚大个蛋，今天食堂菜拉稀，明天医院设灵堂。冯家祖坟，就没生当官那根藤。

冯玉烦乱不安，闷声说，我得走了。

走吧，再讲一遍，过湾过桥，记得叫一声，莫让那些东西带走了魂。老娘抹一把院墙上的积雪搓落手上的香灰，道，叫你莫上来，来一趟你牙缝一点时间，倒累得我屋前屋后忙半天，伤人。还有，少借人家的车，你回老家要用，人家就不用？

晓得老娘是嘴巴硬。不点穿，只答，这车太好，人家回老家不用，放着也是放着。

老娘听不明白了，叫花子回家还借两升米，还有回家嫌车太好的?

他老家一村的叫花子，摆不平。冯玉答。

老娘啧啧两声表示理解不了，转了身，唤大黄狗，幺儿，走。语气倒是比和他讲话温柔得多。

下山已是深夜，高岗县城一片寂静：风不动，空气不动，清瘦的月亮不动，青灰色的街道也不动。冯玉从所有的不动中嗅到了危险的味道，它冷冽、隐蔽，在静水一片的空气中，无声地徐徐移动。

打开车窗，风冰凉，扑面而来，孤独猝然刺入，就像那年，他坐在镇政府院子里收秋，去路荒凉，寸草不生。

然后，这辆路虎的主人——画家，他走进院子，乱搅一气，冯玉死气沉沉的生活顿时变得很有意思。

两个截然不同的人，就那么莫名其妙地相识了，浩渺宇宙、茫茫人海、不同轨道，实在是不容易。

·二·

那时候冯副县长还是镇长。

深秋的黄昏，晚霞红似朱砂，天空像一片壮观的红色草原，放牧着成千上万的羊。

而他没有羊群，他身边连个鸟都没有，一个人坐在镇政府院子里收秋。

收秋是高岗民间的说法，秋冬之交，昙花一现的秋阳好比老枪最后一响，牵筋带血，向死而生，是精华。

太阳是一双眼睛，贵州是眼睛的下睫毛，阳光就在上面，却很少能洒到下睫毛上。天无三日晴，谁说的？说绝了。高岗的秋天像是眼睛的泪窝，有下不完的雨，似一张绵密不绝的网，太阳好不容易挣脱出来一次，因为憋得太久，灿烂得就有点决绝，是挣出来、拨响了的绝响。在高岗，庄稼命、人命和天命都是一个道理。一季一世的收成，遇上艳阳天，这收成就响了；遇不上，雨绵密，秋风紧，运不通，就不响。

阳光将尽。冯玉木然盘坐在水泥乒乓球台上，手里捏着一个乒乓球。球崭新，洁白如少女。书记要调，风声早敞开了，新书记是谁却不见敞，老到的都看出了名堂——大姐嫁了不嫁二姐，那就是二姐没戏。于是，下班后爱留下来和冯玉杀几盘的几个人突然变得十分敬业，不是下村未归，就是加班不止。

冯玉打了个哈欠，虚出两汪眼泪，蒙眬间，一个中年男人晃晃悠悠走进大院里来。很打眼，因为高，也不单单是高，他留了长发，卷曲的长发，扎起来，明显不是本地人。他先“猫”到上岗牌那里看了半天，又探头往党政办值班室里头找了找。找不着人，才四下张望，看到水泥台上正打哈欠的冯玉，立马夸张地张开双臂信步走来，哈里路亚，他用极富磁性的迷人声音说，上帝说，要有光，于是有了光。

冯玉再打了个哈欠，抹一把泪水，骂，收秋收到个疯子来。

长头发说着就到了跟前，盯着冯玉一看，头偏了偏，笃定地说，冯镇长。

太阳落山了，院子阴凉一片，冯玉不置可否地跳下水泥台，拍拍屁股上的灰，不耐烦，有事?

车没了。长头发搓搓手，龙场的羊肉凤坡的汤，冲你们的羊肉来，刚进馆子，车就让你们镇上的大侠给开走了。

你的意思是，你车丢了？在我们镇上？冯玉有点困惑，上下打量这人，四十或五十，看不准。眼窝很深，带点桃花，是了，搞艺术的男人都长头发，都带桃花，有妖气。

是车的事，也不是车的事。长头发说，找政府帮个忙，三百多公里跑来，总得把羊肉吃了再走——我钱包手机全在车上，全身上下只有一条裤衩。

冯玉忍不住笑，边笑边摸出手机打给派出所，叫查监控。打完一看，食堂老茯正倚在门口瞅小玉姑娘蹲地上洗碗，哈嘴伸脖子的，盯得不是地方。就招呼老茯，给你一百，去街上买两斤羊肉来，汤要滚，红油要足。还有，我寝室坛子里头的杨梅酒，打两斤，给这位朋友压压惊。

老茯舔舔嘴唇，意犹未尽地夹着腚去了。

有没有朋友在高岗？冯玉问，想想人家大老远跑来，怎么说也是在自己地盘上出的案子，总得管。

有一两个，不记得号码，都在手机里。长头发摸摸鼻尖，自嘲，光顾着画画，能记住的数字不超过四位数。

名字呢？总记得吧？

长头发报了个名字，说，远了些，这朋友是你们市里的人。冯玉一听，这人当然是市里的人，不光是市里的人，还是县里的座上宾，他一个小小的镇长，够不着。

长头发看出他的狐疑，说，生意场上的一个朋友，不认识就算了。

怎么能算了呢。冯玉嘿嘿笑，他不来接你，我还不得再杀几只羊。电话嘛，拐来弯去总能找得着的。

电话打过去，那边吃惊不小，连连说，冯镇长，你给俺哥说一声，我保证，一个小时，准时到。

羊肉汤锅上来了。秋夜冷，老茯把食堂的炉火捅得很旺，杨梅酒是老酒泡的，几杯下肚，外面风吹泡桐哗啦啦响，屋里汤锅滚烫，莫名就有了共剪西窗烛的味道。冯玉有点感慨了，拉拉杂杂聊上了。

碰一碰杯子，说到了“不遇”。

冯大官人的“不遇”是啥?

不响呗。不像你，几十万的车没了，天大的事不管，只惦记着吃肉，大蒜漱口，冲上了天。

长头发不以为意，拐角遇到爱，绝处有生机，不响是一时，不会是一世。比如他，穷孩子出身，初中时参加“手拉手”活动拉到了学画画的哥哥。哥哥教他画画，给他买画笔画纸，资助他一路念完大学。美院毕业，他就在哥哥的画廊工作，穷画家一个，可后来哥哥酒驾出车祸去世，他替哥哥成了画廊老板，顺便每年给哥哥的父亲画一张肖像。画着画着，哥哥的父亲变成了他的干爹。

后来，干爹开始让他帮做一些事情——干爹表面上是个退休干部，暗中却有不少投资，全靠儿子。儿子死了，总得有个人接着打理，眼前这个穷孩子，有良心，有良心就是好事。

干爹是谁，不便说，话多嘴杂。

投资些啥生意，也不好说，杂，东一脚西一脚，有门就踢。干爹不是平常人，有四通八达的信息和资源，对财富有精准的嗅觉，就像饥饿的人，天生能闻出藏在柜子里的美味。他也差不到哪里，穷山沟里出来的孩子，一旦有了吃饭的资本，压抑多年的嗅觉迸发，能量惊人。干爹对他的器重，胜过死去的儿子。

冯玉嫉妒，大画家，你真幸运。

幸运吗？画家幽然一笑，想想看，你明明是活的，却又是死的，你身体里住的那个亡灵，明明是死的，却又是活的。你活的不是自己，是他。

这世上又有几个人活的是自己呢。冯玉答。

也是。画家笑，我呢，其实总想着有一天，放下干爹的生意，四处流浪，从青海湖一路走到纳木错，找个我爱的藏族姑娘，必须叫卓玛。我们在高原打马徐行，画神鹰飞过雪山，格桑花开满草原。可惜半夜酒醒，星空遥不可及、佛偈声远，唐卡绚丽浓烈、布达拉宫庄严绝美、纳木错宁静纯洁，通通抵不过纸醉金迷，埋深了。

所以呢？

所以。画家意味深长地举起杯子，碰了碰，碰的是话，也是酒杯——兄弟，活在当下，展望未来。必须是卓玛，但不是又如何？

冯玉不禁莞尔，顺从的，却微苦。

锅里红油翻滚，屋外天寒风冷，而炉火正旺，两个交换了喟叹的男人，彼此对看一眼，突然就死生契阔了。

一个小时刚过，食堂外面热闹起来，黑麻麻的寒夜长空，横来竖去闪满灯柱，接着六辆越野车前前后后杀进院子来，雄赳赳一字排开，冯玉头昏脑涨地走出食堂，往院子里一扫，只见最差的一辆，也是四个圈的货色。

冯玉回头把画家盯了十几秒，趁着酒意，白了画家一眼，说，兄弟不响，你响上天。

画家老谋深算地笑，说，我要的是体面。你不能，记住，不响不可怕，怕乱响。又说，白首如新，倾盖如故。兄弟，这顿酒，我装心里了。

说罢上车绝尘而去。

冯玉站在黑魆魆的夜色中，鼻尖一团冷汗。

这以后画家和冯玉的对话就基本是这个模式了，不说全，碰得差不多就散了。分寸得当，拿捏到位，极有默契。深得干爹真传的画家虽不在官场，却是江湖老手，不免狂妄，却绝顶聪明，每次对话都是一场精神的抚慰和疗养。挂掉后意犹未尽，虽不是君生我未生，我生君已老，但感慨年华如水，相见恨晚却是有的。最完美的是两个人来自两个完全不同的世界，又相距遥远，诸事不需设防，数年相知，胜过人间情谊无数。

画家这个人，太聪明，不入行，太可惜了。

第二天一早，画家的车找到了。镇上黄家皮鞋店小媳妇羊水破了，男人撸起袖子出门，瞅到隔壁店门口刚停了辆路虎，上去打起火就载了媳妇往县医院跑。派出所顺藤摸瓜追到医院，宽肩横臂的汉子抱着个嫩娃娃，无比荣光地冲着派出所所长点头，对对对，我偷的，我偷的。

画家打电话给冯玉，笑，冯大书记，我还以为你那里有江洋大盗，搞得我千山鸟飞绝，万径人踪灭，结果是慈父起贼心，万般柔肠结。

冯玉也笑，说，乱喊啥子书记，说过不响的，专捅人家痛处，不厚道。

画家嗨了声，说，响，我会掐算，信不信，暗杠开花，不光是响，还要和。

一个月后，书记调走，芝麻开花一节节，冯玉果然成了冯书记。

冯玉打电话给画家，画家那头音乐阵阵，群魔乱舞，这个在叫欧巴，那个在喊巴嘞巴嘞。

多承吉言，大哥在哪里“掐”呢?

我在首尔斯密达，阿你阿萨哟。画家隔着万水千山，在那边疯得一塌糊涂，一时间，美女玉浆，灯红酒绿，活色生香地呈现在冯玉眼前。我就说了要响的，哎呀哎呀呀我的宝贝。

最后一句，已经不是说给冯玉听的了。

冯玉放下电话，看一眼窗角被雨水泡起水泡的石灰墙皮。冬雨绵绵，屋里屋外都是泥土被沤烂的味道，他有点兴奋也有点伤感——画家的出现让他平静的水面上莫名浮起了一个绚丽的水泡，那么细微，却着实搅乱了他死水一潭且闭塞枯燥的乡镇生活，仿佛古龙小说里欲罢不能的唐门一毒。

·三·

副县长这一“响”，也是画家“掐”的。那段时间他心里七上八下，打过去，画家依旧是哑着，静着，最后淡淡一句——是你的，还是你的。

事实上冯玉和画家好些年没见面了。画家满世界折腾，今天在北京的午夜留下许多情，明天又在卢浮宫魅影独欢，还没来得及刺激他，人家又已经在泰国哐当哐当地学人家钢舌头说话了。

人生得意须尽欢，画家道，既然是替人家活的，自然要替人家活好。

那辆路虎一直留在了高岗县城。

中央八项规定出来了，高岗的领导个个不习惯了——公车回老家、送孩子、上医院，通通不要想。最不习惯的是冯玉。高高的神轿坡，住着孤零零的老娘，丢不下，可是神轿坡山高路陡，一年里有五个月夹雪带凌，以前冯玉上山都用公家的越野。公车一停，冯玉上趟坡就麻烦了——自家那辆起亚根本不是菜，得借。

借个啥，画家说，都副县长了，东借西借，面子都借没了，哥的车闲着也是闲着，你用。

从此冯玉用车时，就有人把那辆路虎开到楼下，按一下喇叭，车钥匙塞进楼下冯家的订奶箱里，走了。

也是画家的意思——跟个送车的小兄弟扯淡，犯不着，冯大人一天那么多家国大事要处理。

他问过画家，有了干爹，“在那遥远的小山村”里的亲爹怎么样？车给自己了，画家开啥回去？

画家瘪着嘴苦笑，说，刚当伪公子那几年，烧包得很，一回老家户户送礼，送得一个寨子的狗看到我都摇尾巴，我老子走在村道上想抽根烟，一弯梢的人挤着给他点火。后来村里修路，一口气给我派了五十万，我傻呀，甩了十万，结果路修好，独独断我家门口那一截。我老子呢，不骂村里人，骂我狗日的。我气不过，有一年回去故意空着手，搭鸡公车，那天那个热闹啊——天上地下的狗都在咬，硬没人出来管。我老子恓恓惶惶挡在门口，苦怏怏的，居然不让我进屋，说人要脸，树要皮，你整成这样，还回来做啥子？让人口水淹死我？我听了那话，转身就走了，算算，小十年没回去了。

不怕他想？

寒心了，大年三十，出租车都打不到一辆，他逼我走。画家在电话那头淡然说道，跟着老爷子，别的没学会，心学硬了，旧时王谢堂前燕，最终人散车马稀——那年我丢车，你请吃饭，才是真情谊，所以了，你用个车算啥子！

冯玉心底温暖，嘴里谨慎不安，说，车太好，怕人家说招摇。

招摇？你开辆昌河试试？你的资格还没达到摆低调的时候，你真那样，叫寒酸，拿你当笑料下酒的人一路排到四川。画家斩钉截铁地说，别傻了。

冯玉有点犯迷糊，跟过的日子一样，画家的思路同他不在一条线上。

·四·

有一种人，大事发蒙，小事发慌。曾梅就是这种人，鸡飞狗跳要汇报，风吹草动也要汇报，一大早又追到办公室，又胖又矮的身子惊慌慌跟着冯玉转。

秘书刚一出去，曾梅热腾腾一团身子扑到桌子前，脸通红，声音打战——他们要查。

哪个他们？查什么？冯玉下意识向后坐了坐，曾梅个子不大，但胸脯不小。

纪委袁大春书记，昨天快下班了他突然通知我们开会，要求抽查国庆节前恢复定点医疗资格的圣百、博爱两家民营医院，要抽八十份病历。

查呗。冯玉低头批文件，有头晚那个电话打底，他不慌。顿了顿，说，查后纪委觉得不该恢复，停下就是。

曾梅眼睛都要瞪出来了，冯县长，你不是不知道，袁书记亲自督办的事情，怎么可能这么简单。他要求调隔壁县的专家来协查，这是怀疑我们。

冯玉心里盘算，有人请神，有人唤鬼，让神和鬼打架去吧。

他不想和曾梅多说，问，你接过圣百和博爱一分钱没？

没有啊，县长，我发誓，我当合医办主任四年，绝对没有收过任何一家医院的钱。曾梅的声音陡然往钢里走，像李铁梅了。

我接过圣百、博爱一分钱没？

那……也怕是没有。曾梅迟疑地答，肯定没有。

那怕他怀疑啥？

曾梅带着哭腔说，查谁谁出窟窿啊。我说过，两亿多，六个人的合医办管不过来的。

高岗县管不过来，其他县同样管不过来，这世上有人的地方就有案子，没见着出了贼就杀捕快的。再说，我们恢复两家医院定点资格是为了民生，为了国庆期间的稳定。冯玉把一沓文件重重地扔到桌子上。

民生。稳定。

这些词，金光闪闪，多有分量。不是尚方宝剑，也是金钟罩。

·五·

天气骤冷，天空泛出硬邦邦的钢蓝色，这是高岗特有的景致，是寒流来袭的预兆。高岗的冬天向来比贵州其他地方要冷，算一算，该来了。

袁大春不怕冷，天气越冷他战斗的欲望越强烈，他甚至能听见周身的骨节在冷空气中喳喳作响。冷风是好东西，催人奋进，催人警醒，全身的汗毛被风刮得耸起来，这样的状态才适合作战，特别是与那种不好、不便却又必须下手的对手交战。

因为寒流来了。

精神抖擞地走进办公室，拨通手机集团短号，80023。按照县四大班子的排序，他是纪委书记，短号排序80007。

有些话，他不方便和年轻的副县长冯玉说，不是不方便说，是不想说。直觉告诉他，他们根本就不是一路人。冯玉心太高、太深，又太急，章法不对，初衷也不对。

但有些事，总要解决的。

袁大春拨通电话前的一个小时，冯玉正往医院走，风大，吹得人站不住，夹着雪凌，打到脸上生疼。县城整个就一风袋子，走到哪里都是呜呜的风声，可这风刮不熄冯玉的牙火，它冒着烟，往脑袋里钻，痛得冯玉想把头割下来。

县医院院长恨不能把他秃顶的脑袋都塞到冯玉嘴里去，最后，他忧心忡忡地说，再拖，一颗带坏两颗，两颗带坏一窝。

冯玉咧着嘴抱怨，换个牙，光是消炎就要整几个星期，我哪来那么多时间？副县长就是只猴子，锣一敲戏一开就得翻跟斗。

说着锣响了，007有请，急事，开个小会。

冯玉长松了口气，袁大春的靴子终于掉下来了。四天了，爷等这电话把牙都等上火了。

冒着大风穿过钢蓝色天空的县城，树上的叶子刮没了，街道上的人也刮没了，冯玉抽着冷气咝咝咝赶到县纪委会议室，袁大春懒洋洋地坐在那里，嚓嚓嚓剪着他的指甲。

有些人注定是你命里的死结，比如这个小疙瘩的袁大春。

从冯玉当上副县长那一刻起，袁大春就没拿正眼看过他。这个在全世界产量排名第三位的万山汞矿区长大的男人，生来带着毒，别的毒浅了入不了他的眼，深了他不怕，顶多一嘴还一嘴，看谁咬死谁。凭这邪劲头，袁大春当了十一年纪委书记，也因为这邪劲头，转了三个县的岗，五十二岁了，袁大春依然是纪委书记。

袁大春不拿正眼看冯玉——何止袁大春，高岗县里厌弃他的人多了去。

就因为老汪和他竞争，他胜了，老汪败了。

市委组织部宣读冯玉任职文件那天，四家班子领导没有向他表示祝贺，他们急着去殡仪馆，去给一个人送葬。送葬是大事，在这种时候对生者表现出过多的欢喜与祝福是很不恰当的——如果非要为他们的傲慢与不屑找一个理由的话。

平塘镇党委书记老汪三天前死于突发脑溢血。

时间再往前推两个月，慎重填下“身体健康”的老汪参加了全市副县级领导干部公选。高岗有三十多名科级干部参加考试，最后，只剩下老汪和冯玉。

老汪的厄运是从考察前公示贴出去那天开始的。

某人举报老汪偷偷超生了个儿子，在乡下四弟家养着。

墙倒不用人推，有风就成。省计生委以迅雷不及掩耳之势空降高岗，等老汪知道时，人家已经把材料都录完了。从接生的医生，到他四弟的老婆——天天替别人养着个儿子，锅不碰碗碰，哪能没点嫌隙。

老汪给开除了，转眼天堂地狱，过不去，天天抱着酒瓶子。四十多岁的人，血压常年就不低，一喝，人没了。

老汪活着时人人幸灾乐祸，一死，又觉得愧疚了，这感觉不好，得转移到别处。别处是哪里呢？想一想，应该是那个告状的“某人”。“某人”到底是谁呢？还能是谁，当然是坐收渔利的人——其实姓冯的何必呢，一口锅里吃饭，抢个副处把人往死里逼。

风吹鸡蛋壳，一刮刮过几条河。一夜之间，全县人民都知道了有个黑心烂肺的冯大官人。

县长不嫌乱，安排冯玉分管文教卫计，还笑，既然省计生委督查大队长是你老表，你把这条线维系好，关键时候能救人命。

冯玉只差骂县长的祖宗，忍气吞声缠着县长赌咒发誓，那个大队长是公的母的我都不知道。您能不能让我避个嫌？

爱开玩笑的县长站在“高岗欢迎你”的广告牌下，上下打量这个已经进入了“他们”的队列却被大家归为“黑软件”的年轻的副县长，神色错杂。

冯玉说，不是我。

县长点点头，目光写满惋惜。

惋惜他被冤枉？还是其他？不清楚。微风和煦的五月，槐花遍野，但阳光冰凉，洒满冯玉的肩，不是滋味。

两年多来，高岗县大大小小的工作，你方唱罢我方登台，掌声不断，却没有一声为他而响，无论他如何卖力，总是难讨到好。

孤单了，突然就孤单了，或者说更孤单了。从小到大其实他都很孤单，现在，他终于成了他们中的一员，却被一堵无形的墙堵在外面。

都不喜欢他，包括老娘。凭什么？

他目光阴郁，不喜欢就不喜欢，谁离了谁不能活。

什么东西在缓慢而坚硬地改变着一切。神轿坡满山的水蕨在春天里抽芽，又在冬天的冰雪中腐烂成泥，混合着摇落的松针、野茶树、五倍子、杉木叶，变成一种气息。这气息在幽暗的山林里发酵，充满挣扎的欲望。这欲望藏匿在仇恨而隐忍的笑意里，就像开满鲜花的山林间，有一双灰黑色的眼睛。它的主人行走在高岗，把尾巴都夹到腚骨头缝里，它却藏匿在深处，等待一场成功的反扑。

一股风看见了，隐约传来冷笑。

冯玉听着，还以礼貌的微笑。

又一股风窥透一切，说，假的。

这股风是卫计局局长何长顺，来自老鸹山。老鸹山的风野，时不时给冯玉来一撩子，让你烦。五十六岁的何长顺从兽医当到卫计局局长，是锅老杂烩，论资排辈冯玉够他不着，当了副县长也蹬打不开——冯玉一安排工作他就是一副

“我晓得”的嘴脸，笑得贼兮兮，坐着的时候不断点头，站起身一出门就还按他自己的意思干。冯玉一问他，他便拖长了腔调答，冯县长，你放心，我——晓——得。

你晓得个卵。冯玉表情无风无浪，心头野火燃烧。

比何长顺更难对付的是袁大春。姓袁的这股风带着认证标志，官方授权。何长顺的风只是乱心，他的风要砍人。从冯玉进入“他们”开始，风就一直刮着。今天查学校矿泉水，刮倒八个教工站站长。明天查民政股，关进去四个股长。反正姓袁的刮来刮去、薅来薅去，就只刮只薅冯玉这一亩三分地。

现在，纪委会议室，这两个辣手老角子都凑齐了，冯玉深深吸了口气。

围攻还是单挑？

·六·

“纪委书记”这四个字贴在袁大春身上是完全不搭的，个头不足一米六的袁大春有点孙猴子投胎的味道，疾恶如仇又魔性十足。他不管养殖业，却带动了高岗的养殖业发展，因为他，高岗请客喜欢吃鸡——升学鸡、毕业鸡、相亲鸡、年会鸡。

换届之年，县委书记和袁大春一起调到高岗，书记看高岗县干部都是一堆软糊瓤，八百米的排水沟半年修不利索，一桌酒席倒是能抵上环卫工人半年工资。书记的大手一挥，老袁，整顿。

袁大春牵起架势没几天，就请书记吃火锅，书记兴致勃勃赶过去，见一口空锅，问菜呢？

锅里头。

书记有点蒙，坐下来说你这锅里有啥？

思想，袁大春伸出双手做奉献状，满满一锅都是思想。

书记明白了。前两天袁大春给抽调上来的专项整治组申请食堂补助，让他给否了。动不动就是经费、就是吃，有点思想觉悟行不行？

堆了七八年的旧疾，从乡镇抽了十几个人，食堂不管饭，你让人家吃什么？思想，思想又不能当饭吃。袁大春当时就嚷嚷开了。

书记还是没同意，不是钱的问题，活没开干就敲碗，坏了规矩。

这下好了，人家请他吃思想。书记气得扭头就走，在车上想了半天，第二天通知监察局局长，叫“那个鬼”把请示交到县长那儿去。

于是第二天“那个鬼”又打电话请书记吃饭。

这回吃啥？书记没好气。

鸡，辣子鸡，一大锅。袁大春在那头简直就是热气腾腾。

书记警惕地问，这锅鸡……有没有思想？

高岗的老百姓请人吃饭时，喜欢指着一锅鸡给朋友讲述关于“思想鸡”的故事，那感觉仿佛他们和纪委书记很熟，和县委书记更熟。如此，这样一场谈笑风生的饭局，才能吃出主人的面子和里子。

被笑侃为“原地踏步”的袁大春不在乎面子，也不在乎里子，副县十一年，他压根没想过再往上走一步，原地踏步就原地踏步，纪委书记这职务合他的胃口，什么“他横任他横，明月照大江”。他袁某人一把大刀守江头，过人不过妖。

冯玉也不在乎，他知道今天袁大春是请他来吃“策略鸡”的。袁大春这些日子可没闲着，你看他时他在剪指甲，你没看到他时他在磨刀。

磨吧，冯玉面无表情地坐下。

窗外，大风正把几株香樟刮得要死要活，漫天都是飞卷的细雪米。

袁大春收起剪子，轻叩桌子上的举报信，坐在他对面的曾梅面如死灰，一看就是个背黑锅的——两家被政府取消两年定点医疗资格的民营医院，一年不到莫名其妙又恢复资格，绝不是合医办主任曾梅这种人敢干的。

这是个老实又胆小的中年女干部，传统的短卷发，一件毛领的暗红色羽绒服，千仞岗、雪中飞、冰雪季之类的城郊接合部畅销产品。

这种女人，买个菜、做个饭、带个孩子可以，坐在门槛上跟人吵个嘴都缺钢火，怎么能当合医办主任呢？袁大春叹口气，每年两亿多农村合作医疗资金，交给这么个没主意的，早晚要出事。

曾梅开始打嗝，说得断断续续，大概意思是，国庆节前两家医院的员工闹上访，要吃饭，要生存，考虑到节庆期间的稳定，就恢复了。

就恢复了？袁大春冷笑，政府红头大印给停的，你一个合医办就恢复了？

又横了卫计局局长何长顺一眼，问，你的主意？

何长顺反瞪袁大春，精巴皮瘦的一张老脸垮下来，糙惯了的嘴张口就是粗话——我老鸹山上下来的人，从不干这种没屁眼的事。

袁大春骂何长顺，粪瓢嘴。又问曾梅，那就是你的主意？

曾梅一张脸红涨得要爆掉，低着头，又胖又短的手指紧抠着会议桌，满头卷发随着她越来越密集的打嗝声不停地颤抖。

曾主任也有道理，稳定是大事，既然国庆节也过了，冯玉插话，纠过来就是。

纠？袁大春接过冯玉的话，似笑非笑，这么简单？要处理人的。

曾梅猛地抬起头，一瞬间，她的整个精神气全垮下去，嗝也不打了，脸上的皮肤陡然松弛得像老了十岁。她盯着袁大春，十秒，二十秒，三十秒。

接着她用细得不能再细的声音哀求，袁书记，我是老实人，我当不了这个主任，我不当了行吗？

不当也得把问题说清楚。

我说什么？曾梅崩溃了，号啕大哭，有问题也是你们的问题，医院又不是我同意开的，狼是你们放进来的，和狼吃饭喝酒、进进出出的人也是你们，捐几个钱到乡下学校，你们却给了荣誉市民，现在拿我开刀，我就一个小主任，你凶什么凶？你吓我做什么？你有本事吓他们去。

袁大春站起身走到窗边，冷不丁猛然推开窗户，冷风卷着硬邦邦的雪米哗地扑进来，所有的人都打了个寒战。

好，你说——袁大春站在风口，风吹乱了他的头发，却没有吹乱他的声音——他们是谁？

天光哐当一声坠下来，暗了。

冯玉倒抽一口冷气。

磨了半天的刀，终于霍霍冲着他来了。

冯玉拳头紧握，手心出汗，想，老子一没有吃他们的饭，二没有接他们的钱，顶多是程序不当。再说，哪个粮仓没老鼠？

曾梅没这定力，吓坏了，她突然站起来，一头冲出会议室。然后整个走廊里响起曾梅凄凉的哭声、杂乱的脚步声、喧闹的开门声和好奇的询问声。最后，曾梅神经质的声音尖厉而歇斯底里地从走廊尽头传来——有本事去抓他们，拿我开刀算什么，我不干了，不干了！

几个男人坐在会议室里，神色各异，默不作声。

好半天，冯玉叹口气，那颗火牙实在是太痛，痛得半边身子都木了。他挪了挪身子，说，老领导，以后这种事您先跟我通个气，我门前的雪我先扫，扫不干净，再请您老人家出马，您这样我下不了台。

袁大春喷一口烟，毫不掩饰他的鄙弃，你门前雪都堆成山了。

冯玉苦笑，全县领工资吃饭的人有一万七，我这一块管了九千，从人还在娘胎里，管到他进烟囱，十个手指头按不住一百个跳蚤。

袁大春扬起眉毛，说，你嫌跳蚤不好按，有人想按还把命丢了呢。

冯玉憋得太阳穴突突一阵乱跳，说，老领导，话都说到嘴边了，不是我。

袁大春不看他，扭头看外面漫天狂风，沉着脸，说，也不是说老汪，是有些功夫，不在弦上。

这话意思深了，冯玉心头紧了一下。

袁大春拿起信，摔在桌上，冷哼，这玩意，明面上是从省里来的，其实哪封不是从自己县里出去，到省里转一圈再回来的？你说是不是？

冯玉不说话。

曾梅不是管两亿资金的料，得换人。

我觉得那不是你我考虑的问题。冯玉冷冷回答。

袁大春吃他一记，闷头走了出去。然后走廊里响起他凶神恶煞的声音——还看，还看，看个屁，都给我滚进去。

外面嘻嘻哈哈一阵笑，然后是此起彼伏的关门声，一个个不像是挨了骂，倒像是给舒舒服服挠了次痒痒。沉闷的机关大楼，间或有一点热闹看，谁不喜欢？

袁大春在高岗就是这么个怪物，抽烟喝酒骂娘，领导干部的形象全让他给搞臭了，可高岗人说，这臭是臭豆腐的臭，他们受用。

·七·

曾梅开始写辞职报告，眼泡哭得像金鱼，从卫生局一个打字员开始，辛辛苦苦几十年，好不容易才当上个合医办主任，说丢就丢，不甘心。

从小她的成绩就好，可是不讨人爱。她长得不好看，个子也不高，还婴儿肥——到老了还婴儿肥，还豁牙。中专毕业分配工作都一年了，单位领导一说到她还记不住名字，费神地说，那个牙箍。

后来她的牙好多了，但仍然扔进人堆里就捞不出来，她躲在人群里，老老实实、任劳任怨、胆小顺从地活着。是局长何长顺把她从人海里捞出来，推荐给县委。

踏实，忠诚。何长顺很认真地对县委书记说，就是长得不好看。

这话将了县委书记的军。不用，就是嫌人家不好看，传出去拐个弯，就是——县委书记只用长得好看的女干部。

只好用。

但她提任合医办主任后，何长顺又后悔了，说，完了，用错地方了！刀恁利，曾梅恁老实，握不住。

何长顺长的是双毒眼——

这两年，眼看着市场乱了，县城里，屁大个地方，三两间破房子，也叫医院。新农合资金成了某些医院的取款机，骗的、套的、虚报的，最后都是一句话——反正又不是你的钱。理直气壮得你都不好意思。

她也想过好好管。可是两亿多资金后面是成千上万张病历和发票，她只有六个人，跨林海、穿雪原、气冲霄汉那就不提了，顶多搞点突击抽查，抽到哪几张病历不对就罚款——面对她的“一身正气”，医院毫不掩饰他们的不在乎，罚就罚，反正羊毛出在羊身上，只要剪子还在手里。至于剪子，尊敬的曾梅主任最好不要收掉，请问你的管理就没有漏洞吗？既然有，那就谁都别咬谁。

难受，她明明该是一条看家狗，却生生被他们整成一条在马戏团配合他们演戏的狗。

电话响，一看显示的名字，烫手般缩回。

那边一直打。

嗨，怕什么呢？都要辞职了。

曾主任，给您添麻烦了。太太从美国回来，带了点营养品，给老人家的……

没用。曾梅干涩地说，你们嘴巴张得太大。

不说那个事。对方嘻嘻笑。真就是给老人家带东西来。

本来，大鱼吃小鱼，小鱼吃虾米，大家都能混点生活，怎么说的？我给你们怎么说的？不听，大鱼、小鱼、虾米通吃，不给人留活路，人家能不告？

说了不说这个。对方还是笑，老人家上次说想去趟香港，要不我来安排？

她老糊涂了。曾梅斩钉截铁地答，我不糊涂。

主任，对方摆出一副耗子耍猫的得意劲头，这世道，不糊涂不如装糊涂。

你慢慢装吧。曾梅讥笑，有一种抽刀见骨的痛快。检查组快来了，祝你好运。

主任，这话说得好伤感情，我们是好朋友。

好个屁，老娘不干了，老娘只要不干了，怕你们？曾梅恶狠狠地、粗鄙地说完这句话，胸口一团浊气往上涌，合着多年的委屈，变成泪水淌下来。

那头是一阵意外的沉默，最后无趣挂断。

没清静几分钟，门又被捶得咚咚响，是何长顺的风格。他说，寡妇门前是非多，敲门要响，说话要敞。

曾梅不想搭理，蹑手蹑脚穿过过道，趴在猫眼上看他几时走，刚凑上去，何长顺一张马脸正朝猫眼凑过来，气得她干脆一把打开门，撒泼，干什么？

何长顺尴尬地挠挠头，自顾自走进屋，拍打着手上的资料，你还会瞒呢，全县重症患者四百八十七个，去年全部没有得到二次报销，你居然不给局里汇报。

曾梅火劲没散，硬邦邦顶过去——合医资金十月份就崩盘了，调了上一年的结余才勉强把最后两个月撑过去，拿什么来二次报销？

你还凶，栽花不行，捂屁最行。

我不捂，放出来你接？你拿钱二次报销？

我拿？你不管控好资金，让些贼医院套走了，你叫我拿？

贼医院怎么了？是我放进来的？

我不和你吵。我问你，你不觉得二次报销对重症病人和家属来说意味着救命吗？

曾梅顿时哑了，这个她比他懂，她和这些病人打交道不是一年两年，当然，很多也就只能熬三五年……

但她有什么办法？她管不住那些伸到钱箱里的手。他们不是一双两双，也不是隔三岔五，他们是天天捞人人捞时时捞，这个一勺那个一瓢，曾梅就是忙到吐血也不抵事。他们还威胁她，要管住一二三，就得管住四五六七八，哪里漏一个洞，都是她渎职。

何长顺站在狭小的过道，问，坐哪儿？

曾梅无奈地领着他穿过过道，来到改装成书房的阳台。

何长顺一屁股坐在书桌上，开门见山地问，是姓冯的主意吧？

曾梅吃了一惊，顿了顿，点头，又摇头，说，他不会承认的。

什么时候的事？

国庆节前。曾梅委屈地答，下了十多天的雨，那天终于晴了，我推着我妈下楼晒太阳，我妈坐在轮椅里，捂了床花开富贵的毛毯，我笑她像只芦花母鸡，她还冲我叫，咯咯嗒。

那天本来心情挺好的，太阳好，我妈精神气也好，还指着飞机在天上划过的白浪，说是飞机走尿了，把我笑得肚子疼。结果冯县长叫我去他办公室一趟。

冯县长。何长顺啐一口，说，屁县长，脑后见腮，必是阴胎；喜怒无常，必是阎王。他使阴招整死了老汪，你还冯县长。

曾梅不和何长顺争辩，何长顺在乡镇待了二十九年，田坎文化一大堆，酸的辣的，香的臭的，拐弯的挖坑的。她根本就不是他的下饭菜。

其实当时冯县长要她恢复时她心里就已经咔嚓了一下，又不敢说不行，只好说那得上县长办公会，至少也得县长签字。

他不干，和她谈方法论——上会太敏感，搞不定。你以合医办的名义先同意他们恢复，试试风向，好就算了，不好，等过完国庆节我立马出面纠。

她无可奈何地走出办公室，再也没有心思看飞机走尿了。

你不跟我说？何长顺气鼓鼓的，你是我的人。

曾梅反问，我都下水了，还拖一个你？合医有事我都是直接找他，什么意思，你又不是不明白。

何长顺不领情，骂，当英雄？结果现在死而后已，只有辞职谢罪。

辞就辞。曾梅梗上了，这水太浑，谁搅进去谁完蛋。我辞了职，申请提前退休，带我妈回老家。

两人沉默。

曾梅家这个用阳台隔出来的简陋书房实在太冷了，风刮过来，有一种“我站在猎猎风中”，恨不能啥的感觉。

甘心吗？何长顺长叹一口气，望一眼曾梅，声音温和。

不甘心。曾梅收起笑容，垂下头，眼眶又红了，不甘心又如何。

·八·

合医办新主任人选，何长顺直接向县委书记推荐了泥泫镇计生办主任陈小好。何长顺是杆老枪，他的推荐，书记认。

陈小好的考察结果跟何长顺吹嘘的一样好，看着何长顺得意扬扬的德性，袁大春提醒，收一下，你这表情，县委这些年简直就是埋没了人才？

哪里，好花开在深山里。何长顺挤眉弄眼，不怪领导。

但是当何长顺把陈小好带到袁大春办公室时，袁大春整个人都不好了。陈小好长得也太袖珍了，身高不到一米五五，细眉长眼，身形像个没长开的孩子。

好半天，袁大春啼笑皆非地说，你和我比矮呢？

陈小好不好意思地笑了，神态秀气，但全身写满了紧张。

他越看心里越没底。

何长顺看出来了，拍着胸膛说书记你放心，我老鸹山上下来的人，从不乱打诳语，小好看上去秀气，其实有钢火，你忘了，男生女相，必是咬卵犟。

袁大春看着这个“老鸹山上下来的人”，忍不住要笑。这家伙长着一张黑瘦的脸，十天有九天都挽着裤管，满嘴污言秽语。

其貌不扬的何长顺身上有基层干部最珍贵的品德，苦得、干得、累得，关键是忠诚和勇敢。老鸹山是高岗县最边远、最穷的村民组，几十年也就出了三四个吃公粮的。何长顺动不动就用“老鸹山上下来的人”表白自己这一辈子能混到现在已经满足了。谁都像何长顺这样想的话，天下就太平了，纪检干部全部下岗多好。

何长顺从基层一线干起，摸爬滚打几十年，手上偏方多。

陈小好就是他出的一道偏方。来自农村，对群众有感情。长期搞计生，敢碰硬。医专毕业，懂专业。长期工作在乡镇，在县里没有关系和牵绊。媳妇家是县城酱油大王李九鲜，穿的是钱裤子，不怕被“策反”。五大优势，足以对付八方妖魔。

袁大春总之就是不放心，要求陈小好表态，陈小好沉思半晌，细声细气挤出一句话，书记硬，我就硬。

袁大春哭笑不得，说，我硬得很。

陈小好不笑，眉头紧锁，忧心忡忡地说，但是，真不好管，水太深。

·九·

一碗豆花面，陈小好足足吃了半个小时。

回城了，任职了，草鱼跳龙门了。短短半个月，陈小好不再是泥浤镇的计生办主任陈小好，而是县合医办主任陈小好。

镇里的同事都说他是猪圈楼上落红苕，运气好。

他心里清楚，他不是幸运的猪，而是倒霉的红苕，马上要被拿到火上去烤。何长顺这个老法师一直就怕合医办出事，可又没办法去一张张查病历和发票，整天干着急。

那个胖墩墩的、一说一个笑的曾梅主任，家境并不好，又死了男人，她主动辞去这个肥差，不用想也知道，火山在喷岩浆，人家在撤退。他倒好，往死里撞，要想不被火山吞没，就得把火山口盖住。可这口子，盖得住吗？

手机来电，是媳妇李铁，声音居然糯滋滋的，亲爱的，妈做好饭了，叫你赶紧回去吃饭。

妈做了饭？陈小好惴惴不安地放下碗，他这个从穷山村里出来的女婿，从来都是厨房做菜、饭厅打杂的命。

回到“家”，酱油大王难得满脸笑意，来，整一杯。

陈小好盯着一两五的杯子，为难。

李铁横了他一眼，他赶紧端起来。

干，上了香火板板的人，豪气点。酱油大王哈哈大笑。我们李家如今也有个当官的了。

一个副科，陈小好不好意思地说，不算个啥子，满大街都是。

合医办主任可不是一般的副科。酱油大王的眼珠子精光直冒。

是了，凡是搞钱的名堂和门道，没有他不知道的，人家混了一辈子江湖，锣一敲就知道来了个什么草台班子。

给你提个醒。酱油大王夹花生米，没夹起来，反复几次，干脆拿手抓起一把塞进嘴里，含糊不清地说，一是浑水少摸鱼，我们家不缺；二是水至清则无鱼，眼不见心不烦，眼见了也当没见，懂吗？水深着呢。

懂，陈小好心想，懂才心焦呢。

吃完饭带着孩子恩恩爱爱三个人回到家，李铁开灯，不亮，脸立即就拉长了，今天几号？

陈小好没吭声。

又没交电费？

点点头。

什么意思？钱呢？

打麻将输了。陈小好淡定地说。

上个月也是输了。李铁尖叫起来，你除了打麻将还会做什么？

小不点儿背着书包站在门口不耐烦地叫，老李，我要尿尿。

陈小好赶紧抱起孩子摸黑进了屋。

卫生间里，小不点儿尿完尿，从兜里偷偷掏出两张钱，外公给我的，给你。

陈小好鼻子发酸，看卫生间窗外的万家灯火，摸着小不点儿的头，坚毅地、轻声地说道，我不会要你外公钱的，宝贝，你知道。

奶奶要用钱。小不点儿老练地回答，就算借的。爸爸，奶奶会死吗？

不会。陈小好蹲下身，在黑暗中紧紧抱住儿子。所有的暴风雨正朝他奔袭而来，唯儿子温暖的小身体是佛的所在。

·十·

陈小好歉疚而拘谨地站在冯玉面前，眼神闪烁不定。他花了整整十二天才把所有病人调查完，这时间的确长了些。

我刚到，不太熟悉情况。

冯玉冷淡地瞥了陈小好一眼，他对这个新合医办主任不感兴趣。接过调查材料，冯玉直接翻到最后一页。

两家医院在恢复资格的两个月间，套取合医资金两万余。

冯玉暗中吐了一口气，肚子里跑过一万匹草泥马，这凶险。两万多，不算啥。

陈小好走后，冯玉反锁上门打电话。

不是说全搞定吗？怎么还是有两万多。

多少给点东西让他们咬嚼，不然他们牙痒。对方懒洋洋的，声音里带着点戏弄和闷骚，十九个镇，哗啦啦的黄河水——连夜全部到位，每户一桶油、一袋米、一百块钱。风一般的汉子。

什么时候了，还哗啦啦，确定每家都到位了？

那必须。

不知道为什么，猛然间，一个不祥的念头飘过冯玉的脑子，陈小好那闪烁不定的眼神浮现在他眼前。冯玉猛然抓起材料，沉声问，你确定每家都到位了？我问你，你手上有八十户的名单没？

开什么玩笑，哥管策略，把大方向，不管鸡毛。

还是不太对劲，冯玉感到全身的血液在变冷，袁大春没有这么容易对付。冯玉快速翻动资料，手指冰凉，听我说，黄大全、李路、孙万材、白贵喜，有没有？

等等等等。对方仿佛明白过来什么，急促打断他，别挂，我叫他们传过来。

两分钟后，对方重复，黄大全、李路、孙万材……有。

冯玉松一口气，正要挂，那边声音突然收紧，高了两度，你刚才说孙万材后面是谁？

白贵喜。

再后头？

朱玉、朱小学、林草、李桂花……

那边沉默了片刻，冷笑起来，缓慢阴柔地说，有意思，很有意思——中套了，除了前面几个名字是一样的，后面的人全部不对。

冯玉如同被当头一棒，喃喃道，我就说，我就说！八十户，一夜之间你们都能见着，那么巧……人家……是等着你们去呢。怕是……录了音。

对方失了手，尴尬窝火，默不吭声。

不止这个，他们手上肯定还有另外一套调查材料。冯玉头痛起来，你估计会有多少？

两个月，四五十万吧。那边嘟囔，每个月的任务是二十五万。又道，这事奇怪，抽出来的明明就是这些人的病历，除非……他们暗中另外抽了一批，谁？

冯玉寒着脸，答，还会是谁，合医办新来的主任。

陈小好？对方问。

冯玉暗惊，你知道陈小好？你隔高岗那么远。

决战于千里之外嘛，好吧，你该干啥干啥，这事有我。对方哼哼，跟我玩。

你怎么处理？又唤鬼？我知道你们做大病历套钱，替病人垫付他们自付的那部分，让他们不敢说真话。但是陈小好未必是心里有鬼的人。快感，快感，你这一个快感，整出恁多麻烦。

不是得意惯了嘛，一有人挡路心里就不舒服。对方嘻嘻笑，接着开始慢条斯理、抽丝剥茧，声音里渐渐透出森冷的寒意——没鬼，缝总有吧？那就找缝。

冯玉要给气疯了，说，就算陈小好有缝，姓袁的没缝。

那就让他走人。那边轻描淡写地答，嘴里嚼着什么，说，记住，人没有缝，机制有缝，机制没缝，螺丝螺帽有缝，这世界唯一不变的就是变，唯一的公平就是人人皆遇不公平。

好，那你找！抓紧找！冯玉心头暗火中烧，恼怒对方，又恼怒陈小好和袁大春——找到了我陪他们慢慢玩。

是的，从现在起，老子陪你们玩。放下电话，冯玉细致、认真、缓慢地拔下桌上仙人掌的一根刺。

不怪我，他想，是你们逼我的。

·十一·

办案中心位于天语山南侧，青瓦、白墙、黑铁镂花大门，僻静庄严，院门上书写着两个大字——清莲。乍一看，以为是山中雅人幽居。

十来个人默默坐着，桌上堆着一沓厚厚的资料。

谁先说？袁大春抬了抬下巴。

跟推测的一样。监察局局长郑平安波澜不惊地说，第一份抽查病历涉及的人家全部有陌生人进出，送粮、送油、送钱。其中，在黄泥坡村民组病人王明喜家中，我们还没来得及走，狗就开始叫，我们躲进里屋，村民组长带着几个人进来，说如果有人来查住院的事，就说记不住，走的时候，留下了一百块医疗回访费和米油。

热闹，袁大春叉起腰，演起谍战片了，接着说。

王明喜不是尴尬嘛，拐了个弯表扬村民组长，说恁热心，村里一有病人他就联系医院，医院也热心，开车接送。

我们点了一句，说，羊毛出在羊身上。王明喜很聪明，不吭声了。事实上，我们走的每一户，在住院问题上都不说真话。

那这一沓调查材料怎么拿到手的？

陈小好在旁边不停地抿嘴，脸红了，像藏着小聪明被发现的孩子。袁大春指指他，你说。

我们另外抽了一套，在去年没有得到二次报销的重症病人或者他们的亲属里抽的。

袁大春明白了，心头像星星一样亮了一下，陈小好的确是个好偏方。医院套资金，对于一般病人来说无关生死，顺便还能贪点小便宜，可对重症病人来说意义就不一样了，二次报销被取消，就是因为救命钱让医院和自己一起合谋签字套走了。仔细想一想，自己分的是一杯，人家可能是一桶，明白这一点，能不说真话？

久经沙场的郑平安不说话，往上挪了挪眼镜，嘴角浮出一丝笑意。

好吧，结果？袁大春抬了抬下巴。

四十多万，郑平安收起笑容，淡淡地答，虚套率高达百分之二十。

沉甸甸的数据。

大家都缄默了。

陈小好第一次参加这样的会议，沉重严肃的气氛让他很不习惯，甚至有点莫名的愧疚和忐忑，早上交第一套调查材料给冯县长的时候，他还满脑子都是对不起。现在，从大家的慎重和沉默中，他体会到了这条战线的残酷，这气氛里仿佛有浓烈的血腥味。想着这些，他不好意思地低下头，不敢看袁大春的眼睛，那眼睛阴森森的像要吃人。

何长顺站在窗子边，他太瘦，习惯性勒了勒皮带，自嘲，猫搭台子耗子唱戏，羞死先人。

你会说！你会说你管不住？袁大春白了何长顺一眼，骂，养了你这只瞎眼猫。你自己看看，都烂到什么地步。

何长顺不依了，说，书记你怎么这么说呢？我的眼睛不是曾梅吗？她装瞎，我也没办法。

行了，都散了。袁大春寒着脸吩咐，记住，出了这栋楼，大家把嘴巴闭紧点，屁大个高岗，妖怪能人不少，白天抽的病历，晚上全敞了气，还好这天语山的树叶没变成窃听器。我就不信，区区两个医院，堂堂一个高岗县收拾不住。

众人惴惴然不语，想着抽查的名单被泄露、病人被收买，入户调查都要费如此大的周折，都不免后怕和感叹。且医院背后的东家，本地人多多少少也是知道一些的，不好说，也不便说。出门后，借着暮色，众人也不敢扎堆，前前后后东一个西一个分左右两路开车下了山。

出了门，郑平安拍拍陈小好的肩膀，说，这才开头，怕不怕？

陈小好挤出一丝笑容，想，也怕，可是，真怕就不来了。没敢说，转身搭了何长顺的车。

两人下山，想着那些盘根错节的关系，太深沉，对手又强劲，都心闷，一路无话。陈小好在县城十字路口下车后，手机响了。

陈主任，那边的声音很温和，说，刚从山上下来，还没吃饭吧？

陈小好脑袋轰的一声响，连呼吸都忘记了，整个人像被一桶冰水从头淋到脚，动弹不得。好半天，他缓慢地转动身体，四下张望，冷风吹过街头，已经有红灯笼挂起，喜庆的街道、璀璨的灯光，一切都那么和谐美好，却有一双鬼火一样的眼睛藏在里面，盯着他，还知道他刚从山上下来。

陈主任，新官上任三把火，佩服，给个机会，学习学习？温和的声音温和地说，如夜色下安静的车流，舒缓安然。

毫无防备的陈小好开始听到自己的心跳，打鼓一样越来越急，在耳膜边巨响，咚咚咚，咚咚咚。

·十二·

陈小好跳楼了。

何长顺声音沙哑，带着哭腔。

袁大春正骑着自行车从清莲下山，一听，赶紧刹下来。

他茫然四顾——天语山的夜色如此美丽，山下是县城的万家灯火，风吹过耳畔，如大提琴低语，暗蓝色的天空铺满星光，一切那么宁静、安详、有序，宁静得让人感觉春天已经不远了。陈小好怎么会突然跳楼？

四周一片死寂，如无边的海，袁大春感到自己身体内的某些东西在摇晃，意志、斗志、勇敢，以及其他。这样力不从心的感觉很可怕，他当了十一年纪委书记，从来没有这样过，正乱，龙头歪到路坎下，打了个滚，狼狈不堪，也顾不上，抓起摔在地上的手机，焦急地问，你现在在哪里？

重症监护室。何长顺吸溜着鼻子，低声说，哭成一团了都，考虑到家属情绪，假装抢救了一会儿。六楼跳下来，哪里还有救！老吴刚刚拉了心电图。

陈小好为什么会跳楼？他怎么跳的楼？左脚先，还是右脚？虚空的那一脚，如何踩在空气上？空气是不是像棉花？是不是很柔软？

袁大春无法想象。

茫茫无边的苍穹如一张黑色的幕布，他仿佛看见陈小好站在上面，风吹乱他的头发，掀起他那件常穿的灰色棉夹克下摆，风里有一双无形的手，牵着他往前跨出一步，优雅或绝望的一步，然后，他像断线的风筝一样陡然坠下，咔嚓，画面凝固在这一秒，世界静止，苍穹凝结，从此时空封存……

警察呢？他站起身，一拐一拐往山下跑，脚步狂乱，喘息不止。

在现场。

发现什么……可疑没有？

没有，他事前给泥浤镇的书记打了个电话，说，他累了，想走了。好像是告别的意思。

老……董？

不是，是刚调去的新书记，王志。

王志？袁大春急刹住脚步。

如果他没有记错的话，陈小好从泥泫镇到县合医办任职后，王志才从县里调到泥泫镇任书记。陈小好跳楼前，要打也该打给老董，而不是王志。

多年的职业敏感把他从震惊中拉回来。

翻查手机，陈小好和他的最后一次联系是七天前。陈小好急切地表示想要见他，必须见。语气很坚决。

他当时正输液，感冒没好，急性中耳炎，灌脓，转转头脑袋里都像熟西瓜一样荡着瓤，痛得要命。又和书记吵了一架，更难受——这把年纪的人和书记吵架，是人都觉得是你的问题，倚老卖老呗。人一难受就情绪不对，还把多年当官当出来的坏脾气、臭架子给搅了出来。他想我还输着液呢，痛得要死，你说要见就见？我再器重你，这个纪委书记也不是给你一个人当的。

最近没空，过两天吧。袁大春冷冰冰地答。

书记！陈小好在那边急急地叫。

他把手机甩一边。

现在想起来，陈小好最后那一声书记，是有哀求的意思。

他哀求什么呢？

一路冲下山，冲上大路，立在路中间，差点撞在出租车上。

司机穿着一件厚羽绒服，标准八〇后，啪一口吐掉口香糖，破口大骂，要死啊。

袁大春钻进车，吭哧吭哧喘。

车里不紧不慢放着歌——

如果天黑之前来得及，
我要忘了你的眼睛，
穷极一生，做不完一场梦……
南风喃，北海北，
北海有墓碑……

袁大春鼻子发酸，脑子一团乱麻，理不清楚，却有一个模糊的指向。

喂，喘完没？到底去哪儿？“羽绒服”开了半天不见他说话，烦了，又盯着他满身的泥看个没完，坡上偷白菜？偷到哪儿去？

县委。他从牙缝里迸出两个字。

现场和医院有何长顺他们，而他是纪委书记，去现场不合适，容易让人产生误会。

而且，他需要第一时间解答心里的疑问。

翻出常委会会议纪要，陈小好十一月十日提任县合医办主任，离开泥浤。王志十一月二十三日调任泥浤镇党委书记。

再查两人的工作经历，陈小好一直在乡镇，王志是从县公安局到镇里任派出所所长，然后任镇政法委书记、县公安局副局长、泥浤镇党委书记。

工作经历不交叉。

工作地点不交叉。

亲友也没有重叠。

那么，陈小好临死前，为什么会打电话给王志？

袁大春想了想，再打何长顺电话，还在医院？

嗯。何长顺的声音很浑浊，也很混乱，寿衣没有，老被也没有，倒头纸和香烛都没有……脑袋又摔成那样，捧都捧不拢，副院长亲自在缝……书记，是我们害了他。

袁大春打断他，长顺，理智点，听我说，把后事交给其他人，你立即回小好的办公室，查一下抽屉或其他地方有没有遗书之类的东西。还有，去一趟跳楼现场，找找他的手机。

何长顺愣了，改用小得不能再小的声音问，书记，什么意思？

说不清楚，总觉得不对，你在现场时看到他手机没？

我哪里顾得上啊。王志打电话给我，急得什么似的，说小好给他打了通电话，他感觉不对，小好像是要寻短见。今天是小好值班，我就立马开车到单位找人，刚进院子，车灯一晃，地上黑乎乎摊着个人，我腿都软了。下车一摸，嘴嘴没气，脖子脖子不跳，抱起头来黏稠稠一大片。我老鸹山上下来的人，见过死死伤伤的场合够多了，可也顶不住这架势……何长顺说着说着声音又哽了。

别说了，去找。袁大春再次打断他，马上，不要惊动其他人。

好，马上。何长顺立即进入状态。

·十三·

何长顺赶回卫计大楼时，院里还密密麻麻围满了看热闹的人群，手电筒光、警车的顶灯光、隔壁家属楼阳台上的灯光争先恐后地亮着，把一个不足三百平方米的四合院照得像白天一样，相反的，卫计大楼则黑麻麻一片，前两天楼道灯出了问题，还没修。

唉，也许修好了陈小好就不会跳楼了。何长顺悲伤地想，命这个东西，说不清楚。

警戒线内，大槐树下，警察和法医还在忙碌，地上已经用石灰粉画了轮廓，轮廓正中是一摊还未凝固的血迹。年末岁尾之际，本该充满新年的气息，但空气中却是浓重的血腥味和人群因紧张而生出的众多复杂的味道——酸臭味、烟味、烤肉串味，还有汗味、脂粉味、香水味、抱孩子的年轻女人奶孩子的味道和婴儿湿尿布的味道。这些气浪合着热烈兴奋的猜测声、议论声一阵阵扑来，仿佛他们不是来向一个生命送别，而是来欣赏一场难得一见的演出。死者的痛与死亡变成了他们观看演出后的点心，他们正意犹未尽地品尝和享用。

何长顺愤然环视着一张张兴奋的面孔，再想起医院里陈小好那张灰白色的脸，突然喉咙干涩。

眼前那白生生的石灰轮廓线，分明是生与死的分界。

他仿佛看到秀气腼腆的陈小好，被诅咒在里面，正用侧身向左的姿势痛苦地睡在地上。左手像交警一样打成直线，右手用奇怪的角度上翻，而左脚蜷缩膝盖内收，就像拱身怀揣着一个宝贝一样，右脚则是反向弯曲着，甩到了右手肋的位置，陈小好的眼睛半睁着，湿漉漉地盯着他，无声地说，救我。

怎么救，你的腿断了，你的手也断了，你的头盖骨也破了，你的肝和肺都摔破了。你这个蠢猪，龟儿子，砍脑壳的崽，你连跳楼都敢，为什么就不能好脚好手地活着？

在心头把陈小好骂了个遍，何长顺的眼泪又淌下来。

不敢再看，何长顺埋下头，闷不吭声地越过人群，沿着树的阴影往楼道走。

谁？一束手电筒光打过来。

我。何长顺惶然地背靠墙壁，撑手挡光，眯着眼答。

冯玉的声音扬过来，你不是在医院吗？怎么回来了？

人没了。何长顺有气无力地说，我还在那里做什么？你不过去看看？

就去……你要上楼？楼顶在出现场，拉着警戒线呢。冯玉把手里的电筒朝上晃了晃。

那个，我不上顶楼，何长顺犹豫着找了个借口，我钥匙掉办公室了。

等一会儿吧。冯玉看看手表说，快了，顿顿，问，那你用什么钥匙开办公室？

何长顺正发愣，楼上一阵脚步声乱响，四个警察晃着手电筒急匆匆跑下来。

怎么样？何长顺和冯玉异口同声问。

走前面的高个子老警察破着嗓子骂，能怎么样，就那么跳的呗。傻瓜，老不管小不顾，图自己利索。

确定是他自己跳的？

楼顶全是灰，除了他的脚印，没发现任何第二人的脚印。

何长顺急了，说，屁，上星期工人还上去修过水箱呢。

屁你吃。老警察劈头一句还过来，新鲜脚印懂吗？修水箱？路灯线断了不见修，黑咕隆咚像个鬼楼，不跳才怪。

那个……何长顺吃了骂，尴尬地问，有没有看到手机？陈小好的手机。

手机？老警察回头看看其他几个，确定后，摇摇头。

院子里有没有？地上？

又回头，确定，再摇头。

冯玉皱眉说，迅速找，第一时间交上来。

何长顺心里一咯噔，觉得有什么不妥，怎么个不妥法，说不上来，只觉得手机也好遗书也好，第一时间掌握在自己手里才妥当。

老警察点点头，边走边招呼冯玉，冯县长，要不我们回去，找个地方把情况给您总体汇报一下。

何长顺趁机一口气跑上三楼，回头看四下无人跟来，迅速钻进陈小好办公室——办公室门没关，今天是他值班，他不值班就好了，就不会跳楼，要跳，也不在单位跳……呸，怎么想的呢……

楼下响起了警车呜啦呜啦发动、驶离的声音。

接着，人声也渐渐退去。

何长顺躲在门背后，大气也不敢出，直到一两声轻微的猫叫声传上来，他才摸到电脑桌旁——陈小好在离开时还关了灯。一个要自杀的人，如此冷静，到底是遇到了什么过不去的坎?

屋里漆黑一片，只有电脑主机闪着萤火虫一样的星点蓝光，把屋里的气氛衬托得阴森凝重。何长顺坐在电脑前，正考虑是开还是不开，怎么开，会不会录指纹啥的。突然，侧面办公室的门里蹿出个人影，嗖一下闪过去，带起一股阴风，接着是唰唰唰一阵密集细小的踢踏声往楼下而去，不像人的脚步，倒像是什么东西的尾巴。

何长顺吓得七魂都散了，腿脚动不了，喉咙也发紧，喊不出一个字。不是他胆小，想想楼下还有一摊血呢，陈小好就死在他臂弯里，这又是合医办办公室，夜半三更冒出个黑影，不是鬼是什么。

可是鬼怎么跑成那个样子呢?那黑影他分明很熟悉，却怎么也想不起来是谁，那唰唰唰的声音分明在哪里听到过，却怎么也想不起来。

好半天，他紧张得发硬的声带终于嗬一声松弛开来，发硬的腿也挪得动了。他战战兢兢起身，掩上门，拉上窗帘，又把沙发上值班盖的大毛毯罩到电脑上，头探进去，扯了张抽纸盖在手指上，这才小心翼翼地打开电脑。

电脑很干净，像年节前老鸹山上清扫过的土地庙，没有陈小好的任何照片，任何文件，更没有遗书。

抽屉里没有，文件夹里没有，椅子的坐垫下面也没有。

仿佛陈小好从未到合医办上过班，从未进过这屋，从未用过这桌子这电脑。

难道，这一个多月的陈小好，不是人？

何长顺赶紧甩甩头，想，走火入魔了。

刚把头从毛毯里伸出来，突然，啪一声，黑暗中响起清脆的开关响，办公室陡然亮如白昼。

明亮的灯光下，他披着一条古怪的大毛毯，头发乱得像草窝，眼因惊惧而可怕地瞪着，又瘦又皱的一张老脸神色惨白。

一群警察密密麻麻站在他面前。

何局长，派出所走一趟吧。老警察叉起腰，铁青着脸站在他面前，表情充满骄傲和讥讽，我就说了，回马枪总是能杀到几个人的。

· 十四 ·

十一月二十三日晚，常委会讨论王志等人的任免那天，陈小好一直在发短信过来。

那正是袁大春最愤怒的一天。

离开会只有十来分钟，他正在洗手间，陈小好发信息说，他们和我打赌，赌这案子立不了。他们还要我试探一下你们，只要你和何局长愿意收手，一年分别按十叠五叠记账，单独给你办张卡，密码给你。

袁大春震惊，这样狂妄的事情，他入行十一年真没遇见过。都铁板钉钉，他们还敢这样刀上滚肉走，明枪明刀地晃。

他们什么时候说的？

把我约出去，茶楼里说的。

录音了吗？

没有。

下次记住。

没用，他们来，左边一个，右边一个，收我手机。

他们收你手机？谁？袁大春满脑子全是脏词，堵在喉咙里，憋得一脚踹翻洗手间的废纸篓。

他们是所有人……所有不是你、我和何局长的人。袁书记，他们人太多了。陈小好的短信里流露出浓烈的悲伤和无奈。

别悲观，有组织在，多给何局长和郑局长汇报，关键时候，可以直接找我。袁大春发完信息，寒着脸走出洗手间，正好政法委秦冬书记进来，看他一眼，似笑非笑地点点头，袁大春脑子咯噔一下，脸上不敢轻易流露任何情绪，只说，尿啊。

尿。秦冬答。

都有点心不在焉。

开会，说是讨论人事，其实只是过最后一道程序，三下两下就散了，袁大春有意拖到最后，他要和书记谈谈。

是的，难怪“他们”敢和陈小好打赌——两家民营医院套取农合医资金的事已经坐实。但是，监察局局长郑平安找了检察院，检察院不接，说是对照刑法，该是诈骗罪，归公安。找过公安，也表示难接，说正经案子一大堆都忙不过来，这事交给卫计局自己处理，该罚就罚，该关医院就关医院，非扯到公安来做什么？

好像这案子“不正经”？

总之这案子没人接。

让郑平安深入了解情况以后，袁大春总算明白陈小好说的水深是什么意思了——说是招商引资来的医院，其实刨根问底都有高岗本地人参股，人家这是套路，分一杯羹给本地人，相当于买下了保护伞。这座他陌生却又熟悉的小县城，有着一片他从未涉足也无法涉足的丛林，那里藤蔓丛生，互相依赖攀爬，欣欣向荣。

袁大春手里只有一把刀，斩不断那么多的根。

县里入股的人还真不少，公安、检察院、四家班子领导的亲戚，市里、省里说不清道不明的关系……人家都等着分月红年利，你从天而降，说要断人家的财路，可能吗？

斩不断也要斩。袁大春想，老子就不信了。

但是，从归属上说，这案子不归纪委和监察局，前面做那么多也只是督办，所以让陈小好来当头刀菜。陈小好看上去斯斯文文一个人，做事倒雷厉风行，三下五除二把材料取得清清楚楚、明明白白，可现在有什么用？那么厚的两沓材料，全在合医办保险柜里存着。

屁用没有。

生气的原因吧，他有点发烧，全身每一个细胞都不舒服，像是吃伤了、跑伤了、累伤了。耳朵嗡嗡响，痛。

一条路，陡不怕，怕走不到头。

他得和书记深入地谈一谈。

明亮的白炽灯下，书记微笑着掏出一支烟，一脸等他去撞钟的表情。

只要他最后走，书记都明白有事要谈，他是书记的刀、剑、长矛与左膀和右臂。这几年，他们亲密且互相信任，吵个架都能吵出高岗县养殖业的新高度。

但这一次袁大春觉得书记默契的表情里有着什么不一样的东西，有点让他担忧。

果然，对话只用了短短的几分钟，不过彼此都像走了很长的一段路，路崎岖不平，陡峭坎坷，不知名的各种草类凌乱蓬勃地挡在面前，有刺，锋利尖细，走一步扯一步，扎进裤腿里，浑身不舒服，磕磕绊绊，他走得肝火烧，书记则走得有点力不从心，也不看袁大春。

最后，书记猛吸口烟，从烟雾中挤出一句话，停医院，案子，再说。

再说？袁大春瞪人眼，整了半天，你给我这一句？

不然呢？书记沉闷烦躁，秦书记和冯县长前两天都汇报过，一是公安案子实在是太多，的确忙不过来，而且他们不接也有他们的难处和理由，明明是卫计局管理失控，凭什么要公安来擦屁股？现在这事要扯上二次报销，两年加起来，县里少说得拿出四千多万，冯县长昨天已经问了财政局，年根上，不说四千多万，四万都难。

袁大春一听头大了，他才迈一步，书记已经走了一大圈。

那就不管了？

管，我说了，退资金、再处违约金，平了山头撵虎走，亡羊补牢总要做的。书记摁灭烟，又点燃一支。

之所以摁灭，是表示决定已不容更改；再点燃，是表示这个话题终结。

袁大春不干——你觉得他们只是在套取农合医资金吗？这是民生问题啊，是大事！而且他们是公然向组织、向法律、向正义挑衅。你知道他们胆子大到什么程度？他们居然敢要挟我们的人，收手机，谈话！他们找我们的人谈话！

一群鸟人，混生意的，能挑个屁战。书记不耐烦地说，他们没那么大本事。谈到民生，违约金可以重一些，三倍，五倍，十倍，你们定。

那之前的呢？这才只清了一部分，你撵他们走，我们不清了？袁大春质问，以前还可以吃思想，吃觉悟。以后呢？吃聋子鸡？

书记给噎住了，抬起手把一沓文件朝他摔过去。

这是他俩惯常的亲昵，狠摔东西笑骂娘，越摔越骂越亲。摔着骂着笑着，有些事就结了。

可这次袁大春不买账，凶巴巴瞪着书记。

书记尴尬地叹口气，由他看，面无表情地说，如果你现在拿得出来四千万，我叫公安马上启动程序，否则，年节上，维稳为大，你谈的民生是小民生，是局部，县委要考虑的是更大的民生，全县的民生。

关全县民生什么事？这是案子。

钱呢？没有钱，只有挖东墙补西墙，但是现在在年根上，县里好不容易筹到的钱，哪一笔不是用在民生上的？你以为是用来吃饭喝酒的？书记反问。

沉默了。

好长时间，两个人的身体都坐僵硬了，笔直的上身，紧绷的后背，无语的对峙。

L形办公区的侧楼里，黑暗中，冯玉站在副楼的办公室里，透过蓝色玻璃，静静俯视正楼的三楼常委会议室里静坐对峙的两个人影。

灯光照在书记脸上，沉重、疲倦。

他再次见识了画家的厉害。

之前，画家在电话里很肯定地说，一切会在新年到来之前终结。

冯玉听着，眼前出现一个手持魔杖的人，这人的脸已经模糊，三年没见面，冯玉快想不起他什么样子了，但奇怪的是，他一直在他的生活里，无处不在。或者说，画家一直就住在他的心里，他想的，他要的，他痛苦与纠结的，他都与他同在。

至于你，你只管保持沉默。你又没贪。画家说，就什么都不用怕。

是的，冯玉想，他的确没贪，之所以不贪，是因为高岗不是他的终点，他有远方。

他的贪，不在这里。

三楼的灯最终熄灭了。

夜陡然坠入很深很厚的世界，厚得没有一丝光亮，厚得冯玉找不着自己。他倚着墙，长长地叹了口气，无边的黑暗中，那声音巨大得把他自己吓了一跳。

他本该松一口气的，可不知什么原因，他轻松不起来。

· 十五 ·

一根已经长在肉里的刺，就算它不再让你痛，但你永远不要奢望它会长成你的肉。

对冯玉提出的收兵建议，画家并不采纳。

案子那头停下来了，但他必须继续找陈小好的缝，这人是把好钢，好钢在别人手里是件危险的事情，只有他成了自己人，或者是彻底住嘴才安全。

他还要搞定袁大春，要送神，袁大春这根刺绝对不能留在高岗。

画家第一次用恶狠狠的语气说话——好好的一块肉，生生让姓袁的给拱了。

冯玉没好气地答，要不是你们吃得太厉害，让其他医院没活路，也不至于被咬到今天。

画家叹口气，说，是你们县里那几个股东太贪，我隔得远，管不住。

管不住你给我捅这么大一窟窿。冯玉来气。

哥马上给补上。画家迅捷地答，不能把你搅进来。

数天后，被再次关停的两家医院打出了财产转让公告。

冯玉暗暗看在眼里，静默不语，他知道，来“买”下医院的人，依然会是画家和他的朋友们，圣百也好博爱也好，无非再换个名字，借尸还魂。

只是冯玉想不通，画家怎么在他毫不知情的情况下，在高岗笼络了这么多的“朋友”？

那些都是棋子。画家毫不在乎地答，跟你说什么。

那我呢？冯玉一怔，问。

你？画家也一怔，笑声低沉，答，亲，我是你什么，你就是我什么。

·十六·

医院关停了，冯玉心里的一块石头落了地。二次报销依然没有，绝望的人继续绝望，开心的人尽情游荡。有人在等新年新的愿望，有人却在等死，还有的人，站在远处，安然等着看他们死。

还有的人，正去往死亡……

那天寒流刚过去，气温上升了七八摄氏度，夜市热闹起来，白天不敢摆出来的年货摊摆满人行道，腊肉、糖果、炒货、衣服、帽子、围巾、糕点、卤料、饼干、鲜橙多、雪碧、冒牌的八个核桃、黄月亮洗手液……高岗街头一派小商品批发市场的景象。

白天冯玉上了趟神轿坡，为什么要上去，说不清楚，总之心里头有点荒，不是紧张的那种慌，而是躲避、不安又找不到边沿和结尾的那种荒。一到家他便开始拼命干活，先是割完了父亲坟上乱长的荒草，取了几筐大堰泥兑水夯了一遍院坝里的坑凼。再就是老娘堆在堂屋里的苕藤，他通通宰碎，装进半人高的薄膜袋里，密封好，竖放在老屋后的屋檐下，那是猪儿们一个冬的伙食。最后，他打扫完了五间老房的阳尘，又拿出带上山的报纸，烧水倒面调了一锅糨糊，把烤火的地楼屋全部糊了一遍，山上风雪不断，他却忙得满头大汗。

老娘不理他，顶着风独自倚着门框，望着对面山上白茫茫的雾凇沉默不语。

冯玉闷头做完事，饭也不吃，说是怕晚了路上结凌开车危险，急急回了家，煮了碗面，边吃边看《焦点访谈》。看完《焦点访谈》，他点了根烟，起身走上阳台，戴上手机耳机听音乐，夜风凉，带着神轿坡上熏腊肉的杉叶香。真好。

从十楼望下去，是热闹喧哗的烟火人间。

耳机里唱《北方女王》，歌词忧伤断肠——

这里的秋天，开始变得寒冷，孤独了忙碌的人。
总会有一些善良的狗，心中藏着秘密……
你和我一样，都是说谎的人，拥抱城市的灰尘……
后来在一个慌张的夜晚，我找见了憔悴的人……

就在这时，音乐断掉，手机响，何长顺在里面声嘶力竭地吼叫，小好跳楼了。陈小好，跳楼了！

客厅的钟指到八点十一分，世间所有的夜晚都会有的这个时刻，注定为谁定格。

到底哪个环节出了意外，冯玉不清楚。赶到现场，泥泫镇新任党委书记王志站在警车旁，一脸无助且无辜的惊慌。

冯玉犯疑，但没敢问，那表情是个坑，他怕摔进去。

陈小好、王志，答案应该全都在画家那里。

电话打过去，画家半天不说话，也不诗意了，也不深奥了，沮丧直白地骂，整大了，不想这样的。

再就问不出什么了。

卫计局院子里，手机、电筒、车灯，所有的光束都在乱闪，闪得种满槐树的院里影子丛丛、阴风阵阵，冯玉感觉到处是陈小好的眼睛，天上，地上，墙壁上，树枝上，叶子上。

全是陈小好。

地上的血，也在细声说，我是陈小好。

风吹动树梢，沙沙沙，墙上地上树上的眼睛全部动起来，蚂蚁一样，沙沙沙，朝他聚来，他惊吓得缩缩脚。

·十七·

夜深沉，黑漆漆的县委大楼里，纪委的窗户亮着灯。

袁大春坐在桌前，看着眼前一排排文字发呆。

十一月十日，陈小好调离泥泫镇。

十一月二十三日，王志调任泥泫镇党委书记。

今天是十二月十二日，陈小好自杀。

陈小好为什么打电话给王志?

倒回去七天前，陈小好一再强调要见他，有什么事?这期间又到底发生了什么事?

一连串的问号，弄得袁大春焦头烂额，他一把搓烂信笺，颓然长叹。

这些日子，一场中耳炎折磨得他实在是难受，与书记的交谈又对不上路。他总不能背着书记往上捅。钱是个大问题，办法没想出来前，只能躲着陈小好，是他雄赳赳给人家打气——我硬得很。

结果人家去冲锋陷阵，到了被人要挟、收手机、“谈话”的地步时，他却窝在医院输液装孙子。

真没想到陈小好会跳楼自杀——是自杀吗?

如果说是某一种力量将陈小好置于死地的话，那里面无疑有他袁大春一份“功劳”。从第一次出现在他面前开始，陈小好就不断在变换着眼神，忧心忡忡的、胆怯的、跃跃欲试的，然后是勇敢的、渴望战斗的，接着是炽烈的、几乎燃烧着的——这个年轻人，似乎因为自己能够在一个纪委书记身边共同战斗而荣耀自豪。

屁。

见不到自己的这最后七天，陈小好肯定是遇到了什么，可到底是什么呢?

或许，聪明细致的陈小好会留下什么线索，比如手机。

可是手机到底在哪里？

去找手机的何长顺突然没了联系，电话也一直不接，这个老咬卵犟跑到哪里去了？

办公室的门被悄无声息地推开，沉思中的袁大春并没有发觉，直到一个微微发颤的声音响起——

袁书记。

袁大春抬头，吓了一跳。

曾梅像幽灵一样无声地站在门口，脸色苍白，像块生石灰，泛着青，微凸的豁牙因为恐惧和紧张更显得突兀，白森森地露在嘴唇外面，她是走到县委大楼来还是坐车来，不知道，只知道她的头顶呼呼冒着热气。身体呢，晃着，好端端站在那里，却跟在无边的海上一样，不可抑制地摇晃着。

袁大春在曾梅瘫软在地上之前扶住了她。

陈小好死了。曾梅带着哭腔，不停地哆嗦，不知什么时候外面下起了冻雨，曾梅的肩头全润湿了。

我知道。袁大春痛苦地回答。

他跳楼了。曾梅恐惧地瞪大眼，说，当时我就在隔壁大办公室里，辞职后我难受，又怕我妈看出来，就说加班，天天晚上跑办公室里发呆，我很少开灯，怕大家看到了笑话……他进来时在打电话，我没好吭声，听了半截后，更不敢吭声。

袁大春脑子电光石火一亮，你接着说。

他要那边给他点时间，他只差六万了。然后那边不知道说了什么，他就开始求，真要把人逼死吗？又说，那我成全你们。说完他就摔了手机，那手机哐当一声摔到墙角，弹到这边办公室来，我想去拿，但是不敢动，因为我听到他开始哭。

哭什么？

不知道，一小会儿吧，他开始在电脑上嗒嗒嗒嗒打东西，打得飞快，我摸到门边看，他那双眼睛盯着电脑，红红的、恶狠狠的，好吓人。弄了好半天，他关了电脑，提起桌子上的一瓶酒，咚咚跑出去，再然后……

曾梅停下来，嘴巴张得老大，却发不出声音，只有眼泪一滴滴往下淌，好半天，嗷一声缓过气，然后哭出声来——我真不知道啊，楼下闷声闷气一声响，我还以为谁在关车门。前前后后不到十分钟……警车呜呜响着开进院子里来，我透过窗户朝下看，黑乎乎一摊血。书记，我在办公室里吓得发抖，差点晕过去了。书记你想一想，好端端一个人，十分钟前我还听到他和人说话，十分钟后就死了。那声音还在我耳朵边热乎乎的，哭声现在还在……

曾梅说到这里，已经哽得说不出话来了，只用发抖的手反着在羽绒服帽子里一阵乱薅，她手短，人又胖，薅起来费力。

袁大春疑惑不解地捞起她的帽子，一捞，捞出部手机。

我怕有人搜身，帽子……安全，走廊黑麻麻的，下面都乱成一团了，居然还有人钻进小好的办公室来，也不开灯。曾梅用手背抹一把泪，长吁了口气，惊慌不安地说，会不会是来找这个？那个人是干什么的？我怕他找到我屋来，趁他发呆，我捡起手机就冲出来了，然后……到处找你，打你手机，老是占线，后来又关机了。

袁大春这才注意到，手机没电了。

曾梅说的那个人应该就是何长顺吧。袁大春给曾梅倒了杯水，把陈小好的手机拿在手里折腾一番，又沮丧地甩在桌子上。

摔坏了。

是我关机了。曾梅小声说，我怕它响。

袁大春意外地看了曾梅一眼，打开手机，整半天，又叹气，没密码。

我试试，曾梅想了想，说。

嗯？

交接工作时，他问我合医办公共邮箱密码，我说是147258，他笑，说是人宽张，又说他的手机也是大宽张。

袁大春心头想，都以为曾梅笨，但这女人绵里藏着针，粗里藏着细呢。

147258，不对。

147369，不对。

最后一次，曾梅小声欢呼，258369，对了。

袁大春翻通话记录，最近一段时间，一个尾号3479的号码与他联系最密切，其次是短号41104。

查一下这两个号。袁大春说。

解开手机密码的曾梅显得镇定踏实多了，掏出手机麻利地核对，3479是王志书记，41104不用查，是我们系统的，泥浤镇计生办财务何小苗。

袁大春哦一声，又翻短信。

一则短信引起他的注意。

杨东第，9000，2016。李仁利，12000，2015。陈草狗，8500，2012。潘四娃，11000，2013。

收件人是41104何小苗。

你叫这个何小苗来一趟办公室，悄悄地。袁大春说完，感到疑惑，难道陈小好有经济问题？

何小苗出现时把袁大春吓了一跳，这哪里是小苗，是棵大树。魁梧胜过男人，站在袁大春和曾梅面前，呼哧呼哧喘着气，两眼眶又红又肿，惹得刚擦干泪的曾梅又哭起来。

好端端的，何小苗往沙发上一坐，瘪着嘴哽着嗓子，下午还联系，他说心里不舒服，晚上问我们几个在不在县城，他值班，想找人喝酒，他说他从家里偷了瓶酒出来……我说他老婆怎么不去死，家大业大的，甩个手打个牌一晚上就是几万，就是一个子儿都不给小好。小好的妈尿毒症都晚期了，她还死管着钱不放……我们哪晓得小好要寻死，大家都在镇里，都没来。结果……还是来了，多好的一个人，摔得……都粉了。

曾梅擤一把鼻涕，瓮声瓮气地说，苗，不扯这个，我问你，小好下午发给你的短信是什么意思？

还能是什么意思，何小苗说，下午他打过来，我立马就给他上了账，只差六万块了，还跳楼。

上什么账？六万块是怎么回事？袁大春终于抓住了那个无形的答案，他是不是挪用了计划生育抚养费？

何小苗愣了愣，说，是啊。

陈小好的妈两年前患上尿毒症，陈小好没地方借钱，就挪用了计生罚款，一头给老百姓打白条，一头拿去救急，每个月节省了钱就凑起来还一点，年底发奖金再还一点，这几年花了十九万，前面还了四万多，最近又还了九万多，还有六万。

最近还了九万多？为什么？

新来的王书记发疯呗，一来就要求搞地毯大核查，核对五年来所有的超生户罚款收缴情况，这不是逼小好吗？东拼西凑借了九万多，他一笔笔打给我，我一笔笔给他入账，然后按他发的信息和金额开票据给农户。何小苗愤愤地说，镇上一时半会儿也不缺这点银子，小好人家是拿去救命……

袁大春听得脸都绿了。忍不住骂，挪用这么多公款等于是贪污，你还帮他瞒着，胆子够大。

何小苗一听，腾地站起来杵袁大春面前，足足高袁大春一个脑袋，居高临下一通雷鸣电闪——他房子是媳妇的，贷款贷不了，镇里借，也说财政有规定，借不了，难道看着他妈去死？我们帮不上忙，当哑巴不行吗？小好又不是不还！你是县领导，你不缺钱，你不知道缺钱是什么滋味，你不知道你妈你爸你家里人躺在病房里生不得死不得是什么滋味！

袁大春火了，说，何小苗！说什么呢！

说你。何小苗火冒三丈，我说呢，上周劝他跟你坦白，自首，请求宽大处理，他说没用。果然没用，这回好了，逼死了。你们逼死的不光是他，还有他妈他爸，他妈尿毒症，他爸半边瘫。你去关心呀，他妈两年没拿到二次报销，你管？还有，谁给小好收尸，你？犯错误？不犯错误问你借你给吗？啊，你给吗？

牛高马大的何小苗一席狂轰滥炸，劈头盖脸砸过来，袁大春整个人都被炸蒙了，好半天缓过劲来，扯了扯毛衣，悻悻地骂，女子家家，学得像哪吒，喊你来是想了解一下情况，陈小好为什么要自杀。

还用说，姓王的逼的呗。何小苗恨得咬牙。

又一道阴影从袁大春眼前掠过。

他转头看曾梅，圣百、博爱，是不是里面谁和王志有关系？

曾梅思忖片刻，脸色发青，说，圣百有个暗股东，陈天福，老城关派出所所长，之前同王书记在乡镇派出所搭过班子。

原来如此，袁大春捏紧拳头。

十号陈小好这颗棋子摆到县里来，人家二十三号把王志这颗棋子摆到泥泫去。料着陈小好有纰漏，过去找呢。结果，正义终究比罪恶更在乎清白，更恐惧被钉到道德和法律的墙上去接受审判。于是卑鄙者一马平川，陈小好则被点中昔日的死穴。

小好是被逼上死路了——要么和他们一起当鬼，要么因为贪污挪用公款罪判刑入狱，条条路都有蛇，都咬人。

难怪陈小好会被搜身，连个音都没法录。他们面临的是一场塌方式的腐败，黑手已经侵入到重要部门，甚至是权力机关内部，一旦揭开黑幕，高岗官场不说集体沦陷，一窝一串是有的。不然他们也不会如此艰难，处处受制。

事态在加剧，一切正在变得难以控制，袁大春隐约感觉到，对手太自负，从他下手时开始，对方就在谋篇布局，在跟他“玩”，这不是一两个人，这是一群人，一群吃惯了、吃顺了的人。他们已经吃得自己是谁都不知道了。

书记要求平了山头送老虎，却不料恼羞成怒的老虎要吃人。

但是，这群人也没想到，事情在陈小好这里搞砸了，一颗小小的棋子，竟然宁为玉碎，不为瓦全。

他们玩大了。

袁大春站起身，叮嘱曾梅，明天一早去一趟陈小好办公室，把放资料的保险柜抬出来，我让郑平安来帮你，拉到纪委。

资料不在保险柜里。曾梅细声说。

袁大春和何小苗愕然看着她。

我……曾梅沉重、忐忑、扭捏又骄傲地说，我太了解他们了，郑局长也知道这一仗不好打，好打也不会等到今天。公安局、检察院都不接案子后，郑局长就提醒陈小好转移资料，保险柜太明显……陈小好和我商量后，资料全在我妈的床垫子下面。

你妈走尿的。何小苗失声惊喊。

你才走尿。曾梅羞红了脸，慎重地对袁大春解释，我妈她不走尿。

袁大春难以置信地看着曾梅，瞠目结舌，这还是两个月前那个惊惊怕怕的女人吗？人家一路游击战打着走呢，什么是忠诚，这就是忠诚。

你们都回去吧，袁大春叮嘱，今晚的事一定要保密，如果你们不想陈小好白死的话。

曾梅忧心忡忡地看着袁大春，说，书记，我怕下一个是你呢。

我？袁大春自信地笑，我赌他们没那胆，我跟你说，曾梅，还有马妹子，有我袁大春在，他们逃不了。

我姓何。何小苗不满地更正。

你生机勃勃，像马。袁大春认真地说，这样很好，永远不要失去信心。

·十八·

从公安局听完汇报出来，冯玉不敢去殡仪馆，他怕看到冰棺里的陈小好，更怕陈小好突然坐起来，揪住他说，是不是你？

真不是他，但是他为什么不敢面对陈小好，不敢面对袁大春他们呢？

想到这里，冯玉身子一僵，火牙又开始钻心地痛。

什么时候，一直想要融入的“他们”，变成了今天他所对立的“他们”。一旦失去了他们，他是谁？

哲学的命题来了，他是谁？为了谁？依靠谁？

空气里飘浮着一种奇怪的气息，像硫黄，像中药，像芥末，像暴雨雪来临前的严寒。画家的意思，要他保持沉默，只要不说话，世上没有任何人能找到你的软肋、挖出你的秘密。

我的软肋和秘密是什么呢？冯玉有点疑惑。路过凤湖时，他示意停车，让司机和秘书先去殡仪馆，自己要了条船，在凤湖里瞎荡。

这一夜太混乱，他需要静静，从头理一遍，正好有点微雨，清醒清醒也好。

他在心里问画家——我没有贪污，我和你的友谊来得纯粹无欺，两家医院进来之前你也不曾给我透露过任何信息，招商引资来的时候，我甚至不知道有你在里面。那么，我到底为什么要沉默？我为什么要害怕呢？

画家在他心里飘浮不定地笑，说，你怕事实。你的软肋我早就说过，五行不定，输得干干净净。

事实是什么？事实是你心里的秘密。

我没有秘密。

你有，虽然你一直不承认，但你记得，那天你喝了酒，和我说，姓汪的偷生超生，孩子养在四弟家，凭什么提副县。

是的，我是说了，你是我大哥，我们无所不谈。

这就是你的秘密了，你贪大——从你看到那六辆车开始就埋下的种子，当然你也不知道这种子会长成什么样子，常青藤？罂粟？蒲公英？稗子？总之让它长，没关系。我们隔得那么远，远得三年没见过面，你可以让这种子随时生长在你的生活里，也可以随时拔掉它。人的天性是趋利避害，当你发现这颗种子有那么一点意思的时候，你开始有意无意地浇灌它，利用它。比如，适时地表达你的渴望——你从那六辆车开始已经知道，我是一个有能量且喜欢招摇的人，更喜欢被人需要，那样显得我很牛。穷山沟里出来的孩子，谁不是这样？你也一样，只是你还不够强大，所以你种下种子，让我成你的树，你的刀，你的矛。你告诉我老汪的软肋，然后让我去刺死老汪。你喝酒、吃饭、惋惜、自辩，因为你真的什么也没有做。可是，你真的什么也没有做吗？

我……没有那么龌龊。我就跟你说说心里话。

你有。不然你说人家偷生做什么？你表面清明、克制、敬业，但你一直在谋。你不贪是因为你的克制后面有更大的贪婪。

你非得这样咄咄逼人吗？你已经害死了陈小好——当然，我不知道你是怎么弄的。我很自责，难道你不自责？

你的意思是你很高尚？这些年你用的车，表面上是借，其实我还得给你加满油，配一个管理它、修理它的人，负责随时开到你面前。

那是我们兄弟之间的情谊。

就是兄弟情谊害了人，你用我的车用得心安理得，我用你的权力也用得有恃无恐。你不分管卫生，我也想不到要来高岗开医院。我有的是赚钱的门道，不差这点，就是我们两个人的友谊——这块鸦片害的——上瘾了才知道是鸦片，知道时又有点晚。

雨下大了，绵密如丝，冯玉吸了吸鼻子，拿出手机，打给画家，他不要在心里和他对话，那样他会输得很惨，他要扳回一局。

喂，电话接通了，那边很安静。冯玉深长地吸了口气，问，你相信神吗？

不知道，神还没在我生命中出现过。画家嘴硬，嘻嘻笑，电影台词就是这样的。

神有正反两面，或许他用另外一张脸在你我面前出现过。

是吗？我倒是愿意看到他是死神的样子，那我就随他去地狱。画家狠狠地答。

冯玉无语。

扑通一声，桨掉进水里。

他赶紧去捞，湖水冰凉刺骨，没捞着，反而被船舷上的木刺伤了手。他盯着渗血的伤口，突然回忆起刚才看到的那一摊夹杂着粉红与粉白色脑浆的血。

他开始晕船，想吐，想上岸。没有桨，回头一看，他已经离岸很远了。

· 十九 ·

老城关派出所里，灯火通明。

老警察问，你藏在死者的办公室里干什么?

何长顺骂了句谁家的先人。梗着脖子说，老子不和你讲，我要找袁书记。

说清楚了再给你找。

他不来我不说。何长顺警惕地答。圣百、博爱，都有所长陈天福的股子，现在他被拉到这里，不是件好事。

陈所长，老警察朝外面喊，何局长他不说。

找找他身上。外面轻描淡写地回答，有没有可疑的东西。

何长顺一听火了，大骂，姓陈的，你找一下试试，老子是人大代表，你绑我！老子混江湖时你还在穿开裆裤，既然你不要脸，老子就帮你抖开，你们的医院被我们查了停了，要吃牢饭了，你打通上上下下，不接案子，还每天揪着陈小好不放，你以为你搜得了陈小好的身，就搜得了我的?老子告诉你，老子老鸹山上下来的人，不吃你那一套，你有枪，老子有刀，老子包里随时有刀，从你们威胁陈小好开始，老子就一直带着刀。老子就不信了……

突然蹿进来一个人影，冲着他就是两耳光，打得他眼冒金星，接着，一张又脏又臭的抹桌布塞进他的嘴里。

何长顺双手大拇指被一根鞋带牢牢反绞着，气得呜呜狂叫，眼睛瞪得如牛眼一般大。站起来就要踢飞脚，却反被一脚踢在肚子上。

你看到我打他了没？陈天福问。

老警察犹豫不决地摇摇头，又说，怕是……不好吧。

何局长的嘴巴臭，爱骂娘，他一进来啥也不说，净骂娘，你们呢，也不知道他是人大代表，他也没告诉你们不是？所以，等明天早上，你们给我讲了，我再请示县里。陈天福微笑着挥挥手，让局长去“里头”休息。

何长顺嘴巴给堵着，说不出话来，但他脑子没坏，照理说陈天福就算有天大的胆子，也不敢这样对待他啊。明天，一出派出所，他往袁书记和人大常委会主任办公室一坐，陈天福到底还想不想当这个所长？

这杂碎，看来是急红眼了，要不，就是他还有别的什么招数没使出来，更恶的，更可怕的。

拉拉扯扯越过三间办公室，何长顺被甩进派出所最里面的小房间，黑洞洞，没有光，只有一扇陈旧的木窗，玻璃破了，风飕飕往里钻。

夜渐渐深了，气温降到零摄氏度上下，何长顺开始觉得身子发僵。这样下去不是办法，没准真给冻死了，他得早点见着袁书记。

左想右想，何长顺边哆嗦边寻思那扇窗户。

半夜，嘈杂声消失，何长顺在黑暗中瞪大眼睛，竖起耳朵听——外面响起一阵阵呼噜声，电视机的声音一直在响，却始终没有被换台，值班的干警应该是睡着了。

何长顺蹑手蹑脚挪到墙根，拿脚轻轻勾挪杂物堆里的一条板凳，移到窗下。

踩上板凳，何长顺探出窗，一股冷冽的乱风卷着碎雪打过来，扑在脸上，痛得他眯上了眼。夜里，眼前模糊一片，窗下有隐约的潺潺水声，但实在是太黑，又没有光，什么也看不见。

为什么没有光？来不及想，何长顺反绞着手笨拙艰难地翻了出去。

·二十·

喀斯特地貌的高岗县有一条半明半暗的岩腔河，老县城和城墙的一段就建在岩壁之上，远远看去，如同悬崖上的城堡，充满惊悚的建筑美。

老城关派出所的位置，正是当年老城墙哨台的位置。呈长条形的建筑，一头往城里伸，面朝大街——走出去就是热闹的老城烟火巷，巷里专卖泡菜坛、炭火、竹筛、扫把、木盆、竹背篼一类的农特产品。大大小小的茶摊、茶馆，一杯茶两块钱，来往都是小老百姓，很少有机关的人进出。另一头临崖——崖有十几米高，下面是乱石嶙峋、水流深寒的岩腔河。

除了派出所的人和少部分生在县城长在县城的老人，绝大多数人不知道，长条形的老城关派出所里，临时搭建在最里面的那间堆放杂物的小屋子，墙外不是想象中的平地、街道、店铺或巷子，而是“一脚踏过生死界，举步便是阎王殿”的所在。

第二天下午，警察在岩腔河里找到了“失踪”的何长顺。

他已经死了。脸朝下，下半身在河面上，挂着一层薄薄的河霜，上半身埋在河水里，一头灰白的头发在水中幽然浮动，安静凄凉，眼睛瞪着，嘴巴张着，脸上伤痕累累，神情惊惧挣扎，仿佛有话要说。

但是何长顺没法开口说话了，他无法说明他偷偷摸摸藏匿在陈小好办公室里的诡异行为，也无法解释他为何要逃离派出所。

银行首先发现了问题——何长顺和陈小好的账户在陈小好死亡的第二天上午，分别有十二万和九万的进账。转账的是昔日圣百和博爱的院长。

两家院长在遥远的省城委屈地坦白，他们是套了点钱，所以何长顺和陈小好一直在要挟他们，索要封口费。至于两人死亡一事，他们表示震惊和遗憾——若知道就不会打款了，而且他们已经准备好了信访件，要控告二人利用权力索贿。

王志坐在办公室里，眼睛红肿，他实在是睡不好觉。陈小好挪用计划生育抚养费是该被追责，也该开除公职、判刑。但早知道陈小好会吓得跳楼，他宁愿不查。

一切不言自明，一个是临退休前捞一把，一个是病急乱投医。狼狈为奸又互相提防，何长顺担心陈小好死前在电脑里留下什么证据，因此，所以，于是——

陈小好的电脑被他收拾得干干净净，连只蚂蚁都找不着。

县委办电话通知各科局，何、陈二人均属非正常死亡，不允许开追悼会，不允许各相关科局以工会名义悼念送葬。

这个冬天仿佛比任何一个冬天都要冷，冻雨绵绵，无声滴落在稀稀拉拉的花圈上。殡仪馆旁的山坡上，成片的芦苇林立，静默如洁白的引魂幡。

只有袁大春穿戴整齐去送葬，他不在乎谁告他，谁告他就告去吧。

灵堂前，何长顺的爱人表情呆滞地坐在那里，看着雨滴一滴滴掉到地上，发出轻微的声响和细小的涟漪。她也是老鸹山上下来的，在城管局当工人，她不相信自己的男人是贪污犯，看到袁大春，她艰难地挤出一丝苦笑，环视空荡荡的灵堂，说，这里冷清得，还能装下一个冤魂。

袁大春说不出话，只能摇头。他的嗓子已经哑了，吵了两天的架，从政法委到书记办公室——何长顺去陈小好办公室是他安排去的，陈小好死得蹊跷，他想看看有什么东西留下没有——那又能说明什么问题？只能说明你袁大春一直被何长顺蒙蔽了，何长顺没有鬼，为什么连个灯都不敢开——那是因为案情一直很复杂——能复杂到开个电脑都要用毛毯把头罩起来？

说不清楚。

既然说不清楚，他没再提陈小好手机的事。

从现在起，他有他的套路。

冯玉没敢去殡仪馆，他怕灵堂起风，怕灯下有影子，怕风里有人叫他的名字。

面对无端出现在死者存折上的巨款，何长顺和陈小好的家属最终选择了沉默。

县委对老城关派出所进行了全县通报批评。

一切有条不紊，诸事盖棺定论。

只有曾梅和袁大春清楚，这棺盖的是冤。

烧完何长顺的头七，曾梅推着老娘消失在高岗街头。

她一辈子爱过两个男人，现在都死了。现在，她要走，她把手机给了袁大春，她也只能做到这里。

袁大春也彻底沉默了，胡子拉碴，不修边幅，脸色发青，眼神阴冷，开着年终总结会，他竟然在上面睡着了。

书记找他谈话，说，要不离开高岗，换个岗位吧。

好。他抠抠眼屎，答。

长顺呢，书记又说，性子躁了点。

是。

派出所，不好说，总之有过失。

对。

书记叹口气，说，你还是狂点的好，这样我心里好受一些。

袁大春迟钝地转了转眼珠，说，不仅仅是人死了，关键是民生。有些事，不断根，以后还会有。

书记皱眉，毅然说道，四千万也好，五千万也好，县委、县政府一起来想法子。可是现在医院解体走人，档案都没了，合医办的调查材料和原始病历也不见了，关键的两个当事人也死了，我们怎么办？

袁大春定定地看着书记，一动不动。

书记被看得有点发毛。问，什么？

你刚才……袁大春肿着两个大眼泡，疲倦、缓慢地说，你刚才说，我们。很久了，你一直说的是，你。

书记苦笑，说，我们是一起吃过思想鸡的。

袁大春脸上缓缓露出一丝隐约的笑容——材料都在。袁大春缓慢地，一字一顿地说，人证，他们不死，我不敢保证。他们死了，我敢保证，有人会说实话的。

你确定？

我确定，因为良心不会死。比如王志，比如，那个一说到何长顺就把头歪到一边的老警察。你以为我们纪检监察这段时间真在睡大觉？

说着，袁大春的手机嘟地响了一下，是邮件提醒，袁大春点开，瞥了一眼，突然顿住，看着看着，他开始抿嘴笑，越笑越开心，眼却红了。

陈小好发的。他昂起头，不让眼泪流下来。

书记愕然，说，你糊涂了。

我没糊涂，陈小好说，今天应该是他的七七，大家都忙过了……他还说，他错了，但他的心是干净的，他情愿带个干净走。

你莫吓我。书记伸出手要去按呼叫铃。

袁大春拦住他，眼圈发红，声音依旧沙哑——小好还说，就算阴阳相隔，真相永不磨灭，因为有一种邮件，可定时发送。书记，死人是不会说谎的，对不对？

窗外有炮仗声隐约传来，再过几天，就是新年了。

·二十一·

路虎停在楼下，喇叭响了一响，冯玉走下楼打开送奶箱，里面却没有钥匙，正发愣，车灯亮了。强烈的逆光中，冯玉看到驾驶位上隐约坐着一个人，一个他不想见到的人。

那人声音疲倦忧伤，要回神轿坡？

冯玉点点头，扫了他一眼。

三年不见，突然看到这张脸，冯玉有点意外，也有点惊慌，四处张望，确定没有被监视，这才迅速上了车。再一细看，那个夸张又潇洒地呼唤上帝，说"要有光，于是有了光"的画家跟眼前这张脸完全合不上，卷曲浪漫的长发没有了，剩下一颗光溜溜的脑袋，人顿时显得异常衰老，不是说头发没了显老，是老在没有遮挡的眼神上——那眼神灰暗无力，蒙着一层无法聚焦的虚。

上坡去做什么？

种菜、喂猪。冯玉冷笑，袁大春都有动作了，我离上坡的时间也不远了。你不是说，五行不定，输得干干净净吗？你不是说，要危险的快感吗？现在都有了。我老娘守得好，不然还真没个退路。

还是先陪我回趟老家吧。画家面无表情地说。

冯玉不回答，催，快开车，出城再说。

两个咬卵犟。画家又说。

冯玉皱起眉，闭上眼。

不该挑头来做医院。画家的声音沙哑不堪，我也没想到，居然控制不住高岗的局势……又重复道，兄弟，先陪我回趟老家。

老家是不是有事？冯玉睁开眼，回过神来。

他死了。画家嘴角叼着烟，若无其事吊儿郎当的样子，却藏不住突然溢出的泪水，他抹一把，再抹一把，猛烈地呼吸，然后咳嗽，像心脏都咳出来一样。

谁死了？

在那遥远的小山村，我亲爹。画家咳得厉害，表情扭曲。

冯玉呆住了。

五行不定，输得干干净净。画家喘着气，恨恨地说，以为是你，结果是我。

车子驶上国道，腊月了，整个山野已经冻透，不再折腾，风也冻足了，伏在谷桩地和油菜叶上，夜很静，静得像块凝固的黑色玻璃。两旁，高耸入云的山崖黑乎乎立在眼前，巨大而压抑。顺着它昂头往上看，锅底一样漆黑的夜空出现了两颗远而小的星星，在空旷的寒夜里孱弱地闪着微光。

恍惚中，冯玉感觉和画家相识的这几年像一场梦。他眼前浮现出找到何长顺时的场景，那漂浮在水中的头发，它灰白、细软，微微游荡，藏着秘密。

何长顺现在就在天上看着吧，还有陈小好。

这两颗星星，就是他们两个吧?

远处，不知是县城还是来路上，一阵急促的警笛声或急救车声断断续续地传来。

画家猛然刹住车，茫然地朝着声音的方向看，像迷路的孩子。好半天，他的喉咙里发出奇怪的吞咽声，然后，他用更古怪的声音颤抖着说，㞞软蛋呢，魂都吓丢了。

冯玉也咽了咽口水，心想，我的也丢了。这时，他突然想起老娘经常提醒的那句话——过湾过桥，记得叫一声，莫让那些东西带走了魂。

晚了，从故意向画家透露老汪有偷生的事开始，他已经送走了三个人，老汪、陈小好、何长顺。老娘不搬下神轿坡，老娘眼毒呢，自己养大的孩子，是羊还是狼，她清清楚楚。

不怕不响，怕乱响。

这几年，响错了，也想错了。世界不是他所想的样子，世界自有它的干净和透亮，所以他永远融不进它。这个世界有袁人春那样的人当门神，有陈小好和何长顺这样的人当死士，他永远进不去。

兄弟，你问过我，关于神，知道吗？昨天晚上，我梦到了神。画家缓过神来，虚弱地呢喃。

警笛声渐远。冯玉松一口气，再次闭上眼睛，同样虚弱地问，他是不是长得很可怕?

不。画家轻声答，他长了一张善良的脸，他是我爸爸。

天高地阔，夜色如墨，一辆路虎飞驰过田野，像骏马飞驰过草原。但是，车上的两个人都知道，再也没有草原了，只有牢笼，心的，身的，魂的。

天上，两颗寒星兀自闪烁，它们不说话，它们知道所有的秘密——青海湖、纳木错，还有等候在草原的深情的卓玛。

你的名字

原载《民族文学》2021 年第 1 期

· 一 ·

姓什么？

滚。

什么？

滚，波涛汹涌的滚。

那不就是滚开的滚。百家姓里有这姓？冯愉快放下笔，很不礼貌地笑起来。冯愉快觉得当警察就是好，人进了派出所，管你有事没事，我用什么样的态度跟你说话都可以，但你不能什么都可以。

眼前这个中年男人对冯愉快这个态度明显有点恼火，但他也只能憋着。这家伙个头不到一米六，皮肤黑亮紧绷，肩宽背厚，整个人就像张家沱老盐号里经年的秤砣，从里往外冒出来的都是汗滋滋的实诚，身上一套宽松肥胖的暗灰色珊瑚绒睡衣，脚上是一双乡下女人手纳的布鞋。

这样子怎么可能是犯罪嫌疑人，所里这一堆猪头。

名字？冯愉快接着问。

滚月光。

冯愉快迅速脑补出一轮月亮被他撵猪儿一样撵着走的情形，又浪漫又有点古怪稀奇。

于是又嘻嘻笑起来，今晚他的心情不错，平头哥袁百里被人砍——联想到不可一世的袁百里被人追着砍时惊恐、猥琐或者狼狈的样子，冯愉快的大脑就不可抑制地分泌出一大堆多巴胺，让他忍不住想笑，眼角、嘴角，板着板着就弯上去了，仿佛他并不是在派出所调查一个叫滚月光的男人，而是在某个小巷子里调戏良家妇女。

男人显然被他持续不断的嬉笑彻底惹恼了，他以为冯愉快还在笑他的名字，于是身子向前倾，一脸老实人要炸毛的表情。

好，好好好，滚月光。冯愉快收起笑容，边记录边朝滚月光的头顶看了一眼，嘀咕，好端端的把头发弄成这个样子，搞啥子，人家不抓你抓谁？

男人的发型很特别，整个脑袋剃得光溜溜的，只剩头顶一撮，蓄得很长，绾成棍状立在头上。大街上估计只有两种人这样蓄头发，一种是艺术家，一种是满大街混社会的。不管是哪种，都不好惹，万一抓错了，闹起来不好收场，所以冯愉快立马把锅扣在人家的发式上——冯愉快其实属于那种既怕事又爱搅事的主儿，用媳妇的话说，日天的架势、拉稀的胆。若不是因为这个，冯愉快也不会一直在派出所当协警，对“日天拉稀”的冯愉快来说，他一辈子五行缺火，协警这一身皮相，正好补足所欠钢火。

我头发怎么了？我们满寨子的人都是这样的头发。男人怒火冲天地答着，也许是说到了他们寨子的缘故，他顿了顿，表情突然变得温顺，叹口气，嘴角轻扯了一下，又说，我们满寨子的人都姓滚。说完转头去盯着窗外路灯下那棵油绿的皂角树，眼神温润孤单，仿佛那里有他的寨子，还有一群头顶绾着一撮发辫的姓滚的人。

好嘛，那滚月光，知道为什么叫你来这里吗？

我车上有刀。滚月光转回头，却不看冯愉快，低头看地上，那里有一只莫名其妙冒出来的蚂蚁。

冯愉快顺脚一抹，地上只剩一道细小的黑痕。

滚月光一动不动地盯着那黑痕，缓慢、迟钝地抬起头，目光像块黑色的磁铁，能把人吸进去。然后，他费解地问，你踩它干啥子？

冯愉快放下笔，也一脸费解的表情，我为啥子不能踩死它？

哼。滚月光咧咧嘴，表情古怪。

袁百里被砍的时候，你在哪里？

哦，滚月光又咧咧嘴，突然嘿嘿嘿笑出声来， 我在要去砍他的路上。说完，滚月光十分受活地往后一靠。

他忘记了派出所做询问笔录时给坐的凳子没有椅背，于是，冯愉快还没来得及伸手，他就整个人仰着翻倒在地。

冯愉快没忍住，狂笑。

“一块朴实的秤砣，
咚一声，砸痛了谁的夜，
有人在痛，有人在笑。”

冯愉快在他的《众生录》上写下这么一段。

询问就这样以闹剧收场。

想一想，今夜，有人拿刀砍了牛哄哄的袁百里，有人拿着刀正在去往要砍袁百里的路上，这事真是太疯狂了。

·二·

从青春期开始，协警冯愉快就经常做同一个梦，梦见自己走在一条没有尽头的小巷道里，对面走来一个人，脸上没有鼻子和眼睛，只有一张巨大的嘴，嘚瑟地笑着，那个人举着一个透明的玻璃瓶，白花花的阳光从高高的巷壁上照下来，照在小小的瓶子上，瓶子散发着七月焦热的泥土味，还带着太阳雨过后弥漫在空气中的濡湿气息，里面困着一只画眉，慌里慌张、无头无脑地在瓶子里扑腾。

你出不来的，冯愉快与那个只有嘴巴的人擦肩而过，用细得只有蚂蚁才听见的声音说，尽管声音不大，但冯愉快的语气像极了一个痞子。

画眉看了他一眼，突然它的头变成了恶狠狠的袁百里，冯愉快脸上的痞子气顿时吓得收住。

其实，冯愉快的爸一直希望儿子冯愉快能是个痞子，他觉得作为一个小市民的儿子，要么就跟杀猪匠、破鱼娘一样无惧贫穷脏乱，要么就在猪摊鱼市里拼出一条仕途来，做那种每天穿着干干净净白衬衣上班的人。没有第三条路可走。当然，从现状看，儿子冯愉快离穿白衬衣上班的要求显然还远得很，所以他只能奢望儿子能像个痞子，而不是生了痞子的命，又天天想着写他那些狗屁不通的诗。杀猪匠知道，生活就是战斗，痞子不成器，但至少有拼搏的血性。可是没想到他每天拿着杀猪刀，却生了个怯懦到鱼都不敢杀的儿子，实在是丢了他和他列祖列宗的脸。

杀猪匠对冯愉快的失望表现在若干参照物上，巷子东口家敢倒着从树上向下摔表演铁头功的铁头，西门刘寡妇家那个能与泼妇较量三天三夜的许大嗓子，龙井坎梧桐树下敢直接拿巴掌把猪儿虫拍得满井坎都是绿肉汁的李家疙瘩……天下所有的男孩都是反照出冯愉快“什么玩意儿都不是”的镜子。

比照得多了，杀猪匠也累，最后万马归槽，把参照物固定在“隔壁家的袁百里”身上。

隔壁家的袁百里就是今天滚月光要去砍的那个袁百里。

脑补一下袁百里血光四溅的画面，冯愉快全身打了个哆嗦，像是憋了许久的一泡尿，终于爽快地一泻千里。

杀猪匠说冯愉快没有遗传他半点，也不完全对，起码冯愉快和他一样，对血是有深厚感情的，每当看着杀猪匠朝猪身上捅一刀，接着一注鲜血漂漂亮亮准确无误地射进地上的木盆里时，冯愉快是开心的，眼神阴森快活地躲闪跳跃，像是偷偷和自己谈了场不敢与人言说的恋爱。

冯愉快妈害怕冯愉快看血的鬼样子，她跟杀猪匠诉苦——这孩子让人心里发毛。

咋个了？杀猪匠瓮声瓮气地答，肥厚的手掌朝冯愉快妈胸口搓过去，冯愉快妈烦着呢，拿起剪刀比画，远点，说话呢。

你说。杀猪匠端起桌上的搪瓷大茶缸，喝一口浓茶，兴奋地问，他咋个让人心里发毛了？

你说他不敢动刀子吧，前天张二娘杀只鸡，他一边哆嗦一边使劲往前凑，一双眼白花花、黑森森，死盯着那血和刀子，牙齿还磨得霍霍响。我把他往前搡，想让他多看练胆吧，结果他跟个炸毛鸡似的，呜啦啦地叫着跑了，从巷子这头蹿到那头，像啥，像个——奔跑的哨子——这话是百里那孩子说的，百里那孩子有文化，你听听人家这味道。

冯愉快妈说到袁百里，叹口气，觉得一样的十月怀胎，人家生的和自己生的怎么差别就这么大呢？

想到这里，后头的事她就不想再说了，怕杀猪匠也怪起她的肚子来。

杀猪匠却看出媳妇还有话没说，一只厚厚的手掌又伸出来，准备把话“压”出来。冯愉快妈赶紧躲开，道，今天何家三妹生日，正蹲门前欢欢喜喜端着碗蛋炒饭吃着呢，他突然弯着腰冲着人家三妹干呕，像是要吐，噎得眼泪汪汪，气得何三妹整碗饭都倒了喂狗了。何三妹来家里撒泼，我打他，他却委屈得慌，说张二娘杀鸡，自己老子杀猪，巷子里整天飘的都是血腥味，他闻得太饱了。

闻饱了他还看?

就是啊，也不是一回两回了。巷子里哪家杀鸡宰鱼不都想着法子避开这孩子，你看，本来就瘦得肋巴骨贴胸，再三天两头吐，怕是活不长。可他吐完了，嗅到那股子血腥味，又巴巴要去看。二娘、李哥他们躲着他，他就爬到人家树上、房顶上，贴到人家门缝上看，看着看着，又突然炸毛尖叫，从巷子这头，哨子一样叫到那头。冯愉快妈说完，又叹气，巧妙地拐了个弯作总结，说，这孩子，有病，都是你手上杀生太多。

冯愉快是有病，冯愉快家门前的节煤炉上常年煨着中药，熏得旁边那棵桑树结满了桑葚也没人采，冯愉快坐在门槛旁的小石墩上，端着一碗黑乎乎的中药，一口一口细细抿，他妈给他压苦的白糖，冯愉快从来不吃，因为他发现每当自己这样子喝药的时候，巷子里那些鄙视或讨厌他的眼神就会闪出一丝丝惊骇和佩服。

冯愉快扬扬得意。

“一碗中药，征服江湖。”冯愉快脑子里冒出一句诗。

那时候，冯愉快就已经开始写《众生录》了，乱七八糟，什么都往里塞。

巷子里的老人们，自认为有点年岁，见世面多，向来有点矫情，东一堆西一堆围在一起，研究杀猪匠的儿子是五行缺了啥，还是他老子杀生太多犯了啥。

冯愉快冷眼看着这群凑堆的老烟枪，没声没响地走过去，像一只黑夜里的猫，到了他们背后，突然一声高唱，学习雷锋，好榜样。

惊得老人们也像炸毛鸡一样散开来，脚步零乱，中风一样。

只有冯愉快自己知道，他的病是心病。

隔壁院子里搬来一户回城知青，他们家有个儿子，叫袁百里。搬来就搬来吧，偏跟冯愉快一个年级，这个袁百里刚来不久就在学校出了名，功课科科一百，主科就算了，居然连体育、音乐都要考一百。有毛病不是?

夏天黄昏，水巷子向来是最热闹的，每家每户都把小板凳、竹躺椅端到门口，狭长的巷子里坐满了一长排光着膀子粗声大气说话的男人们，还有叽叽喳喳洗洗涮涮的女人们。袁家呢，不出来，在自家院子里拉手风琴，家访的老师得意地分析说，那是《莫斯科郊外的晚上》，水巷子的人嘴巴都合不拢来——他们连省城都没去过，人家就已经莫斯科了！一时间，连巷子里的狗都不敢造次了，冯愉快爸晚上喝醉酒回来，也不再大声吐痰。

袁百里出现之前，语文能考全年级第一的冯愉快，在水巷子里还是有点地位的，甚至还有人替他辩解——愉快是个斯文人，当然怕血。可是姓袁的一来，冯愉快完蛋了。

提到姓袁的，冯愉快寒心到脑门顶，这龟儿子太全面，不光成绩好，四肢还很发达。那年头大街小巷都在播《霍元甲》，大人小孩一开口都在唱“万里长城永不倒，千里黄河水滔滔”，冯愉快也唱，袁百里呢，不唱，只管把那两句“冲开血路，挥手上吧”付诸实践。他从小跟着当知青的父母在大草原上长大，野惯了，三天不动手脚就痒痒，学校里有个风吹草动他就狂热地钻进人堆里去，不分山头、不管西东，揪着人就开打，不需要任何理由和动机。冯愉快也爱往里凑，但没打架的本钱，只是瞪大了眼盯着看，然后看到血就开始尖叫，冲出人群满操场跑。学校里的老师看着他的背影，可怜他，这孩子，吓坏了。

没有比较就没有伤害，以往，杀猪匠觉得儿子胆小，但语文好，斯文。现在有了一个科科拿一百分，又能打架的袁百里，所谓隔壁出英雄，自家出㞞蛋，冯愉快老子彻底受不了了，有事没事揪住冯愉快就是一顿打，打得整个巷子里都是冯愉快吹哨子一样锐利的尖叫声，鸽群都不敢朝这里飞。

好好看看隔壁院子家的袁百里。杀猪匠边打边气得发抖，吼声惨烈，像一头就要被杀掉的猪——你好好看看，好好学学。

冯愉快越被揍越不好好学，他知道杀猪匠打得越厉害其实心里越受伤，杀猪匠也有自尊心的，这家人没来之前，整个巷子就只有冯愉快家一年三百六十五天，天天桌上都能见油腥，没人不羡慕，何况还有个会写诗歌的儿子。可惜这家人一来，整个巷子都不再羡慕冯愉快家，而是一听到那个破曲儿响就赞美“莫斯科”，杀猪匠多难受啊，他打冯愉快是因为他失败了。于是冯愉快的尖叫声里就多了层意境，带着受尽欺凌却又蔑视苍生的笑意，让人听起来感觉大白天遇到了鬼。

冯愉快在水巷子度过了他的少年时代，“隔壁家的袁百里”像巷子墙壁晨昏交替的阴影一样始终笼罩着他。早上上学，阴影从左边压过来，下午放学，阴影从右边压过来。

冯愉快经常捂着胸咳嗽，他也不知道咳嗽啥子，只觉得袁百里像一口痰，堵在自己喉咙里。

杀猪匠骂，咳咳咳，不见死呢。有一次，他骂过冯愉快，顿了顿，脸上浮起古里古怪的笑容，转头看隔壁的围墙，自言自语地说，猪长膘招杀，人得意招祸。

冯愉快听懂了，啧啧道，咦，有人起杀心呢。说完肩膀笑得直抽抽。杀猪匠大惊失色，踢了他一脚说，你乱讲什么鬼？骂完举起捶衣棒要打人，冯愉快却呼哨一声尖叫着，风一样跑开了。

冯愉快知道，在他身后，杀猪匠又要开始喊头痛了。

很多年过去，水巷子的老烟枪们始终坚信，杀猪匠的脑溢血绝对不是因为当时宰鸡用力过度，而是冯愉快长年累月的尖叫声，在那一瞬间从他记忆深处像海啸一样冲出来，把他的血管冲爆了。

冯愉快妈也坚信这一点，没有杀猪匠后，冯愉快妈胸口那一块衣襟从此不再常年油腻腻的了，冯愉快家的饭桌也不再油腻。冯愉快妈对冯愉快再没好脸色过。

干巴无味的日子从那时开始进驻冯愉快的人生，冯愉快恨袁百里，他清楚，杀猪匠不是被自己气死的，他是被袁百里气死的——人比人，气死人。

从杀猪匠下葬后的第二天开始，关注仇人袁百里的一举一动，并每日诅咒袁百里吃饭被噎，走路被撞，考试被黑，如此种种，成了冯愉快苦涩青春唯一的调料。

·三·

高三结束，少年丧父的冯愉快高考成绩和那歌词一样，“千里黄河水滔滔”，滔到最后没有了。袁百里呢，自然是“冲开血路，挥手上吧”，考上大学得意扬扬吹着口琴坐火车走了。

同一个天地出来的两个少年，人生从此分了岔。一个像大树往上生长，一个像蚯蚓越钻越泥泞。数年后，当冯愉快勉强找到一份派出所协警的活儿时，袁百里早已衣锦还乡，在县城最招人红眼的财政局上班了。

在冯愉快的理想中，财政局已经遥不可及，但对袁百里来说只不过是人生小小的第一站。“公元一九九九，大河奔流；红河水电站，把英雄召唤。”写下这行蹩脚诗时，激情豪迈的冯愉快不知道，水电站建设召唤的英雄竟是袁百里。

水电站建设淹没线一确定，整个县城乱成一锅粥——大半个县城都得搬出花河子城区，迁到县城城郊万佛山半腰的台子地去，那地叫晃格里。那两年，县城街道大喇叭天天喊着，不是这里牵开一块条幅，就是那里刷上一桶油漆，都是动员搬迁的口号。人人见面都苦大仇深地指着万佛山说，就是那儿，背时的晃格里。

好像是晃格里害了他们，生生扯散了他们和现在的家。

冯愉快对于家在哪里不感兴趣，人生百年，只不过沧海一粟，何其渺小，考虑那么多事情做什么？其实，彼时，思想伟大的冯愉快在派出所只负责扫地、打开水、做笔录、顶夜班，活得像一截猪下水，县城在晃格里也好，在花河子也好，都改变不了冯愉快猪下水的命运。所谓不屑一顾，不过是放屁不响。下了班，瘦得跟竹竿似的冯愉快整天拿着个相机，这个废墟堆里晃晃，那个楼顶上转转，问他干啥，答说要学《南方周末》的记者，拍一百组老县城纪实，十年二十年以后做摄影展。听起来主意不错，只不过放在冯愉快身上，到底是没人信，撇个嘴呸一声就无视掉了。

和冯愉快尽钻旮旯地不同，袁百里在大搬迁中是大显身手、战功赫赫，还当上了建设局副局长。

混乱中，年轻气盛的袁百里充分发挥了能言善战的优势，不管是讲道理还是讲感情，他一个顶十个，绝不落败。拼胆量，更没有几个干得翻他，遇到钉子户，你敢左手煤气罐，他就敢右手打火机。你敢喝乐果，他敢递杯子。你敢跳楼，他敢楼下摆一棺材。你说打架，他绝对敢单挑。

钉子户们遇到的行政干部大都是四平八稳的角色，突然来这么个刚货，钉子户的一线作战部队“十八罗汉阵”有点拿不稳战术，最后整个队伍在极不稳定的作战状态下迅速四分五裂。

县城里曾一度传闻，袁百里能拿下著名的十八罗汉，并不是因为他敢打会吵，是因为这家伙年纪轻轻学了一大堆阴招——明面上寸土不让，背后大放水，暗中帮钉子户虚报建筑面积，今天测量明天就签协议，后天立即拆房子。你说面积不对报多了，冲一地瓦砾讨证据去。

传闻隐秘传递着，像暗夜的风，明明有，但就是摸不着也逮不着，急死了冯愉快，天上怎么不掉个雷下来劈死袁百里？没办法，大搬迁时期，干部群众都忙瞎了去，水要淹上来，七八万活人，七八万座坟，活着的、死了的，都是事，这个哭那个求，乱成一锅粥，能按时搬走就是大局。

能维护好大局的同志，自然是好同志。大搬迁后，财政局小科长袁百里摇身一变，成了建设局副局长，走在崭新的晃格里大街上那叫一个嘚瑟，要是喝了点酒，更是整条街都是他的。

反观冯愉快，人生对于他来说，却是鸡飞狗跳——派出所里整天吵吵闹闹，家里整天也是吵吵闹闹。冯愉快妈和冯愉快媳妇都是俗人，老的要架子，小的要面子，吵起架来一个不输一个。儿子更是个白眼狼，对着自己杀猪匠孙子、窝囊废儿子的出身深恶痛绝，每提到冯愉快都一脸鄙弃，只差认隔壁当科长的老王叫爹。

冯愉快由他动心思，只要不是“隔壁家的袁百里”，其他都好说。

你看看人家谁谁谁——身为药材批发小商贩的老婆黄曼骂冯愉快的台词总是以这一句开头。

那你贴他屁股去。冯愉快总用这句意味深长的话结尾，其实冯愉快还有更恶心的，但来不及说，因为黄曼总在这个时候打过来一块湿漉漉的抹布。她是个有洁癖的女人，但冯愉快这个家再怎么打理也充满泔水味。

因为在儿子和媳妇黄曼眼里，冯愉快就是一桶泔水。

冯愉快知道，自己之所以成为一桶泔水，都是因为“隔壁家的袁百里”，当年以他的语文成绩，亲爱的亲人和老师们再鼓励一下，学文科读个二本，应该不是大问题。可是杀猪匠老把他塞在袁百里的影子下面，让他受潮生霉发馊。若不是袁百里，协警冯愉快至少也是中学语文冯老师。

恨什么惦记什么，冯愉快的目光每天盯着袁百里转，县城新闻联播和晃格里周报，他从不落下，每天瞪大了眼，找的都是袁百里。

袁百里怎样怎样了，袁百里又怎样怎样了……

那年端午节，天漏了个洞，涨端阳水。冯愉快左手撑着一把完全顶不住雨水的尼龙伞，右手提着几大袋菜，全身湿透，手指也勒得发僵，路边站了好半天，一辆车也打不到。正淋得打喷嚏，袁百里的车过来了，且从他旁边缓慢掉头。袁百里透过车窗，看了一眼路边这个狼狈不堪的男人，眼神漠然——他已经不记得冯愉快了。

冯愉快本来想和他对上眼神之后骂他一句，就一句——你个狗日的，原本我是可以考上大学的，是你莫名其妙冒出来，把老子摔翻，变成今天的猪下水。

可是他没想到，袁百里看过来的眼神完全是无障碍穿透性的——他心心念念天天惦记的人，根本不记得他是谁。

车驶远了，激起两侧巨大的水幕，大雨如注，白茫茫哗啦啦天地间，只留下一个穿着协警制服的中年男人，提着几袋子葱葱蒜蒜呆立在风雨中，他的头发跟他的心一样柔软恓惶，在雨里淋湿成一团。此时，他心头有一场巨大的海啸掠过，但他不说，也没人知道。

真是笑死人，明明是两个人的战场，却只有他一个人在辛苦厮杀。

他本想放下袁百里，可是黄曼放不下，她受了冯愉快妈的影响，动不动就说，你看看你同学袁百里。

有时候，冯愉快跟黄曼上床时总骂，你是不是想我是袁百里？黄曼由着冯愉快骂，越骂她越快活，可一完事了她就立马翻脸，阴森森吐出三个字，你有病。

老子没病，有病的是袁百里。我告诉你，姓袁的迟早出事。

冯愉快的语气和表情，跟他老子当年一模一样。

他坚信袁百里是要出事的，树大招风，何况袁百里年少得志、恣意妄为，还不知收敛。每每想到这些，冯愉快心情就无比激动，他带着焦灼的期待，每天守着晃格里新闻联播，如同守候最心爱的恋人。

有病、有病。黄曼从沙发上起身，如同嫌弃瘟疫病人似的绕开冯愉快，频频强调。

嘁！这世道谁没病？人吃五谷生百病，穷病、红眼病、懒病、黑心病。

再说，灵魂都生病了，躯壳还能好么。

比如他袁百里。

·四·

我爱晃格里，你在蓝天下，你在白云里。

我爱晃格里，奉献是首歌，大爱在心里。

晨曦未露，派出所前面的广场又响起音乐声。老太太们又开始跳广场舞了。朦胧中，冯愉快眼睁睁看着她们把《洗衣歌》里的洗衣服、晾衣服跳成穿裤子、脱裤子，现场一片惨不忍睹。

我爱袁百里，一刀捅肩上，一刀捅腰里。冯愉快打了个哈欠，哼哼唱唱走出派出所。街道路灯还亮着，一阵风吹来，有点凉，冯愉快跟随音乐的节奏扭了几扭，跑到街对面买早餐——他的、滚月光的。

滚月光不是犯罪分子，从时间逻辑和监控记录来看，袁百里在县城纪念广场血淋淋地倒下时，滚月光正开着他的那辆途观，在离袁百里四条马路远的地方严格遵守着红灯停、绿灯行的交通秩序。

冯愉快夜里赶到派出所，看到滚月光的第一眼就断定这家伙根本不是捅袁百里刀子的人，不是眼毒不毒的问题，好歹冯愉快在派出所已经混了二十多年。

滚月光身上有一种味道，秋天乡野里的味道——阳光不错，一丛丛松针或一片片枫叶从树上落下，掉到干燥的泥土上，散发出干净、干燥而朴素的气息，很木、很实诚，循规蹈矩。

要这种人去砍大名鼎鼎的平头哥袁百里，不可能。

平头哥不是指袁百里的头发。平头哥是非洲草原上一种叫蜜獾的动物，这玩意儿是个狠物，“非洲乱不乱，蜜獾说了算”，眼镜蛇、五步蛇，它捉住就咬，毒对它来说完全不是事，吃完抹抹嘴就拜拜。网上说，人家狮子王“只是在人群中多看了它一眼”，这疯玩意儿也能打个洞钻过去咬上一回，根本不考虑自己和狮子是不是一个重量级的。平头哥属于那种“生死看淡，不服就干”的疯子。总而言之，在非洲，你惹着了这么个主儿，不替它跑，就替它死。同理，在晃格里，谁惹了袁百里，也绝对没好果子吃。当然，不惹他，也不一定能吃上好果子。总之看他心情——自从袁百里在财政局、建设局、审计局转战数个来回之后，这个高考状元身上的“莫斯科”味道渐渐就散了，只剩下当年打架斗狠的一身匪气。县城几百号包工头、项目经理、开发商、建筑商、承包商，再硬的后台，看到他也是要低头的。袁百里的逻辑是，天大地大，落到我手里我最大。谁要不识相，拿上头来压，他可以放你一马，但紧接着能给你来若干“马”。你有本事，次次都请大神来呗。

袁百里横有横的资本，不管调到哪里，他都能迅速成为一把业务好手，书记、县长常常撇开县里的分管副县长找他商量工作，他牛气哄哄从书记、县长办公室出来后，总会到副县长办公室去“汇报”，副县长五蕴皆空，笑而不语，配合演出。反正铁打的营盘流水的兵，谁也不在这里当一千年的官，忍两年就走人了。再说，管你袁百里多嘚瑟，天地也不过是小小一个县城。

袁百里自然也明白这道理，出了副县长办公室，明面上，花花轿子永远替领导抬着。整个县城，提到袁百里，都不往深里说，只哼哼。

“平头哥”这个绰号其实就是冯愉快起的，且不动声色地传遍晃格里。袁百里还以为是因为自己少年白头，又爱穿一身黑色立领，所以被尊称为“平头哥”。哪里知道冯愉快是给他下药，非洲蜜獾平头白毛、全身一溜黑，又称“白头发，穿黑色中山装的黑帮大哥”。

人言可畏啊。都黑帮大哥了，你袁百里还想洗白?

看着袁百里一路风光，冯愉快又兴奋又生气，总想着，快了，快了，月满则亏，快了。偶尔他也慈祥善良地表示可惜——这孩子，堂堂一个高考状元，怎么长着长着就长出一身匪毛来。

早点摊子只有油条、饼和豆浆。

冯愉快揉了揉眼皮，又打了个哈欠，掏出一张皱巴巴的百元钞票，道，两根油条，两个肉饼，两杯豆浆。

老孙看一眼钞票，边炸油条边嘿嘿笑，说，才几块钱的事，补不开，你给啥子嘛。

冯愉快也不客气，揣回裤兜。这张一百元的钞票，老孙经常补不起，冯愉快也经常就这一张，都习惯了，大家心头都有数。呵呵。

手机响，是小葛。

冯哥，老大说等我们一回来就放人，你先招呼招呼，客气点。小葛在那头传达张所的指示。张所刚当所长，派头十足，三十出头，有事没事都是叫警员“传达”。

冯愉快没工夫计较这个，放人之前，他得再跟滚月光聊聊。

滚月光要砍袁百里，这里面有悬念，冯愉快想知道，滚月光和袁百里之间有什么纠葛。

你为啥想砍袁百里？冯愉快问。

大冬天在派出所坐了大半夜，滚月光有点感冒，肉饼里的葱花味一呛，打了两个大喷嚏。他吸溜一把鼻涕，不回答，只埋头开始喝豆浆，喝着喝着，拿着筷子的手抖起来，眼圈儿也红了，这才抬起头，瓮声瓮气问冯愉快，人死了没？

应该……还没死。冯愉快迟疑地答，他不知道那边的情况，但是听小葛的语气，肯定没死。

谢天谢地。滚月光像个帕金森病人一样反复点头，谢天谢地。

你不是要砍他吗？他不死了，你倒谢天谢地？

他要是死了，我也得去死。滚月光长叹口气，眼神灰暗，失魂落魄地说，没路走了。说完，他起身退到屋子的阴影角落里，坐下来，木然地看着远方。

冯愉快递给他一根烟，他先是伸出手，又摇摇头缩了回去。

我也不是存心要砍他，我就是气不过，在姓袁的眼里，我们就像只蚂蚁，跟你昨晚踩死的那只蚂蚁一样。

冯愉快干咳了一下，不好意思地拍拍滚月光的背，对不起——哥们，屋里煤烟太呛，等我捅个火，咱们大门口坐，慢慢聊。冯愉快说着，拉开所长抽屉，弄了两包烟放口袋。

天光越发白亮，从门外泻进来，清水一样，冯愉快捅着炉子，蓝色的火焰倏然腾起，火星迸闪，滚月光盯着火光，面色青白。

·五·

真有这么一个寨子，满个寨子都姓滚，叫枫叶寨。寨里出来的男人个个都蓄着跟滚月光一样的发型，千山万水，哪怕是到了火星水星，这发型没得变。祖宗传下来的规矩，滚月光本来就是个中规中矩的人。

滚月光十八岁时跟冯愉快一样，没考上大学，就是太规矩，老师说他脑袋里没有转弯灯，不会拐弯，读的书有十几箩筐，就是不知道关键时候用哪一筐，没得法。

过苗年的时候，寨子里滚开山的女儿、女婿回来了，女婿黄大嘴一进寨子就急吼吼的，说晃格里正新建县城，活儿多得像山里的野杨梅，风吹掉一地，随便捡，他想多整几支工程队，让寨里的崽们都出去跟着找钱。

蚂蟥听不得水响，正困在屋里抠墙壁的滚月光二话不说就开始收拾东西。

他不是为了找钱，他是为了寻找理想，理想在不在县城他不知道，但肯定不在山寨里。

寨老看着那么多年轻小伙子都出山去，气得哆嗦，指着寨子后山金灿灿的枫树林，说，都走了，你们的树怎么办？

树。

是的，树。

寨里的男儿一生下来就有爹妈给种下一棵枫树，崽有一岁生，树有一岁长，人是树的命，树是人的命。人走了，树怎么办？

滚开山的女婿，也就是黄大嘴，大咧咧一挥手，说，人不出门生不贵，火不烧山地不肥。寨老啊，树挪死，人挪活，树在寨里替人守魂，人在县里替树生根，好得很。

黄大嘴这话滴水不漏，寨老听了，沉默半晌，转身走了，背影融进山林，像一棵孤独的树干。这些年，很多事，寨老说了不算，管了也没用。

滚月光跟着黄大嘴到了县城，在城里，他看到了一片和山寨一样巍峨的树林，但这树林是钢筋水泥的。

什么时候，你把自己变成这种树，扎根在县城里，崽，你就成功了！黄大嘴细长的眼缝里迸出一道光，像猎刀在月色下勇猛寒闪。

滚月光在工地上先是挑灰浆，然后拌沙，慢慢学会了砖工和瓦工，也学会了轧钢筋。读过高中的滚月光，学什么都快，人又敦实，黄大嘴满意，让他管材料，每天钢筋用多少、水泥用几包，滚月光一笔笔记着，绝不含糊，给黄大嘴节省了不少钱。黄大嘴本来就是从打下手做起来的，门儿清，骗不了他。日子长了，黄大嘴待滚月光就有点当儿子看了。

那年腊月尾，工地停工，民工们坐汽车的、骑摩托的东一堆西一堆都回家过年了。滚月光没走，留下来守材料。

山外的冬天，天空灰白光亮，晃格里静静的，仿佛憋着气，等待大年三十的喜庆猛烈迸发。滚月光也屁颠屁颠去超市买了方便面、卤肉、面条和电光炮、香纸烛。临近夜里十二点，开始下雪了，稀稀拉拉的鞭炮声从遥远的地方传来，间或一声“嗖”，紧接着，鞭炮声开始变得密集而热烈。突然，伴着一声巨大的鸣响，一条长长的红色鱼尾似的光直冲上云霄，接着“砰”地散开星点万千——那是除夕夜的烟花。

这是滚月光平生第一次看到烟花，他从不知道世上还有这么美好神奇的东西，他震惊了，昂头看着一朵朵瑰丽的烟花在天空绽放，蓝莹莹、红闪闪，然后又渐渐像梦一样消失在漆黑的夜空……雪还在下，铺天盖地落在他脸上。滚月光眨了眨眼睛，天空的烟花和雪花也跟着眨眨眼睛，有个遥远的声音从天际传来，像在呼唤着他。

那一定是他在寨子里的那棵树，他出生时爸给他栽下的枫树。

也怪，出来几年，每当他一个人的时候，都会听到那棵树被风吹得哗啦响的声音，像水浪打在船舷上、微风吹在稻草上。爸说，遇上千万种事情都不要慌，只要树好好长着，就不用怕，树叶茂着，人就太平着。树是人的魂，人是树的根。

喂，你在哪儿呢？树问。

我在这儿。滚月光让雪花给压着，动不了。

这儿是哪儿？

是城里。

我找你来？

你可不能来，树到了城里，会给改成板子、桩子、柱子。叫料子。

你给改成啥了？

我？滚月光困顿地想了想，答不上来，进城七年，他没思考过这个问题。

枫树不说话了，世界跟着寂静下来，像在寨子的老房里，爸妈面对面坐在地火塘前，不说话盯着火苗的样子。

骤然间，又一声巨大的炮响，一朵更大的烟花在天空盛放开来。这时候天空已经不是天空了，是奇幻的花园，全世界最神奇的花儿都在那里开放，你开罢，我又来，一朵朵一簇簇，有的像灯笼，有的像流星，有的像牡丹，有的像石蒜花……滚月光看得眼睛都直了，天空变成了一块巨大的磁铁，直将他的灵魂吸噬。神思飘浮间，他眼前仿佛出现一个万里无云的风眼。

它静悬在风暴的中心，梦境一样，湛蓝、安然，恍若隔世，静静地看向滚月光。

那一刻，滚月光像一片等待唤醒的树叶，在蛰伏了二十多个春夏秋冬之后，终于从一棵树里探出头，向人世间伸展出属于他的叶脉和想法，这个想法与他的祖辈完全不同，是的，他不要被改成啥子，他要在城里扎根，长成一棵城里的树。

有志气，黄大嘴听他说后，干脆利落地挥挥手，你有文化，这样，你先带一遍工程楼的内粉和外粉，弄完再试别的班组，都过了一遍就算出师。

黄大嘴说话算话，这么练了一年，便让滚月光出师当了包工头。

说是包工头，其实滚月光还是跟着师傅在干。

因为他拿不到工程单子，在晃格里，三十万以下的单子不用招投标，但这便宜食不是谁都吃得着，得是熟客。皮肤黝黑且有着一个特异发型和口音的滚月光怎么看都是个“外人”，圈里的活儿他够不着。别看新县城这些年搬迁新建工程多，俗话说，是个坑都蹲着人，何况外带后面还排着队，滚月光根本挤不进。至于三十万以上的招投标，滚月光也试过几次，没用。黄大嘴笑他，是标都有主，傻了吧唧往里拱个屁，你只管跟着我，我在前头，你在后头——黄大嘴参加招投标时，滚月光就帮着他围标。黄大嘴不亏待他，每次围标成功后，给人家多少，也给他多少，不管他要不要，硬塞。工程开工后，黄大嘴照例分一块“宝肋肉”给滚月光，滚月光只管老实巴交地带着一帮兄弟把活儿做扎实就行了。

如此七八年下来，向甲方要款的事、和监理搞关系的事，通通都是师傅去操劳，而工程质量这边有滚月光，黄大嘴也不必担心。师徒俩合作得轻松愉快，搞起钱来也是风生水起。

但滚月光心里终究有个坎，总觉得要翻过去了，才算了了愿，这个坎就是“乙方”。他想这辈子真正做一回乙方，像师傅那样，在正经八百的仪式上，和甲方签一回合同。仿佛只有那样，自己的树才算是在城里真正落下了第一铲泥。

经不起滚月光磨，黄大嘴把安专乡山塘抢险应急公路硬化工程给了他。

滚月光第一次坐在乙方的签约席上签下了自己的名字。

我姓滚，波涛汹涌的滚。签完字，他向领导解释自己这个姓氏——我们满个寨子的人都姓滚，很少见的姓。

滚总。

您叫我月光吧。滚月光憨厚地笑，抬头看月光，低头思故乡。

人家说，不对呀，是举头望明月，低头思故乡。

一样的，一样的。滚月光点头哈腰地说，他渐渐知道了师傅黄大嘴的腰为啥子老勾着。

山塘抢险应急公路硬化工程设计是五米五宽，滚月光修成了六米宽，负责验收的水利局副局长没遇到过这种事，纠结地蹲在路边，扯了地里一根白萝卜，拿萝卜叶抹去了泥，咔哧咔哧啃开来，然后举着半截萝卜说，局里的工程款，跟这一样，一个萝卜一个坑，你多修的，我一个子儿也没有。

不是这个事。滚月光嘿嘿笑，我们寨里插秧有个规矩，第一行一定要插好。

这单工程，滚月光只赚了十来万。但后来滚月光渐渐就成了县水利局的应急后备军。一有小工程，上头催得紧的，局里都知道打电话找“六米宽”。

几年下来，滚月光在县城买起了房子、车子。

滚月光开始喜欢上洗澡，一年三百六十五天，天天洗，每次洗的时候，他都会低下头闻自己的身体，有没有什么味道——以前在工地上，工棚里又脏又臭，全是汗味，又酸又咸。

他不想再在自己的生活中闻到这种味道。

有了点钱，又有了口碑，滚月光渐渐在县城里有了点名头，稀里糊涂间，常被人叫去喝一些事后也不知来头的酒。那次也一样，人家喝到半途打电话叫他去，进了门刚入座，席面正中一个胖子就笑着端起酒杯来，指着他说，这个人要是杀进晃格里的建筑行业，一定是县城的福气，厚道嘛。

滚月光正走上坡路，哪里听得人唆使，跟刚开叫的公鸡一样顿时激动得炸毛，脸红到脖子根，屁股赶紧从椅子上抬起来，因不知对方是谁，左右寻求眼神和答案。

那人淡淡地说，鄙姓包，都叫我老包。

老包？滚月光心脏一阵猛跳。

晃格里最近一直传言，有个老包，跟着新到的县长从湖北过来，是县长的白手套。

白手套什么意思，就是有的官员想搞事，自己不出面，找人成立一家项目顾问公司，谁想抢到好工程，就得找这家公司，表面上付费请这家公司做项目规划书什么的，其实什么都还得自己干，而这家公司拿到了钱后，官员自然知道帮你把工程搞到手。

说白了，老包就是帮着县长把钱洗白的人。

滚月光这才用心看老包，不看则已，一看，滚月光感觉是个人物——这老包整个人胖得跟他的姓一样，端坐在正席那个神情，妥妥一尊菩萨。

席散，湖边，两个人，一席对话。刚过三月，夜黑如墨，寒风迅捷地卷过一些秘密。激动得全身发烫的滚月光那时还不知，风高杀人夜，月黑放火天，不是大吉，是大凶。

老包抽一口烟，火星映出满手金光闪闪。月总，跟你透个底，有个工程，县移民三期搬迁，预算是一千二百万。这个工程呢，本该明年下来，因为省里的项目资金计划在明年。可是等明年批下来，这个就得搞招投标，一搞招投标，像你这种老实人根本就沾不到边。

滚月光谦卑地笑，那是。

我呢，合计了一下。老包吹一口烟圈，上头明年有项目这个事，信息没公开之前，也只有我和那啥知道。县里呢，准备弄成BT，搞垫资修建。所谓垫资，你明白的，其实钱明年开春就到，而且，据我所知，今年年底，省里的盘子肯定还会余一点肉，如果咱们启动第一期项目，这肉自然就到了咱们碗里来——谁主动谁有得吃。

BT滚月光清楚，就是乙方先垫资建，甲方再按约定时间和比例回购。这几年县城搞得不少，但他从不敢接，新县城这些年负债累累，到处都是窟窿眼。搞BT，部门说得好听，到时间就回购，但到了约定回购期时部门拿不出钱，你能把部门给吃了？

但是人心经不起搅，滚月光给搅得像是心上长了根羽毛。

怎么办？滚月光一口一口猛抽着烟，听见自己的心脏在怦怦狂跳。太冒险了！他充其量只是个小老板，说得不好听点，是只小蚱蜢，全靠老实打江山，除了手掌心那一点点肉，根本没有过硬的家底，万一县里资金链条断掉，或者是把工程款结给别人不给他……总之，要是他B了，县里却不T，他就完蛋。

老包一对绿豆眼仿佛看穿了他的心，嘿嘿笑——担心什么，我和老大从小一起光屁股玩河水长大的，县里再缺钱，能少得了你这点？说着拿出他那湖北手机号的手机打给滚月光，把我号码存着。

望着绿莹莹直闪的手机屏，滚月光心头直打鼓，一千二百万呐，他至少得凑个六七百万的底儿，哪弄去？

想法子呗。老包长叹口气，这点办法都没有？还混个屁。借高利贷也行啊，时间又不长，稍微倒一倒贴一贴，半年多工夫就回来了。

可是，您为啥子选我呢？咱们也不……熟。滚月光忍不住问，我就一小蚂蚱，上了三百万的单子都没做过。

领导走到今天，也不容易，我不得为他考虑吗？自古以来，修庙子建学校做移民工程，都是大事，不能闭着眼睛瞎找人。你嘛，人厚道，讲质量，其他的人，我不放心。老包慈眉善目摇着头，十足一尊大慈大悲的菩萨——告诉你吧，省里那边的项目就是我负责替县里去跑，眼下我们打的就是时间差和信息差，表面是做BT，其实省里的专项经费紧跟着就来了，你相当于不用招投标就能拿到一千二百万的工程，赚大了。而县里呢，也会因为早动一步，在省里可以提前交成果，体现新领导新作风新速度。双赢嘛。

滚月光听到自己的心跳越来越快，快到他完全控制不住，他喘着气，说，你确定咱们能拿得到这个工程？那么多眼睛盯着呢。

老包眼里露出一道凶光，冷冷道，我跑来的项目，我说谁拿得到，谁才拿得到！

这瞬间坐莲佛、瞬间屠刀魔的架势，生生镇住了滚月光。

如老包所说，县里不日便抛出了移民三期工程BT项目招商公告，滚月光“派”老包的咨询顾问公司替他去“跑”，然后毫不费力便拿到了工程。

签约仪式在县政府铺着红牡丹图案地毯的会见厅进行，滚月光第一次进这么正式庄严气派的地方，紧张得鼻孔直抽。老包用他柔软肥胖的手递给他一杯红酒，滚月光如梦初醒，端起酒杯，和分管副县长喝了签约酒，他不知道所谓签约酒只是表示个意思，昂起头就把大半杯红酒全干了下去。

副县长抿一口，慢吞吞地说，滚总的确是个老实人。

滚月光红着脸说，罗县长，您叫我月光吧。

副县长不露声色地微微笑，哦，月总。

却不肯叫月光。

选定了日子，杀了大红公鸡，放了鞭炮，搞了开工仪式。滚月光把六十万咨询顾问费打给了老包后，又忙了半个多月，突然想起该请包总吃顿饭，以后和政府谈回购款时还得靠老包呢，于是喜盈盈打过去，结果，那个来自县长湖北老家的手机号关机了。

滚月光隐隐感觉不妙，脑子里有一根啥东西像小苗一样往外生长，但他没工夫理会。

工地一开工就忙着呢，每天一睁眼头顶上就悬着几十万的账。三个月不到，滚月光手里的两百多万积蓄已经见了底，过了五一节，滚月光横下心把房子也抵押了，这才又接上了炊，幸好水泥沙石和砖还可以欠着，但所谓欠，也是打了条子算了利息的。滚月光一边提心吊胆节省着开支，一边暗中求菩萨保佑。

结果天上一道雷。县里开大会，听说县长在会上澄清说，他压根没有一个叫老包的老乡，就算有，他也决不会容许他的任何老乡、亲戚、朋友来县里做工程捞好处。

老包是真是假，是不是县长的白手套，怎么弄来的工程，一切已经不重要了，重要的是滚月光已经陷进去了。

六月初，县纪委通知滚月光过去一趟，滚月光正在银行办门面抵押贷款，工地缺钱得紧，便说能不能明天去？

马上。纪委那头硬邦邦地说，纪委通知，你以为是请客吃饭，还有推时间的？

滚月光一路惴惴不安，公家怎么找上他来了呢，他只是一个小包工头。

去了才知道，老包已经“进去了”，据说是打着县领导的旗号四处诈骗。纪委问完滚月光，已经到了半夜，那个叫陈主任的人边揉眼睛边说，你这个发型，呃。

滚月光吓得缩缩头，下意识地摸脑袋。

看上去像黑社会。陈主任继续揉着眼，貌似不经意地问，有要交代的吗？

滚月光紧张地答，没……这发型，我们家乡，男子都这样。

嗯，倒也酷……你回去吧，电话开着，有事找再过来。

滚月光夹着一泡尿，胆战心惊地问，那……我的工程款呢？还有我拿给老包的钱，六十万呢。

你们俩是不是合伙骗取政府项目还说不清呢。

滚月光急了，说怎么说骗呢？房子摆在那里，一砖一瓦都是真的，工程也是县政府正式招商引资上了网的。我连房子都抵出去了，一分钱没见着，我才是被骗的。

陈主任冷笑，一个BT算下来，你要赚好几百万，你还把招投标都省了，高风险、高产出，算盘打得恁好，叫个鬼的屈。

滚月光百口莫辩，心想吃的、喝的、送的、高利贷欠的，我哪来几百万赚头啊。

凉着身子走出县纪委，烈日当空，三十五摄氏度的高温像浪一样打过来，滚月光有点发晕，眼前隐隐有个黑洞，即将吞噬掉他。

开弓没有回头箭，老包说的话是假的，但合同是真的，上面明明白白写着年底要完成建设，否则工程审计不计算资金占用费和利息，但滚月光为了赶工程已经在外头融了四百万，五分的息，一个月利息就是二十万，要是年底完不了工，光是这四百万的息，他就得倒贴进去一百多万，他算过，只要能按时完工，政府按时跟他结账，工程做下来，除了还本抵息和老包弄走的部分，他勉强能赚个七八十万。要是完不成，工程搁下了，不知猴年马月才能拿到前面投进去的几百万，而四百万的高利贷利息还得每月还下去……

东想西想，越想越怕。

滚月光感觉自己在刀尖上跳大戏，停下来是死，一直跳下去也是死。

他只有赌一把，趁着纪委没叫停，拼命接着干。

生米煮成了熟饭，总得拿句话来说吧？再说，移民工程，就算上面没项目，县里的确也是必须得做的，这一点，师傅黄大嘴打听得清清楚楚。

三个月下来，生米倒是基本煮熟了，只可怜提心吊胆又四面楚歌的滚月光，整个人瘦了一圈——生生给吓的。

·六·

寒风扑面。

滚月光腋下夹了个摆样子的空皮包，目光呆滞地站在大街上，发髻凌乱。他想不通，夏天刚刚过去，怎么转眼就年底了呢？这背时砍脑壳的时间，你想它快时它动都不动，你想它慢时它跑得飞快。

灰色的街道，弥漫着青色的烟雾，家家户户都在熏腊肉香肠，滚月光已经十来天没敢回家了，也不知道媳妇灯心怎么应对要债的，滚月光心事重重打开车门，刚坐定，突然手机响，接了，是袁百里。

我有个朋友回北京，一个小时后从市里红水宾馆出发去机场，你方不方便，帮我去送一下？

我在县城，你叫我去市里接人再送机场，还问我方便不方便！滚月光恨得牙痒痒，却半点不敢声张，扬高了声音欢快地答，哎呀，方便，方便，袁局长您说话，我分分钟都方便。

说罢掉转车头去接人。

到市里，正好用了一小时，那“朋友”在宾馆门口站着，看一眼车牌，一言不发上了车，也不和滚月光搭讪，低头玩手机一直玩到机场，下了车冲滚月光晃了晃手，仍不说话，拜拜了。

滚月光赔着笑脸一直等到人家的背影进安检，这才转出来，缓缓开车出停车场。碎碎想，这大半年，替袁百里接了送了多少人！他不知人家是谁，人家也不知他是谁。可是他巴巴拍着马屁的袁百里，除了电话根本也见不着几回。

没办法，他不敢得罪袁百里，工程完工已经几个月了，按合同，工程过了审计他就能拿到第一笔回购款。可是到现在为止，他送到审计局的材料还不知道在哪个柜子里睡大觉！

越想越急，一窝火，滚月光一巴掌按到喇叭上，一阵猛叫。

机场旁交警杀过来，横眉冷对，手指着滚月光，滚月光吓出一身汗，赶紧松开手，点头哈腰开过去。

回到县城，滚月光找不到个去处，工地不敢去，家不敢回，到处都蹲着问他要工钱的民工。想找个人喝酒打牌，可这年底的光景，个个项目经理都在忙着跑关系整钱，饭都顾不上吃，谁还有心思跟他喝酒，他自己也没心思。

晃了几圈，逼不得已，硬着头皮往黄大嘴家开，上楼时从后备箱里提了一件赊来的五粮液。

黄大嘴刚吃过饭，正剔牙，手里拿着个球往角落里扔，逗得那只几年不见长的泰迪屁颠屁颠地去扑球。见滚月光进来，黄大嘴扬了扬眉毛，也不说话。

滚月光坐下来，憋了好一会儿，把意思说了，不外乎就是借钱。

黄大嘴目视前方，面无表情，只说，出了窝的雀子，各自单飞。还有，酒，拿走。

师傅……

屁师傅，接单时你跟我说一声没？怕我吃了、卡了、捏了你？现在才晓得叫师傅，滚蛋！黄大嘴起身上楼，脚步缓慢，显出被后生伤心后的老迈。

的确是真真伤了师傅的心！滚月光愧得慌。前头师徒配合得那么好，可这回接这个单子，他从头到尾没给师傅漏过一句，他其实是防着师傅，毕竟他们带的人都是一个寨子里出来的，他怕工人们一个不小心就往一边倒了去。师傅树大根深，他底子浅，总是有担忧的。

灰溜溜出了门，滚月光顶着寒风往县政府走，想着能不能求分管的罗副县长，好歹借几十万应个急——政府总不能看着他上吊。

到了县政府门口，滚月光吓一跳，桂花树下、楼梯旁边、广场旗杆下，黑麻麻围了里三层外三层，都是讨工资的民工。

滚月光最近已经给围怕了，条件反射，又是头皮发麻又是尿急。

正要掉头找厕所，手机响，罗副县长召集系统内工程的所有项目经理开会。

滚月光心头一闪，莫非县里拨应急款？

开心得撒尿都在笑，像个憨憨。

事实证明他的确是个憨憨。

会开得很简单，罗副县长说得很干脆——红萝卜，抿抿甜，看到看到要过年。关于农民工工资问题，自家的娃娃自家抱，凡是BT项目的，各个老板自己负责民工工资。招投标工程的，老板们自己想办法解决一部分，县里按进度设法解决一部分。

县政府的会议室滚月光也是第一回进来，忐忑得屁股都只敢坐半边，耳朵嗡嗡响着听完“指示”，七条魂去了六条半，剩下半条魂鼓足勇气飘出来一句——罗县长，我是

BT，按合同规定，分三期按五三二回购，本来县里该给第一期回购款，是工程款的50%，可是现在都没给我，我实在没钱给民工啊。

那是你的事。罗副县长站起身准备离开。

怎么是我的事呢？明明是你欠我，我才欠民工啊，这个娃娃我抱不动咯。滚月光哈着腰苦怏怏地说。

我欠你？罗副县长停下脚步，上下打量滚月光，仿佛从不相识，这位老总，BT合同上明明白白写着，县里如果不能及时给你钱，县里按规定计算违约金和利息就是，哪时给，算到哪时。而具体做工程，是你和民工的事，既然叫你垫资，支付民工工资就是你的事。民工工资跟县里是没关系的。

滚月光心想这事到了副县长这里怎么就辩不明白了呢，能没关系吗？明明是县里欠工程款拖出来的三角债。但话敢想不敢说，只有杵在那里，气得脸通红。

罗副县长看出他有气，也不怵，直接一段话甩过来——有句话说得好，没得金刚钻，莫揽瓷器活。BT项目你自己没点钱，也敢来签？凭啥子县里给你那么大的利润？就是考虑到你得先贴钱做工程支付民工工资，考虑到你的风险，不然，白给呢？凭什么？

凭合同啊！滚月光一冲动，嚷起来，环顾四周求支援，结果一条藤上的十多个苦瓜一致装聋作哑，低头玩手机。

合同？罗副县长徐徐说，合同写得清清楚楚，要审计后再付，你的工程审计结果呢？

说到审计结果，滚月光大脑一片空白，这才发现，最后一丝希望原来一直就不曾存在过。是的，他也知道必须过审计才行，但是从九月份到现在，他孙子一样跟在袁百里后面，袁百里永远忙着，说晃格里这两年天上地下都是工程，只差修月球，审计不过来。

要是师傅在，可能接得上一句半句，但是滚月光到底是笨了些，完全接不上罗副县长的话。

出了县政府，十多个项目经理面白如纸，骂骂咧咧往政府后门钻，结果还没绕到楼背后，又让电话给撵了回来——门口的民工，各自认走。

滚月光暗自叫苦，只得到前门去认自己的人。哪里用得着他去认啊，他才从政府楼梯间露出个脑袋，几十个人就围了上来。

我想想办法，我想想办法。滚月光头发都爹立起来，忙不迭地说，给我一个月时间。都是叔伯兄弟们，容我点时间，我在弄呢，在弄。

·七·

又到周一，还有十几天才放寒假。

滚月光照例一大早到袁百里家门口等着接袁百里的小儿子去幼儿园。天气越来越冷了，风里夹杂着雨丝，滚月光发了个信息给媳妇灯心——山路滑，小心些。

自从接送袁家小宝贝的重担落到他肩上后，家里养的那只斗雀基本上每天早上都交给灯心去遛了，还好灯心也是寨子里出来的姑娘，山里长大，看到林子和雀子说不出的亲，也认得出画眉的好歹。滚月光这只是小青眼，前两年五六月回山寨在白岩捕的，是只老毛，野性大，养功一般的人根本拿它无法。但山寨里的孩子，哪个不是从小玩斗雀长大的，不怕雀野，只怕它不野。转眼两年熬下来，小青眼已经毛眼老辣，眼膛宽得像蛤蟆眼，跟人对视时眼神闪都不闪一下。

灯心看着他把命都悬在袁百里身上，天天跟进跟出，却连个影子都见不着，气得骂，小青眼都比你活得傲气。

妹哦，现在我拿傲气顶屁用啊，每天一睁眼都欠着别人钱，等于刀子抵着喉咙呢。

车里，音响已经提前放好了给小孩子听的歌，唱得奶声奶气——“爸爸的爸爸叫什么”。

滚月光又恨又盼，心乱如麻，想，你爸爸的爸爸叫狗，生了你爸这个狗崽子。

想完先是得意地笑，接着笑意酸软下来，叹口气下了车，蹲着查看轮胎，灯心说有个车胎好像有点跑慢气。天爷，可得扛住啊，这段时间，滚月光已经连换车胎的钱都没了。

正好听见袁百里的第二任老婆牵着小宝贝出来的对话。

妈妈，这个叔叔姓什么？

你管他姓什么。

老师说，小朋友要懂礼貌，要喊人，要甜甜的。

嗯，这个叔叔，我们不用喊得甜甜的，因为不熟。

怎么不熟，我天天坐他的车车。妈妈，我到底叫他什么呀?

叫喂就可以了。

不可以。老师说，喂不礼貌。

这个叔叔可以叫喂，他姓喂。

哦。

一阵下台阶的脚步声。

滚月光从车旁缓缓站起身来，不知是不是因为蹲的时间长了点，他眼前有点发黑，好几秒，眼前的一片虚光才对好焦，看清了这对衣着鲜亮的母子。

他有种骂人的冲动，可只能在心里咬牙切齿地强调，老子姓滚，波涛汹涌的滚。

女人没想到他在车外，眼神躲闪，表情尴尬，但这尴尬转瞬消失了——对她来说，滚月光什么都不是，听见了又如何？她犯不着尴尬。

月总，小宝贝说要吃幼儿园门口那家早餐，不想在幼儿园里吃，你先带他去吃了再进去。女人叮嘱。

滚月光脸上堆着笑，连连答着，把小宝贝接过来，还亲了一口，装出的热乎劲搞得自己都想吐，还憋出一腔城里人嗲嗲的声音，哄，小宝贝要吃早餐，叔叔带你去吃早餐。

那个……你不要惯着他，叫什么小宝贝嘛，叫他袁千。女人脸色不好看，明显不高兴他套近乎，说。

是是是。滚月光尴尬地说，上幼儿园了，得叫大名。

算一算，从九月份开始，滚月光已经“顺路”接了袁百里小儿子上幼儿园三四个月了，“反正”从家里到公司刚好要过袁百里的家，也要过幼儿园；“反正”滚月光又是从来不睡懒觉的人；“反正”滚月光车都空着，顺路送送孩子没事。

因为这小爷，很多个应酬后烂醉如泥的夜晚，滚月光都会半夜惊醒，睁着血红的眼睛死扛到天亮，生怕自己睡死了，错过了接小宝贝的时间。还得洗干净澡，把酒味清洗掉，假装神清气爽。等强撑着把人家的小宝贝送进幼儿园，他回到家，整个人瘫倒在床上，睡得像死猪。

眼看离过年的日子越来越近，见袁百里也越来越难，打电话也从来不接，滚月光只求在接小宝贝时能见他一眼——有时候袁百里心情好，早上会出门送小宝贝，那一点点时间，不够滚月光和他说三句话，但碰个面也是好的。

望着小院铁门，滚月光心有不甘，往驾驶室走，一步三回头。

正要上车，铁门嗒的一声响，袁百里出来了。

袁局长。滚月光喜出望外，一不小心声音就高了点。

袁百里不高兴地皱眉，批评二任老婆，怎么又让人家送？

顺路嘛。二任老婆不急不缓地说，也不是天天。

顺路，顺路。滚月光也说，又不是天天。

这样的理由，见面一次重复一次，两个人是在串供，三个人就是一起在表演了。

那个袁局长，我们的那个工程……滚月光鼓起勇气，说。

袁百里定定地看着他，又回头看年轻的小媳妇，扬扬眉毛，表情阴冷。

滚月光不敢再说话，钻进车里一溜烟赶紧闪，车都开出了小区，心脏还在突突突狂乱地跳。

可不能惹平头哥发火，平头哥一发火，他就完了。

陪袁家小爷在幼儿园门口那家专门敲宝妈宝爸竹杠的“健康宝宝早餐店”吃完二十六块钱一份的早餐，滚月光拐到市场旁的摊子上点了六块钱的素粉，心头还惦记着刚才那小祖宗没吃完的半瓶酸奶，七块钱一瓶，可惜了。手机嘟一声，是袁百里的信息——以后可以不顺路。

隔着手机屏，滚月光也能想象出袁百里那种阴森森的眼神和表情，一瞬间，滚月光吓出一身冷汗，赶紧回——顺路，顺路，完全是顺路，以后也是顺路。

各是各，我是有原则的人。

是，各是各。滚月光回信息的手都在抖，回完捏着手机，也不敢动碗筷了，硬邦邦坐在板凳上半天不动，生怕一动，手机就响。

还好，没响，袁百里也没有继续来信息强调“以后可以不顺路”。

看着清晨急匆匆来去的人群和车流，滚月光虚汗遍身，上车时手脚酸软，终于明白过来，能“顺路”接送小宝贝，不是他滚月光在送人情给袁百里，是人家袁百里在送面子给你滚月光。

还敢堵门口说事！

然而，滚月光还是搞不明白，事情怎么成了这种逻辑，明明他是债主。在山里，债主不必直着腰说话，但绝对不是哈着腰那一个。

这城市不是他理想中的样子，看着前面的红绿灯，他有点晕，摸摸额头，发烧了。

·八·

一上午，滚月光都在打电话借钱，到了中午，依然两手空空。

不得已，滚月光又把车开到了师傅家，还没进门，脚下一虚，人倒了下去。

醒来在医院，白晃晃的病房，黄大嘴坐在病床前，滚月光眼泪顿时淌下来。

他妈的恁没骨气！多大点事，你们寨老没教过你？死得哭不得。黄大嘴嘴上凶巴巴，眼神已经软了。

师傅。滚月光抹一把滑到脖子窝里的泪水，哽咽，活不下去了，真的活不下去了。这个月再不出审计结果，年前拿不到钱，高利贷得拖死我，师傅，你帮帮我，求求袁百里，你跟他说得上话。

黄大嘴坐在床畔，烟一支接一支地抽，搞得病房里乌烟瘴气，小护士进来虎着脸要教育他，被他狠剐一眼给顶了回去。

你就是头猪。黄大嘴闷声道，整个晃格里都在看你的笑话，你不自知。

滚月光一脸茫然，什么嘞？

那个事。黄大嘴说，那个事以后，袁百里就扬言说要收拾你。

哪个事？滚月光感觉头又烫又涨。

前段时间传说袁百里要当副县长那个事。黄大嘴道，你呀你。

滚月光明白过来，红着脸，嗫嚅道，我真不知道啊。

前阵子民间传言袁百里要当副县长，那段时间平头哥心情好，笑容花满人间，其间还让滚月光参加一次他的饭局——当然，饭局是袁百里的，饭钱是滚月光的。但是对滚月光来说，能为袁百里买单，已是恩赐。

那天夜里，滚月光看着老家的方向，热泪盈眶，他仿佛看到山寨里自己那棵树，在风中昂扬，绿色的树叶油亮一片。

谁知道高兴没几天，市里决定空降一位副县长下来，屁股正好坐到平头哥头上。

整个县城顿时清静下来，开发商、建筑商、包工头那段时间都不约而同“出了远门”。

因为怕碰到袁百里，说句什么吧，不敢；不说吧，怕平头哥翻脸。

平头哥是遇到狮子都要扑上去咬两嘴的货，这种时候出现在他眼皮底下，做什么说什么都是错。

偏偏滚月光不知道这消息，他毕竟只是个小包工头，不是经常和县里体面人物们混的那种人，所以，当大家都躲着袁百里，只有他凑上去——真是作死咯——他还坐在人家办公室里，傻了吧唧地跟袁百里说，以后要叫袁县长了。

袁百里正端着茶杯喝茶，从杯沿上射过来一注目光，炽灼如炬。许久，他放下茶杯，意味深长地笑，滚月光以为那是希望的佛光，哪知道自己已经触碰到了平头哥的逆鳞。

我给他道过歉了。滚月光不安地挪了挪身体，吊瓶跟着晃了晃，黄大嘴护住瓶子，叹气，你道个鸟歉，姓袁的本来把面子看得比天大。你这个呆瓜，读书呢，一根肠子通到底，不会拐弯。进了城呢，还是个心里没个红绿灯的憨憨，全世界都在躲着平头哥，他正鬼火上头嫌手里没鸡崽捏，你自己挤上去当那只小鸡崽。这几个月，县里谁不知道你天天给他接送娃。袁百里就是故意做给人看，莫说当不当副县长的事，就是不当那个副县长，他想拿捏谁，照样拿捏！

滚月光这才明白，自己累死累活这几个月，完全成了晃格里的一个笑话。

难怪那么多项目审计结果都出来了，只有他的一直“审计中”。袁百里一直在玩他呢。

玩他的第一道，不用回忆滚月光也记得，那是袁百里唯一一次主动打电话给他，正是八月出事那会儿。那天下午，滚月光刚把小青眼挪到洗澡笼里，袁百里一个电话打来，懒洋洋的声音，现在想起，人家那哪是懒呀，是猫玩老鼠的悠闲。袁百里在电话里问滚月光，是不是公司要租个办公室？

滚月光当时一愣，想，我有个屁公司啊，一个小包工头，家就是公司。话都到了嘴边突然觉得不对，赶忙说，是是是，是要那个，那个，租一个。

我亲戚有套空房，可以免费送给公司用，只是房子老了点，你们自己粉刷一下。

空调、电视那些，也有，只是旧了点，也免费送给你们。

审计嘛，要晚一点。

要不要的，你们定吧，我就觉得空着也是空着。

中心思想说完，袁百里挂了。

滚月光好歹也混了十来年，不用想也明白怎么回事，带上装修队就往地址去，什么只是粉刷一下，完全就是一套毛坯房，滚月光偷了灯心卡上三十万，整整两个月，一有空就盯在房子上，买块砖都是自己亲自跑铺面，终于“粉刷”完了“亲戚家的房子”，空调电视整屋顶配，完了签合同还得按市场价签——局长经常教导我们各是各，局长体谅企业是局长风格高，但咱们还是要按市场规律办事。

之后，一年付四万租金签到手的房子，滚月光用都不敢用，只摆了几张桌子做做样子，反而还得三天两头过去开窗通风，这种事交给下面的人不放心，下面的人嘴碎，都是滚月光自己来。

玩他的第二道，是袁百里的二任老婆居然打电话说，月总，最近家里的车拿出去修了，公车又不能用，听说你公司和小宝贝幼儿园是同路，可否麻烦顺便送一下小宝贝？

那一刻，滚月光觉得一点都不麻烦，女人的声音温柔又妩媚，像春天的阳光晒在耳朵上，烘得他全身都冒着幸福的细汗——能和袁百里的家事攀上关系，能和袁百里的漂亮老婆说上话，那就证明袁百里不把他当外人。有了租房和送孩子这两层隐秘又亲切的来往，年底前他的一期审计结果肯定就有戏，只要拿到审计结果，他就可以找罗副县长要钱，有了钱，他就可以还上高利贷，日子还是以前的日子。

正值秋高气爽，蓝天上飘过一片片白云朵，滚月光抬头看，觉得每片白云都是钱，一张接一张，足足四万张，每一张都在向自己招手。

四百万就是他的命，没有这四百万，明年的鼓藏节，他可能只有一缕魂回山里去。

他压根不知道，自己只不过是袁百里玩捏着的一只小鸡，袁百里嘻嘻看着他挣扎，全世界也都嘻嘻嘻笑着看他挣扎。在城市的丛林里，他是一棵挤进来抢地盘抢空气抢营养的树，多他一棵碍眼，少他一棵舒坦。

怎么会这样？他实在想不通，世界恁大，人心怎恁窄。

·九·

这世道就这么个鬼样。冯愉快回答滚月光，世界无论有多大，有些人的心，终究比麻雀眼睛还要小。

滚月光抬头看着桂花树的叶子，脸上写满悲伤。

日子又过去一天了。

有人朝他俩看过来。

也是，两个大男人，一个瘦巴拉干穿着警服，一个拙憨憨穿着珊瑚绒睡衣，还绾着个奇异的发髻，大清早并排坐在派出所门口的大青石上，多少有点吸引人的目光。

冯愉快颇有点得意地享受着这些目光，问滚月光，都将就了那么久，那为什么昨天晚上突然想砍袁百里？

他捏了我的小青眼。滚月光声音低沉，眼眶渐渐红了，我不介意他捏我，从小爸妈说，人活在世，走路不要和田埂争宽，心眼却要和天比阔亮。但他不能捏我的小青眼，我遭的罪是我起了贪心，但是我的雀没有做错啥子事，在山里，树是有尊严的，雀子也是有尊严的。

尊严，嗯，这个事，你做得对。冯愉快大声表示赞同，赞同的方式是用力朝最远处啐了口痰。结果招了路过大姑娘一对大白眼。他不管，愤愤道，我晓得，斗雀除了幼鸟受捕时可以捏一次，再捏就废了。狗日的袁百里，捏死了多少人和鸟？他想捏就捏！想捏就捏！

你懂斗雀？滚月光眼神一亮。

我还养着一只呢。冯愉快抠抠眼角，不好意思地笑，黄水眼，不行。跟我一样，蔫巴。不过，听说姓袁的是只胆巴青，他跟你一只小青眼较什么劲？冯愉快困惑地问，一只小青眼，至于让你拿刀去砍袁百里吗？

你说呢？一直拒绝抽烟的滚月光伸出手要了支烟，狠狠吸了一口，冷笑，昨天，我的小青眼赢了他的胆巴青！

冯愉快吓一跳。好画眉看眼水，胆巴青在斗雀中算是极品，小青眼跟胆巴青完全不是一个级别，何况袁百里那只是养在万佛寺的，那里离万佛山近，每天大清早，袁百里的司机都会开车过去，然后带上鸟笼到万佛山西面的悬崖去遛，西崖高，林子又厚实，斗雀在那里简直是君临城下、八方来风。这样的雀，到哪里都是王，能败给滚月光的小青眼?

就像袁百里和滚月光，一个是捏小鸡的人，一个是被捏的小鸡，根本不是一个档次。

嗯，他也是这样想的。滚月光裹紧棉睡衣，靠着派出所院墙，眼睛眯成一线，倏然闪出一道寒光——但是，他不知道小青眼也有翻盘的时候，你没看过我那只，小青眼，贯黑水，起块状粗沙，嘴是大钉子嘴，尾是铁尺尾，全身是硬毛，生一双牛筋脚，猫爪、鸭胸、鸡背。

猫爪鸡背，打死不退!

对！猫爪鸡背，打死不退！冯愉快听得兴奋，脱口而出，眼里也跟着闪出一把刀来，像当年在水巷子看他老子杀猪时喷出的猪血。狗日的，他大声道，狗日的，他也有今天。然后腾地起身，一脚踢在桂花树上，人往所里钻。

干吗子去?滚月光看一眼无辜摇晃的桂花树，有点蒙，这些城里人，一阵一阵，抽风似的。

送雀。冯愉快人已不见，只抛下一句话，滚月光正想呢，人又跑出来了，提了只鸟笼子，越过他，直直往小公园湖边跑过去，滚月光眼见着他把鸟笼子送了一老头，又屁颠屁颠跑回来，吭哧吭哧坐回他身边。

我说啊，大半辈子的，没想到……咱哥俩素不相识，你倒是替我了了桩心愿。冯愉快喘着气，长叹着，像完成宏伟大业一般闭上眼。

啥?滚月光还想着那只小青眼，没听明白。

打败袁百里。冯愉快没头没脑地说，生当作人杰，死亦为鬼雄。

滚月光跟他接不到一个频道，顿了顿，恹恹地叹口气。

打败他。冯愉快刚喘匀，火气又嗖嗖上来，他妈的，我也买过一只胆巴青，跟姓袁的斗过一回，一上去就招他那只一嘴。他奚落老子，说，在他面前，老子和老子的雀都是叫雀，只能打个响声，没用。这杂碎，我跟你说，我猜他早就认出我了，他就是故意假装不认识，你想想，我这张脸，我这名字，轻易能让人忘记吗？就像你这发型。

滚月光扭头看冯愉快一眼，不禁失笑。

可不是笑嘛，冯愉快长得古怪，阔额深眼，而且眼睛还有点斗。

笑个鬼你笑，真是个憨憨。冯愉快看着憨厚又忧伤地微笑着的滚月光，叹息，可惜了，要是不和姓袁的斗，能斗败胆巴青的小青眼，卖也能卖一二十万……也能抵点民工工资。你也是，晓得他这个人输不起，又一直在拿捏你，你和他斗个啥子呢？

滚月光长叹口气，说，我哪里知道啊？昨天遇到他从万佛山下来，他说，一直想找个雀，好好斗一斗，胆巴青很久没找到对手了，他愁得很。我就想，让小青眼上一架，输了讨他个高兴，赢了就把小青眼送给他。

你还敢想让小青眼赢？

为什么不敢？本来，在我们山里，斗雀是最公平的事情，寨老的雀给人斗败了也从来没有二话说的……只是这城里的人和事，我真是想不明白了，我的雀更不明白——我都说了赢了就送给他，他接过去时还嘿嘿直笑，突然，他阴森森地把手伸进笼子，生生一把捏了它！滚月光说到这里，眼圈又红了，难受得直摇头，早知道我就不该在山里把它捕来，早知道我也不该从山里到城里来。这世上，怎么会有这么狠的人。

说罢，滚月光低下头，好半天不言语，末了，拍拍裤子，仿佛有灰，又仿佛即将起程去往某处，他看着水泥地，呢喃，我讨不到公道就算了，但我得替我的雀子讨公道，不是我想砍死他，是他自找的。

吱一声刹车声，派出所的警车正好回来，年轻的所长刚下来就听到这句，吓得打了一半的哈欠都回去了，一脸警惕地盯着滚月光——你想搞哪样？

我不搞哪样。滚月光困乏地站起身，一整夜没睡觉，困得很，他裹紧棉睡衣，疲倦沧桑地前行。太阳已经高高升起，花园里的小湖面泛着冷冷白白的光，对他来说，寒闪如时间和高利贷的利剑。

所长转身进大院，才迈进一条腿，手机响了，他接了电话，哦一声，又点点头，迈进另一条腿，再哦一声，突然声音飙高，啊？什么？啊！

抓住他！年轻的所长慌乱地转身，差点绊倒在门槛上，他边跑出院门追滚月光边大声叫着，叫声因亢奋而急促、尖锐、刺耳——快抓住他，受害人醒了，说是……一个头顶绾着鬏鬏的男人……叫人……砍的他。

滚月光回过身来，还没反应过来是怎么回事，眼见着一群警察轰地扑上来，把自己摁翻在地。

滚月光的胳膊、手和腿被强摁在粗糙的水泥地面上，扭曲成奇怪的形状。日光刺眼，冬日惨白的阳光照耀在他脸上。他眯起眼，从十来条裤管中间的缝隙中看出去，看到跑上前来、一脸惊诧且愤怒的冯愉快。

你们干什么！冯愉快冲上来，扒拉开如狼似虎的小警察们，干什么！干什么！不是他。

所长年轻的胸膛激动兴奋地起伏着，举着手机，指着滚月光的发髻说，老冯，你不要在这里鬼扯，刚才医院来电话，袁百里醒了，他提供的线索就是这样，一个绾发髻的男的。

放他妈的屁！冯愉快愤而冷笑，他们一个寨子里的男人都是这个发型，你都抓喽？

老冯！所长警告。

老冯老冯，你他妈当年刚进所里来叫老子冯老师！你爹叫老子冯哥，几天过去，你和你爸串辈儿了？叫起老子老冯！冯愉快表情狰狞，破口大骂着，钻进人缝，一把抓起滚月光。

滚月光软软地站起身来，摇摇欲坠，他不说话，目光如灰，从警察们扑向他那一刻起，他明白了，这个城市从未接纳过他，在这里，他永远是一个外来的质地和细胞。而袁百里，劫后余生都还要如此恶毒地栽赃陷害自己，无非是为了掩饰更大的真相——能拿刀去砍袁百里的人，不是他最亲密的战友，就是他最可怕的敌人。无论是谁，袁百里这样的人，都不愿意将他暴露在公安或纪委的眼皮底下。他并不笨，他只是憨厚而已，历经了这生不如死的数月，他已经懂得了许多以前从不曾懂得的东西。

这城市伤了他的心，他本来是那么爱它。寨老说过，山里的树挪到城里没法活，他非不信。

他冲着冯愉快摇头，再摇头。

冯愉快也冲着他摇头，和他不同，冯愉快的表情古怪，甚至带着隐隐笑意。

·十·

是的，他很开心，只有他自己明白自己为什么突然这么开心。冯愉快边把滚月光从警察堆里拉出来，边呵呵笑。

年轻的警察们诧异地看着他，跟看个神经病似的。他视而不见，眼前重现的是旧日的记忆。水巷子里，他老子手起刀落，猪血喷了一地，红彤彤的，着实痛快。

那欢快又悲伤的岁月啊……要是没有袁百里，他的人生应该完全是另外一个样子吧？本来他长得好好的，考个二本大学问题也不大，突然冲出来袁百里这么个胆巴青，一嘴就叼死了他。死了就死了吧，袁百里长着长着偏偏又长残，好好的斗雀不做，要当平头哥。人要是狠毒到这地步，基本就完蛋了。

简直对不起冯愉快为他白白耗进去的半辈子光阴。

想到这里，冯愉快有些悲壮，他定定神，看着强压怒火直盯着他的所长，认真地警告他，以后叫我冯哥。

所长瞪他一眼，要恼不恼的。恼吧，刚才都给点穿了，以前还叫过叔呢。不恼吧，一个破值班干杂活儿的，真把自己当人物了？只好哼哼。

冯愉快说，哼个屁，又不是吃食拱槽的猪。月光兄弟我先交给你们，好好待人家，烟茶伺候着。我去医院一趟，个把小时回来。

所长忍耐到极限，冷冷地说，你想干什么？

不干什么，会个旧友，叙叙旧。

冯愉快说完，上了院门口的警车，轰一声开走了。

·十一·

门开了，一道强烈的光照进询问室，冷冽的空气新鲜残酷地扑进来。滚月光打了个冷战，瞥了一眼光芒中间那个瘦长的影子。

他并不在乎进来的人是谁，他只知道，又过去一个上午了，新年的脚步越来越近，医院里的袁百里现在正掐着他的生路，也许，他真的迎不到明年热闹的鼓藏节了。

可是，如果他死了，寨里那棵树怎么办？他还年轻，那棵树也还年轻，不足以成为他容身的棺木，真是可惜了树。

喂。

逆光中，他听出来，是冯愉快的声音。

没事了，回家吧。

他不动。

你什么也没干，没找人砍他。走吧。

他当然什么也没干，他当然知道自己没找人砍他，他眼下穷得连找人砍袁百里的钱都没有。

可他哪敢回家？说不定门口一堆堆堵着催材料款的、要工资的。

一个夜晚又半个白天过去，他仿佛已经不关心高利贷的事情了，再高又怎样？生是一堆债，死是一条命。丢不下的是那些一起从寨子里出来的亲友和兄弟，他欠着他们工资，那些都是血汗钱，用夏天四十摄氏度高温下的汗水和冬天冻僵冻烂的双手换来的血汗钱。

叫你走就走嘛，难道还想住在派出所？回家，车到山前必有路。冯愉快仿佛知道他心里在想什么，走过来拍拍他的肩膀，亲密地搂了他。

滚月光不自在地躲了一下，困惑地看向冯愉快。

不是不报，时候未到。冯愉快再次亲密地搂住他的肩，把嘴凑到他耳朵边，轻声说——从他拆迁一路走到现在，我有他大把大把的证据。刚才老子去医院，只给他看了十八罗汉中三罗汉家里老房子的照片，他那双鬼眼就吓得定定的。

什么十八罗汉？滚月光越来越听不明白。

水巷子。冯愉快笑起来，他忘记了水巷子拆迁时，里面还住着个窝囊的老同学，拆迁钉子户的十八罗汉，水巷子有三个，他做过手脚的三栋房子，我全部三百六十度无死角拍照做过记录，外带测量尺寸统计。我跟你讲，在派出所混饭吃有好处，学得到真东西，现场取证拍照这一块，现在的所长都得叫老子师爷。

然后呢？

改口了，不敢栽赃你了。老子要求他立马安排局里给你做审计。那龟孙子气得一副要咬老子的样子，哈，老子就喜欢看他想咬老子又不敢咬的样子。冯愉快哧哧哧笑着，提提对他来说略显宽松的警服裤腰，脸上充满甜蜜的回忆。

滚月光想笑，又笑不出来。

黑夜给了我黑色的眼睛，我却用它寻找光明。冯愉快声情并茂地朗诵完，立刻换一副急不可耐的表情，推搡着滚月光往外走——走吧走吧，还有半个多月才过年呢，一切都还来得及。只有姓袁的来不及，我跟你说，等审计结果一出来，老子就送他进纪委。

和冯愉快的轻松快活不一样，滚月光实在是回不过神来，这二十四个小时里，他到底遇到了什么？冯愉快手里明明有袁百里的证据，为什么又偏偏要等到现在？一个一直被袁百里的阴影逼在角落里生存的老警察，活得当初带出来的徒弟小所长都只愿意叫老冯，突然间佛光照耀大地，搞得之前像是来历劫似的，说不过去啊。

谢谢你。滚月光不知道说什么好，半天挤出一句。

指不定谁谢谁呢。冯愉快有点羞涩地抹抹鼻尖，低声说，月光，咱俩不一样。你恨袁百里是有道理的，袁百里太恶毒，但你一直砍不下去，因为你善良，直到为了小青眼。我也恨袁百里，可我当年恨他其实是没有道理的——那时候大家都在念高中，人家只是比我优秀而已，我恨他完全是因为我心胸狭隘。后来这么多年跟踪他、窥探他，纯属变态——总而言之，我是个卑鄙的人。我拿着他那么多证据，但我实在找不到一个高尚的理由来为人民除害——因为我自己心里头清楚，那些只是借口，我心里住着的是个猥琐小人冯愉快。直到今天，为了你，我拿出来了，也放下了，几十年，不容易啊，堵得慌着呢。

滚月光默默看着冯愉快，好半天，极认真地说，我们可以喝血酒的。

好，喝血酒。一提到血，冯愉快忍不住干呕了一下，强撑着说道，大碗的，老子和你喝！

那个……先前，就是刚才的前面的前面——你叫我月光？

冯愉快一巴掌打在始终处于迟钝状态且完全与他的节奏不合拍的滚月光肩膀上，佯装生气地大声喊，月光，滚月光，你明明姓滚，怎么这么慢？

滚月光缓缓咧开嘴，缓缓笑起来，灰暗的眼神渐渐有了微亮的晶莹。这是他第一次听到寨子以外的人叫他月光，也是第一次在城市里听到一个人郑重其事地叫他滚月光，明明用着揶揄的语气，却又那么温暖。

真好。

关于事态的突然变化，他脑子依然有点转不过弯。但是他在门和窗户透进来的光和空气中实实在在闻到了鲜活的尘世味道，那是在阳光下生长的枫树散发出的清香味道，那是灯心在家里炒的香椿鸡蛋的味道，也是……此刻冯愉快有点邋遢的头发间散发出的油汗味道。

这个冯警官，如果在山里，一定是棵油桐树。

·十二·

大年二十九傍晚，滚月光付完最后一笔账，收到了冯愉快的短信。

搞定?

滚月光拨了他的号码，才响一响，冯愉快开心的嗓音立即就传了过来。月老总，还要拿着刀去砍人不?

滚月光不好意思地嘿嘿笑，想道谢，又觉得说什么都太轻，舌头转了半天，还是嘿嘿。

别尽嘿嘿呀，月光，你知道那天我从袁百里那里出来，都走到病房门口了，袁百里叫我什么咯?

狗日的。滚月光心情舒畅，开起玩笑来。

滚！冯愉快笑骂，滚到月亮上去——我跟你说，那家伙装了二十来年终于装不下去，直接炸毛了，咬牙切齿叫我——冯——愉——快。他到底把老子名字叫了出来，老子就知道，他一直认得老子！

滚月光陷入沉默，冯愉快的心情他明了。名字是给人喊的，但这世上，总有许多人，一辈子都被人忽略掉名和姓。那些滚月光一直接接送送的人，那些从不在乎滚月光是谁的人；那些曾经叫冯师傅、冯大叔、冯大哥，最后叫老冯的人。滚月光一直把他们放在心上，耿耿着。冯愉快也是。

还好，万物都在努力生长。于是城市里有了一棵名叫月光的树，也有了一桶叫愉快的水，彼此记住了名和姓，深深珍藏在心里。

冯愉快知道，不光是他们彼此，即将被某部门“召见”的袁百里也会深深记住这两个名和姓。

冯愉快警官，你是个好人。滚月光真诚地说，要是没有你，我就是一棵死在城里的树。

冯愉快在电话那头说，非也，我是个龌龊的人，卑鄙了半辈子。

你不是。滚月光边替灯心把回家的行李放到车上，边从她手上抱过儿子，亲了一口，儿子身上暖暖的奶香味，让他倍加珍惜这一刻自由蓬勃又真实的生活。他对着手机说，你是个好警察，是个好人。

那边沉默了几秒，然后是尴尬的咳嗽声——那个，我不是警察，我只是个辅警，也就是协警。那天给你做笔录，其实不合规，我还装模作样来着，你记得你不？你一倒，吧嗒，仰面摔地上了。

滚月光回忆着两个人初识的那一幕，爆笑起来。有新年的烟花在暮色四合的城市边缘绽放，天空在夜色与暮色交错之间，呈现出梦境和现实交替的质感，烟花像绣在上面的魔法，瞬间闪亮又瞬间消失。

但是滚月光知道，它亮过，就像芸芸众生或流星，在天空中努力绽放光芒，只要闪烁过，它就一直在。

暖

原载《十月》2010 年第 2 期

小等打了个大哈欠，耳朵下方的小脆骨发出咯嘣咯嘣的响声。下巴好不容易才木木地回闭过来，眼皮却纹丝不动，那里好像被奶奶用廉价502胶水粘过，小等使劲用手去擦拭，眼珠子都被搓烫了，眼皮还是揉不开。小等索性闭着眼翻身下床，摸索着坐到灶膛边，点了个火引子去引火膛里的松木枝，松木枝燃起来，枝条某处隐匿的水汽泡被火一逼，轻而温暖地“扑哧”了一声，黑暗的木屋跳起了红光。

眼皮终于酸涩地打开，尚未恢复焦距的眼睛四处张望——

昨晚剩的半碗米粥硬硬的，得拿出来再兑水熬熬，奶奶牙不好，舌头又老了，浅淡的味儿尝不出，喜欢吃又酸又咸的腌茄子和熬成糊的土豆汤。

饭菜都热好了，半山腰庆生老师家的大公鸡才打鸣。

小等去叫奶奶。奶奶正蓬着一头薄薄的乱发，靠在陈旧的棉被上嘻嘻傻笑。小等小心翼翼地走过去，轻声叫：奶奶，吃饭了。

微弱抖动的火光下，奶奶的下巴哆嗦得更快了。奶奶不看小等，冲着床对面麻黑麻黑的窗户，神情像个讨好的小孩：我听你的，白天不吃。你看，我白天不吃。

窗户那里什么也没有。一股寒气从小等脚下蹿起来，小等的眼睛没来由就湿了，带着哭腔说：奶奶你不要吓我，我是小等啊，你看看我！

奶奶自顾自走出里屋，薄裤管下严重萎缩的腿像两株细瘦的芦苇秆，同样细瘦的两只手在空气中划拉着，但并不能抓住什么，整个身子弯曲成虾的形状，每走一步都像狂风里的芦苇般，抖成一团，仿佛要栽到河里去。

奶奶要这样抖到什么时候才算完？小等突然开始思考这个对于十二岁的女娃来说太严肃、太深沉的问题。“完”是指什么？是好？还是死？小等夹了一筷子腌茄子往嘴里送，茄子腌的时间太长，酸味直冲鼻子，她不得不甩甩头发，好把眼泪一并甩出去。奶奶在哆嗦中艰难地捏着碗筷，筷子和碗像乐器似的在她颤抖的手中有节奏地叮当直响。伴着这敲打声，黎明从河对面的雾霭里站起身来。

夏天的大娄山脉，太阳是有年龄的，清晨的太阳是吃着奶的娃儿，饱满嫩白的光芒像娃儿胖乎乎的小肉手，甜滋滋、温嘟嘟贴在人的身上和脸上。小等拍拍身上撒娇的阳光，背起背篼下了山。

小等今天得把地里的灯笼椒通通卖完，明天还有明天的事呢。

河谷边的辣椒地里，沉甸甸的灯笼椒挂满了枝头，比哪一年都长得好，把河谷滩映得红彤彤一片。小等庆幸自己没有听种子店张伯娘的话，年初育辣椒苗时，张伯娘叫她种牛角椒，说牛角椒一亩地多收好几百斤。小等没敢种，小等才十二岁，还不到拿主意的年纪，尽管当了家，但她还是不敢随意打破这块向阳地和灯笼椒之间严丝合缝的联系。

晶莹饱满的灯笼椒像一颗颗小樱桃，小等的手变成了两只小鸟，灵巧地在辣椒与背筐之间盘旋。背筐里的小樱桃一点点集起来，小等的腰便一点点沉下去。

河雾散尽时，太阳长成了个霸道的婆娘，一下下抽着小等耳光，抽得小等眼前发黑。

村委会门口的大水泥坝挤得像一块被油炸裂的糍粑，每一个岔口都爆出一串串泡来，那是一只只装满辣椒的筐。到处是拉辣椒的摩托、装辣椒的大车、提着秤四处挑拣的贩子……小等咽了咽口水，焦急地加快了脚步，两根细小的青筋像蚯蚓一样趴在她额角轻轻耸动。

村委会主任周好土让躲不开的太阳晒得眼冒金花，正懒洋洋地拍打着一辆占道的摩托，眼角扫见小等被背筐压弯得只留个头了，赶紧走上去搭手接下筐。

叔，今天价好不？小等伸直腰，乱蓬蓬的头发湿答答地贴在脸上，像刚从水里冒出来。

不高，才六毛。周好土摇摇头，用那双永远像在打瞌睡似的细缝眼无奈地瞟了瞟几辆装辣椒的货车：贩子拉成一伙故意塌价。

小等失望地靠着背篼直喘气，忧郁从眉梢无声地飘下来。

你妈寄钱了吗？她还是回不来？你奶奶好点没？周好土从裤兜里掏出一张皱巴巴的纸巾递给小等：干净的，擦擦汗。说着朝一个提秤杆的贩子挥了两下手。

小等捋了捋头发，没回答周好土。小等没法回答。妈说了，你爸爸死了，我一个人打工养这一家老的小的，拿什么给你奶奶看病？再说你奶奶的病也不叫病，人老了都这样，其实人一生下来就是要死的，早死比晚死利索，我没钱，有钱也堵不住这大窟窿！

妈妈这话遭人咒，男人听了要提拳头，女人听了要戳额头的。小等把话捂在肚子里，不敢让谁知道。

椒贩子走过来，下巴挂着几片葵花子壳，问主任啥子事？周好土拍拍小等的篼说先给称了吧，小娃儿老实，全是一勺勺庄稼粪浇出来的，好椒！

辣椒过了秤，三十四斤四两。椒贩子敲完计算器把上面的数字晃给小等看后数了二十块零六毛出来。小等抿着嘴唇很有主意地指着计算器说，还差。椒贩子咧嘴大笑，那几片葵花子壳就开始悬在他下巴上跳舞：小姑娘，这年头谁用零毫子？四舍五入知道不？

小等倔强又委屈地盯着椒贩子，小脸涨得通红，刚擦干的鼻尖沁出一层细密密的汗珠。

在桂花坡下的卫生室，一毛钱可以买三颗去痛片。这四分钱就是奶奶的一颗去痛片，可以让奶奶安安稳稳睡上半个小时。可不能舍了！

椒贩子被小等盯得发毛：这样看我干啥子？我又没亏你！说着拿起秤盘哐哐哐敲背筐，敞着嗓门嚷：要不要？不要拉倒，背走！

周好土推开那辆塞在路中间的摩托，拍着满手泥灰走过来，顺手从身旁的辣椒筐里抓了把灯笼椒甩进小等的筐，眼皮向下耷拉着，一脸厌烦：几千几万都敢赌，到这里来为一毛钱和小姑娘吼，也不嫌丢人。还四舍五入。给，够你入了？

椒贩子也不恼，边嗑葵花子边哧哧哧地笑，吊儿郎当地把半边屁股靠在筐上，拉开挎在腰上的“猪腰子”钱包，扯出一张毛票看也不看就递给了小等。

小等接过钱，挤过成堆的筐和成群的人，跟在周好土后头进了村委会办公室。

叔。小等从手里抽出五块钱放在裂缝跛腿的办公桌上。周好土皱着眉头说又来了，这罚款不由你来交！要交也是你妈来。

叔你收下吧。小等一脸坚决：我们家现在我说了算！

周好土“唉”了一声，推开桌上乱七八糟的报纸和充当烟灰缸的半截酒盒子，打了张“收到社会抚养费五元”的收条，盖上村委会的公章递给小等，一张脸挂霜带雾地看着小等：小小年纪，你妈怎么舍得看你受这些罪！哪个十一二岁的娃儿不是爸亲着妈暖着！这罚款叔收着心里不是味儿，大人作孽，让咱们小等来还，可你爸妈奶奶……

一缕头发丝垂下来挡住了小等的尴尬。那年因为爸妈偷偷在外超生了小弟，周好土气得跑到家里来拉猪，猪在圈里不肯出来，惊恐万分地拼命嘶叫，眼珠子都挣红了。奶奶冲上去一竹篾片抽到周好土脸上，那是刚划破的竹篾，牵筋带刺的，把周好土干瘦的半边脸全抽成血糊糊。奶奶大口喘着气，小眼睛绿绿地冒着寒光。小等吓得缩在挞斗背后直哭，边哭边想以后一定要挣好多好多钱——再不让奶奶气得眼睛发绿，也不让猪吓得眼珠发红，连尿都不臊了。

周好土收了钱放进抽屉，却从自己裤兜里拿出五块钱来：没吃中饭吧？去，吃碗绿豆粉再回去，顺便给你奶买把面条。

小等绷起小脸直摇头，一把营养不良的头发摇晃起来像泡软的草垛：我家和你有仇，我不能要你的钱。

周好土笑起来，说可小等和叔没仇啊，小等是个好当家！看看小等还是一脸倔强的不领情，只好说不要就算了……又拿下巴朝里间办公室抬了抬：里面有电话，要不要给你妈打个长途？

小等惊喜地笑起来，淡眉毛一跳一跳扬得老高。

电话上的数字像奶奶喂的那群小鸡崽，它们急不可耐地盯着小等的手，小等飞快地摁着，数字在她指下开心地咕咕叫。

妈！电话一接通小等的眼泪就哗啦淌下来，顺着脖子往衣领里钻，好像这一声“妈”打开了泄洪闸。

你有事没事打电话做什么？长途要花钱的！妈妈没有惊喜地叫小等，反而劈头盖脸凶过来。

小等的欢喜哽在喉咙里，战战兢兢地说妈，是村里的电话，不花钱。

那几个狗日的！天天逼着交罚款，是不是又逼你打电话要钱？告诉他们，老娘只有命一条，要钱？没门！妈妈在那边一定叉着腰呢。

不是不是，村里没有催钱……妈，你什么时候回来？我想你了，你快回来吧！一和妈妈说话，小等觉得自己小成了三岁两岁甚至一岁，她想贴着妈妈肉乎乎的胸脯，吊着她的细脖子咬她下巴。妈妈长着男人一样的下巴，又宽又厚。奶奶说那是吃家败家的长相。可小等喜欢，奶奶不知道这样的下巴咬着才带劲儿呢。小等苦巴巴地微张着嘴——妈妈已经两年没有回来了。空而无望的想念变成绞肠痧，痛得小等又开始伤心地抽泣。

哎呀，一打电话就哭！妈妈的声音里透着一万个不耐烦：老叫我回来做什么？我要挣钱呢，没钱咱们娘四个吃什么？再说妈不能回来，妈一回来就得送你奶奶去医院，你晓得不？医院是个烧钱坑，多少钱也不够花的。

可是妈，我怕……奶奶的脚都成干柴棒子了。她白天不肯吃饭，说有人不让她吃，每天天不亮我就得起来给她热饭……还半夜拿着剪子在屋里乱窜，说屋里到处都是要她命的鬼，她要剪死他们。妈，我怕，我睡不着觉……小等急促地说着，生怕暴躁的妈妈会打断她的倾诉。恐惧在小等心里生成一条汹涌澎湃的大江大河，再不讲出来江河就要决堤淹没小等了。说着说着，小等实在忍不住，敞开喉咙大哭起来，哭声把空荡荡的办公室震得嗡嗡响。

是吗？……妈妈哑了半晌，迟疑地哄小等：也许……你奶奶是故意装神弄鬼，想让我回来给她治病。

小等不信。奶奶常坐在屋檐下给小等洗头，太阳暖烘烘的，一会儿就晒干了小等的头发，奶奶给小等梳小辫时粗糙的手指总是划痛小等的额头。小等转身打奶奶，奶奶就张着只有三颗牙的嘴乐呵呵地笑。奶奶那么心疼小等，怎么会装鬼吓小等？这些日子，晚上的奶奶绝对不是白天那个奶奶，晚上的奶奶阴森森的，脸上冒着跟竹林子后头那个鬼洞一样的雾缭子。小等还是想妈回来，可是还没等她开口，妈那边却踩了蛇尾巴似的惊呼着老板来了，啪的一声挂了电话。把小等的恐惧哽在半路，回也回不来，去也去不了。

周好土端着一碗热腾腾的绿豆粉走进来，看着满腮泪痕的小等，强忍下好些气恼话儿。只说吃吧，吃了早点回去，还来得及采一两筐，这些天辣椒大量上市了，几个贩子又合着伙塌价，说不清楚明天垮到几毛呢。

夕阳照着木屋，远远望去，屋子像一只橘黄色的老母鸡，温和地蹲在桂花坡山顶的林窝子里。太阳要是永远不落山多好，这样奶奶就不会半夜三更地吓唬她的小等。可要真那样，白天不吃东西的奶奶会饿死的。那太阳是落好还是不落好？这个问题纠缠在小等脑子里，把小等细而淡的眉毛也搅皱了。

站着采了一天椒，腿脚硬成了木桩子，小等觉得脚下的路像一块磁铁，每走一步，那些活泼的力气就透过脚底板被土地吸去，吸得小等轻飘飘、空荡荡的，走路都要打晃了。放学回家的孩子在田埂和山路间野山羊似的跑来跑去，书包一起一落拍打在屁股上，发出稀里哗啦的响声。小等姐。一个孩子疯闹着挤过小等，又倒回身来欢快地叫。又一个孩子在背后拍小等的背篁：小等姐让让我。

小等脸上挂着大人似的疼爱，哎哎应着，侧身让出路来。孩子们边跑边捂着屁股后面鸟儿似的飞跃的书包，小等下意识地也用手往屁股那里捂了捂，背篁的一根篾刺突然钻进手指，小等“咝”了一声，赶紧把手指收回来放在嘴里抿。

攀上大青石是一段缓坡，半山腰的大桂花树下，两三个人正在那里立木杆子。小等坐在大青石上用手搭了个凉棚避开阳光看。

哟，看看，能干的小当家回来了！正往杆窝子里埋石头的村小学老师庆生远远看见小等，夸奖似的朝小等挥手。小等不好意思地笑，大声说庆生老师，立木杆子干啥子?

安电话！支根木杆子架电话线。庆生满脸喜气。

小等顺着他的手看过去，一条线从山脚牵上来，正往木杆子上搭呢。

小等昂头看着线。真神奇啊，就是这个东西，把好远的声音装在里头传到这里来。妈妈的声音也是这样传来的，像一条细细的水流，顺着这根线，从妈妈的工厂转汽车、转火车、转三轮车、转摩托车，再从山脚下顺着这条奇妙的河道流过来！

不过，妈妈的声音从线里淌出来时却不像水。妈妈的声音常常是硬的、糙的，还充满着类似火药的气味。小等知道那是因为妈妈累了，妈妈的声音要走这么远的路，当然累了，人一累就容易发火的。小等干活累的时候，也常常踢筐、摔盆、撵小鸡。

小等啊，以后有急事要打你妈电话就来我家，不用跑到山脚卫生室那么远了！庆生大声说着，还冲小等眯了一下眼，像是和小等分享一个无比愉快的秘密。

小等欢跳起来，太阳光射在她脸上，显出脸上柔细的绒毛，绒毛把小等的疲惫扫走了。小等飞跑到桂花树下，气喘吁吁地停下来，昂头看看线又看看庆生，犹豫好半天还是说出来了：庆生老师，长途贵，要花你钱的！

老师一人吃饱全家不饿，在乎那几个钱？再说，咱们小等是谁呀？是桂花坡最懂事的姑娘嘛，这叫“以资奖励”。庆生站在阳光下面挥挥手。

小等把背筐一甩，抱起一块石头帮忙夯杆子，也不喊庆生老师了，改口叫：庆生叔，你说这线多好啊，可以把妈妈的声音传过来。

庆生瘸着腿扭过身扑向小等，做了个老鹰抓小鸡的动作，呵呵笑着逗小等：是啊是啊，最好把小等塞进线里，拨一个号就给妈妈传过去。

小等缩了缩脖子，黑黝黝的大眼睛紧张又欢喜地盯着庆生的两只大手，吐吐舌头咯咯咯笑起来。

太阳落进树丫里，天空干净得像块蜡染布，只有一朵白色的云在遥远的天边静静地悬着，像染布上的花。电话线穿过天空，三四只大红色的豆娘绕着它飞来飞去，颤动着透明的翅膀，不时停在线上，歪着晶莹剔透的大红眼睛，像在看庆生是不是真要把小等塞进电话线里去。小等嗔怪地冲着豆娘拍巴掌，脸上却是甜滋滋的笑。

月亮好像也怕夜晚的奶奶，细微的光线战战兢兢地泻进木屋。小等已经藏好了剪子和菜刀，但还是害怕，蜷缩在小床上不敢睡，眼睛死死地盯着对面的床。

半夜时分，奶奶又颤巍巍地起身来，口齿不清地低声骂：我叫你们吵！我叫你们吵！然后冲着空荡荡的屋子摔东西，什么东西拿起顺手就摔什么。小等恐惧地瞪大眼，轻轻把自己移进月光照不到的床旮旯。什么东西在嗒嗒响？惊得小等四处张望，半天才发现是自己的牙齿在打战。黑暗里，奶奶突然异常敏捷地转过身来，盯住小等藏匿着的那团黑，厉声地说你看着我干啥子？

惊悚间奶奶的脸已经凑到了小等面前，一双浑浊发白的眼睛死死地对着小等，那脸上刻满了一道道古怪的纹路，像算命瞎子画的古老符咒。

没等奶奶那双枯骨似的手颤抖着抓过来，小等惊叫着腾身跳下床，光着脚丫打开门就往外逃。

半夜的山里，门外同样是阴森的世界，枞树影子鬼鬼祟祟的，清凉幽暗的月光把所有的地方都照得鬼鬼祟祟，猫头鹰在林子里也叫得鬼鬼祟祟的，大娄山层层叠叠的树变成了聚会狂欢的妖魔。

小等感到自己的头发根已经全竖起来，惊恐地朝半山腰庆生家跑。

庆生院子四周的楠竹林在风里嗖嗖响着，像是有什么东西藏匿在竹林里偷看小等。小等扑到门上把门板拍得惊天动地响，屋檐下的大黑狗刚“呜”了一声，嗅出是小等的味道，扭头又回去了。

急促的敲门声把庆生吓得不轻，刚开门，小等就一头撞进来，把庆生的心都撞得蹦到嗓子眼来。庆生疼得龇牙，直问小等出啥子事了？小等把脸埋在庆生怀里啥也不说，只猛劲儿地哭，全身直打冷摆子。

哭着哭着腿一闪，小等像根面条似的软软滑到地上。

庆生急坏了，一把抱起小等进了屋。

这是在谁怀里？真舒服！小等皱皱眉毛，想睁眼睛却睁不开，眼皮比石头还沉。

是妈妈的？一定是，小等想原来我是在做梦呢，那可千万不能睁开眼，一睁妈妈就不见了。

爸妈带着妹妹出山时小等才四岁，小等拽着妈妈的袖子不放，脚把黄泥地都蹬出了坑。可奶奶说爸爸妈妈出去是要做件大事情——要在村里人、镇里人找不到的地方，为她生一个小弟弟。

小等之所以叫小等，就是因为爸爸说要讨个好彩头，等出个弟弟来呀。所以小等要听话！

妈妈说话时直掉眼泪，下巴皱出一个个小坑：小等乖，等妈妈生下弟弟就回来啊！

快过年的时候，奶奶天天带着小等到镇政府对面的米市巷子里卖鸡蛋，一身青布袍衣的奶奶像只黑色的老猫，阴森森地紧盯着镇政府大门，有人来买鸡蛋也不管。终于等到有一天镇政府值班的老汉关上大铁门挂上大红灯笼时，奶奶嘴里冒出了一串“嘿嘿嘿”的笑声，抱起小等就去打电话：镇里放假了！回来吧，小等妈。

第二年开始，小等也学会了卖鸡蛋和打电话。

爸妈总是天黑了才偷偷进村，但无论多晚小等都会在大桂花树下等。妈妈一看到桂花树下的小黑影就会喜不自禁地跑上坡地，用蜜蜂似的声音嗡嗡轻唤：小等，想死妈妈了。然后冲上来，把小等搂在怀里猛劲儿乱亲。妈妈嘴里呵出来的热气烫得小等又痒又欢喜，拼命把开心的笑声憋成大滴大滴的汗珠和泪珠。

可爸爸四年前死了，大年夜喝了半瓶酒睡下后再也没醒。然后妈妈过年就不回来了，妈妈说回家过年像过鬼门关，提心吊胆睡觉也不敢脱棉衣。又抱怨死鬼留下她一个人，不给一点歇气的时候，她累得快扛不住了。但妈妈每个月会寄一百块钱回来。奶奶手脚好时，每次去镇邮局取钱回来都会给小等买几瓶娃哈哈果奶，听到小等把吸管吮得吧嗒响，奶奶细瘦干瘪的脸笑成一朵金钱菊，说姑娘家没个吃东西的样儿，那么大声也不怕人笑！手伸出来是要打人的姿势，到半路却变成搂的动作，把小等揽进她怀里。奶奶的胸脯也是干瘪的，没有妈妈的奶香味，温暖却是一样。

可奶奶已经很久没再抱过小等了。

这不是奶奶干瘪的胸脯，也不是妈妈饱满的胸脯。它是河谷滩上一块被太阳烘热的大石头，硬而暖和。

小等哼哼两声，紧紧抱住大石头，想继续睡。

大石头却动起来，像是要滚落到河里去，小等着急得手脚乱抓乱画，眼一睁，看到自己正螃蟹似的攀着庆生老师不放。

小等醒了？怎么了？吓成那个样子！庆生用手摸小等的额头。

小等神思恍惚地坐起来，愣了半天才回过神来。庆生的笑脸像一个大大的吸盘，把小等的伤心全吸出来了，变成眼泪淌个不停。嗓子眼里堵着的那些恐惧，小青蛙似的直往上蹦。小等忍不住把小青蛙吐了出来：老师，我奶奶撞邪了。你别告诉别人，他们会把我奶奶关到庙子里去的。

瞎说！庆生拍拍小等的头，露出好看的牙齿：你奶奶白大晒太阳时还好好的嘛。再说世界上没有鬼妖邪神，小等是读过书的好学生，不要乱想。

可她一到晚上就……小等在脑袋有限的词汇里费力寻找着合适的词句，不想说出对奶奶不敬的话来：一到晚上就……就闹。她对着黑暗空荡的窗子说话，她说她保证白天不吃东西，她还拿剪子刺我，说我是鬼，说屋里满屋子都是鬼。

小等说着，小手臂上直冒鸡皮疙瘩。

庆生愕然地盯着小等，这样的情节靠她那单纯的脑袋是编不出来的。

小等突然一把揪着庆生的手，带着哭腔说老师我不敢回去，让我在你家睡吧，我好多好多天没有睡觉了，我困。

庆生皱着眉头说可老师是一个人，你在这里住不方便。

小等急迫地指着厨房说我白天可以帮你做饭抵房租。

庆生苦笑着摇摇头，过早当家的孩子对钱敏感到了这种地步，这真是太不好了。是谁让幼小的孩子这么早就懂得交换和掂量的呢？庆生的心潮湿起来，温和地问：小等几岁了？

十二岁。

十二岁是大人了，知道吗？就不可以在老师家睡。庆生拖着小儿麻痹后遗症的瘸腿走到桌子边，给小等倒了杯茶：喝口茶定定神，老师送你上去。

小等蜂子蜇了似的推开茶杯，小野猫般跳起来，茶水淌了一桌也不管，扑上前抱住庆生就不放。

多少年没有人挨他这样近了，这让庆生很意外也很不舒服，说不上是什么心情，庆生用劲儿掰开小等的手，凶巴巴地吼：小等！

小等的手指哪经得起庆生这样掰，她噙着泪把手指放在嘴里抿，扭过头也不说话，转身径直倒在外屋乘凉打盹的竹板椅上，不管不顾地闭上眼睛，做出一副死乞白赖的样子，总之不肯走。小等本来是装睡，可头刚一挨着竹板椅，便打着细小的呼噜声真睡过去了。庆生呆呆地站在屋子里，一阵风拂进来，头顶的电灯泡随着风轻轻荡了荡，灯泡一明一暗地闪着。大娄山深处的电线是坐不住胎的孕女人，经不起风吹雨打，一个不小心就掉。庆生提心吊胆地站了半天，生怕自己动一动都会加重风的力度。终于，风过去，灯泡恢复了正常。庆生吁了口气，拿起柜子上的手电筒悄悄出门上山，一跛一跛地穿过竹林，坐在小等家屋檐下听动静。

小等奶奶正在屋里窸窸窣窣走动着，在黑暗里阴沉恐惧地叫骂，细碎急促的脚步把木地板踩得吱嘎吱嘎响，像有许多鬼怪在里面来来往往。

一个人在屋外，月亮又阴凉阴凉的。听着听着，庆生全身的汗毛都耸了起来。

小等用她绝对依赖的笑容和令人心疼的懂事征服了庆生。晚上她一进门就绽开舒坦无比的笑容，好像累了一整天，终于可以歇口气了。进了门也不往里走，懒懒地坐在门槛上，头往后靠着门框，竹林梢上的月亮正好悬在她头顶，她用尖尖的下巴对着庆生，垮着肩膀疲乏地哼哼：好累好累好累。哼着哼着自个儿眉开眼笑地乐了，咯咯笑起来，叫：叔。庆生心里咯噔了一下，顿了顿说还是叫老师吧，以后老师可以教小等看书。小等的眼睛先是睁得大大的，接着又笑成一条缝，小脑袋歪过来歪过去参加小合唱似的喊：老师老师老师。月光跟着在她头顶上调皮地晃。庆生洗脚时，小等赶紧提着保温瓶和大狗老黑一起蹲到脚盆边，隔一会儿便往里兑热水，直泡得庆生麻木的跛腿透气提神地泛出红光才罢休。

夜晚变得不一样起来。以前庆生是讨厌夜晚的，山上电力不足，电视屏幕经常细缩成一条黑黑白白的缝，着急得让人直想把脸凑到那条缝上瞅里面有些啥。别的人家夜里刷碗、骂孩子、补衣服、剪辣椒梗，夜像匹快马一蹿就过去了。庆生的夜却是一只孤独的蜗牛，怎么也挪不出个响声。有了小等，庆生的夜终于有了动静。他教她背诗。小等从小和没牙的奶奶长大，说“头昏眼花”时总念成“头纷眼发”，当她被费解的“子曰”弄得直挠头时，就会甩着小脑袋说老师，我背得头纷眼发了，不背啦！庆生笑着纠正她，纠着纠着自己也绕成了“头纷眼发”。小等乐得不行，仰头哈哈大笑，这笑像一壶热茶，暖到庆生心里去。小等一乐起来就有点疯了，跟门边的老黑疯起来一样缠人，老围着庆生转，还趴到庆生背上，湿润的小手紧贴到庆生脸上，把庆生的嘴挤成喇叭花的形状，命令他：念！红发（花）白发（花）豌豆发（花）！庆生嘴给挤着，念出来就也成了红发白发豌豆发。小等从他脖子背后探出头来，扭着脸全心全意地笑，说你看你也说不清楚！

小等的快乐是绝对的、唯一的，是只在庆生这里才有的，这让庆生的心里有了舍不掉、丢不得的感动，满胸膛父亲兄长一样厚实绵长的惦记。时间一长，这惦记变成了一条潺潺流淌的山涧，把庆生搁在心里很长时间的那些干草碎屑冲刷得无影无踪。心头少了疙瘩，庆生偶尔也下山到几个哥哥家坐坐。早几年当村小学校长的爸临死前把当代课老师的机会单给了庆生，几个哥哥一生气，早不和庆生往来了。庆生这一走动，总牵些深的浅的新的旧的血肉情深来。先是干巴巴地坐着，说点不咸不淡的事，接着嫂嫂们居然肯拿出酒来，哥哥边喝，边叮嘱庆生该备亲事了。庆生心头热烘烘的，心酸地笑着拍打瘸腿：代课老师这名分说没就没了，这腿又下不得田、挑不得水，哪个肯嫁我？

晚饭后，庆生随意砍一节竹子，剖开来撕下一块竹膜贴在笛子上，先抛出一段滑音，接着就轻松地吹着《鹧鸪飞》等小等。每天天不亮，贪睡的庆生自然会醒来，暗声笑着，从窗格子里悄悄看着小等蹑手蹑脚地上山给奶奶做早饭。

白露过后夜开始凉了，庆生拿出一床新棉被铺在竹板椅上。

星期五下午送走了学生，庆生去了趟镇里，请教工站办公室刚分配来的白皮肤大学生查资料。他不想让小等活在没有起因与结果的恐惧里。无边无形的恐惧比有具体原因的恐惧可怕得多。有因果的恐惧是有漏洞的恐惧，你填好这个洞、了了这份恐惧背后的愿，心灵就会平静下来，甚至可以用旁观的眼光去等待恐惧的结束。庆生想找出这份恐惧的因果来——总有一个科学的原因来解释小等奶奶的怪异行为，庆生得找到它，要不然这个从小与奶奶相依为命的孩子早晚会疯掉。

大学生正眼泪汪汪地盯着电脑屏幕上花花绿绿的小格子打连连看游戏，听庆生说着，头也不回就答帕金森吧？

庆生噎着一口气，讨好地说你看你打游戏打得都流眼泪了，再不歇会儿非得打瞎了不可。歇会儿歇会儿！别死盯着了……你缓口气，给我查查呗，给个踏实。

大学生伸长着脖子又打了一局才退出游戏，揉了揉红眼珠子说好吧，我就给你个踏实！上网查了半天后，像医学院教授一样很权威地继续下定论——没错，就是帕金森综合征。

庆生一脚高一脚矮地走到沙发边坐下来，说呸，这是个啥子病啊？取个稀奇古怪的名字，没病也把人整出病来了，一看这病名字就邪门，不把人整中邪才怪！

庆生回去后指着自己的脑袋，用小等听得懂的语句解释：你奶奶没撞邪，是人老了脑袋不够使，这里错乱了，串线了。小等不用怕，没鬼缠你奶奶，回去吧。

小等恍然大悟，一张紧巴巴的小脸舒展开来。庆生看着，很满意地松了口气。

不想小等却突然变脸，气呼呼地说：老师骗子！

庆生张大嘴巴，啼笑皆非地说老师怎么成骗子了？老师又没骗谁。

奶奶没撞邪干吗白天没事，一到夜里就闹？她的这里串线还分白天晚上吗？小等拍着自己的脑袋，把刚展开的小脸又绷得紧紧的。

这个，庆生没办法跟小等解释。

蝈蝈在秋夜里叫得更响了，想必是给冷的。小等躺在竹板椅上，眼睛在黑暗里瞪得大大的，秋风从门缝里刮进来，吹在小等鼻尖上，冰冰凉。

那块河谷里的大石头、暖和的大石头……小等想它了！

抱着大石头睡得多踏实啊。小等的黑眼睛在夜色里幽幽闪着光，她咬着下唇狡黠无声笑了，站起来光着脚丫偷偷溜进庆生屋子，像条泥鳅似的钻进庆生怀里。哦！大石头！小等把身子蜷缩成一团，头抵着庆生下巴，手臂窝在庆生胸前，光脚丫抵在庆生小腿上，小等的所有动作都是细致警觉的，丝毫没有惊动庆生。庆生睡觉的样子像一把弯曲的勺子，小等就把自己安放成勺子里的一颗小汤团。

庆生睡得很沉，觉得怀里有什么东西，迷迷糊糊间，庆生腾出手来，把怀里那团又冰又凉的东西搂住，想捂暖它。没多久那团冰凉便生出热乎乎的气息来，像一轮会发光的小太阳，庆生梦见自己躺在无比宽阔的草地上，太阳光像棉被似的盖在身上，四周野花喷香。庆生快乐地笑着，身子骨使劲地呼吸着新鲜温暖的空气，那股劲儿顺着温热的空气窜到胸腔，窜到小肚，窜到下腹，最后一个机灵，从身体某处奔涌而出。

庆生面红耳赤地惊醒，挪了挪身子准备起来，却没料到一伸胳膊触到一条柔软的手臂。庆生吓得不轻，赶紧缩回手眯起眼睛就着朦胧的月光细看——梦里那轮小太阳是……

庆生的瘸腿紧张得直抽筋，痛得庆生半边身子都僵了。庆生顾不上痛，用半边好腿直挺挺腾身跳下床，脑袋里头轰然作响——自己怀里居然睡着小等！

由不得细想，湿透了的地方经风一吹，冷飕飕的。庆生手忙脚乱地打开柜子拿出条干净裤衩往外屋走。

院子外有什么声响，窸窸窣窣的，是狗或猫或人的脚步？庆生心惊胆战地从窗棂往外左右张望——院子里静悄悄的，明亮的月光均匀地洒在院坝里，把院坝变成了一面清亮的镜子，老黑在空牛棚边缩着头睡觉。远远近近的竹林山峦和通往山下那条小路也在月光下安静着，什么人也没有。庆生拍拍胸长吐了口气，像做了天大的亏心事，庆幸没被人发现。

偷偷拾掇周正后，庆生以为这事就算完了。可没想到第二天夜里，着了魔的小等又悄悄摸到床上来睡。这次庆生多少有了点戒备，脸贴着墙壁睡。可小等才不管呢，她先是轻轻贴在庆生背上，像跑到别人家火塘边取暖的小乞丐，有点怯，仔细地在被驱逐和被收留中间寻求最温暖、最安全的位置。小等这样默默无声却又狡黠可怜的举动让庆生心头酸酸的，他闭着眼故意打鼾。小等便开始了她静悄悄的侵略，她每完成一个靠近的动作，都会停下老半天听庆生的动静，先是脚，然后是腿，然后是身子，最后才是手臂……花了好长时间，小心翼翼的小等才把自己变成一片枫树叶，四肢像叶片的叶脉，一脉脉有先有后地紧贴住庆生后背，安心地打起绵软的鼾来。

庆生这才在黑暗中睁开眼，长吁一口气，觉得自己比小等还累。

墙壁上有庆生念中学时用刀子刻的心形图案。那时候学校的同学给自己喜欢的女生留言时都喜欢在下面画颗心，还射过一支箭。庆生喜欢班上的学习委员，可是她总板着脸，庆生不敢画给她，只好回到家里在墙上刻下了这颗心。庆生伸出手，无声地摸着刀痕，想就算这辈子瘸着腿娶不上称心媳妇，能这样把小等带大也值了。正想着，睡梦中的小等哼了一声，伸腿往上一搭便钩住庆生的腿肚子，整个身子趴上来，像一条攀墙的壁虎，把庆生吸附得牢牢的。软乎乎的脸蛋贴在庆生的颈窝里，温湿的呼吸直暖到庆生心里去。姿势一变，小等那细小不安的鼾声变得舒缓顺畅起来。庆生静静地听着，鼻子突然酸了——大娄山坡高土瘦，田地里的活路是做不完的，一个大男人也得费力出大汗去对付，何况小等？小等沉睡的鼾声是累坏了的、孩子气的、率性天真毫不掩饰的呼噜声，听得人心头柔柔软软地痛。

庆生不忍心叫醒小等，只好一动不动地硬撑。

天露鱼肚白时，小壁虎悄无声息地收起自己的吸盘下了床，庆生听见小等得意地轻笑了一声，仿佛开心地夸奖自己做了一桩无比聪明的事情——这样抱着睡了，庆生老师居然不知道！

院子里的老黑舒舒服服地哼叽了两声，那是小等出门上山去时摸了它的头。庆生一个翻身坐起来，边按摩半边麻木的胳膊边肿眉肿眼地打哈欠，才一夜没睡踏实，脑袋里就像有蜜蜂在嗡嗡叫，涨得人太阳穴生痛。真没用，人家小等不知有多久没有睡踏实了，也不见她按太阳穴！想到这里，庆生半个哈欠没打完就僵住了，嘴巴张成半圆，上牙巴很不得劲地悬着——替可怜的小等悬着。

床上显着小等的睡痕，微微下陷。庆生用手摸了摸，温暖从手心窜进心里。

一些念头总是在不经意间掠过脑海，你不知道它什么时候会来，所以丝毫没有准备。庆生就是在这样毫无防备间闪现了一个念头，在温暖从手心流淌到心里时闪过这个念头。

这念头把庆生自己吓得不轻，那只手像摸到火炭似的收回来。

不能再让小等在自己这里睡了，因为小等是个小姑娘。

庆生洗脸的时候想。

下午放学回来庆生差点让一根藤条给绊倒时还在想。庆生不能让自己永远被小等这样攀着睡觉。要不是那条瘸腿拖累，庆生早就是老婆孩子热炕头的人了，要抱也应是抱媳妇睡，给紧紧攀着、钩着的也是媳妇的手和腿。

得让小等明白，她这样赖在这里是不行的。

比起其他的女娃儿，小等干活的本事强她们一百倍，喂猪、放牛、割草、锄地都做得有模有样。可在有些方面小等却是笨拙而无知的，她的大脑像一张白纸，啥也不懂。由谁来给这张白纸作一些人生的注解呢？庆生是个男人，说不出口——这任务应该由母亲或者伯婶之类的慈眉善目的女人来承担，她们拉过小等的手，坐在太阳光线下，非常神秘也非常愉悦地唤醒懵懂的小等，告诉她关于女孩子的一些秘密。这是需要仪式与气氛的。这任务庆生没法完成，他也找不到谁来帮忙——要是讲给别的女人听，他庆生出门再别想挣个干净。他与小等之间的秘密可经不起人七嘴八舌地传。

晚上，庆生不得已闩了门。他想懂事的小等会乖乖睡她的竹板椅的，却不想大早一出门就被结结实实地猛绊了一跤，膝盖骨硬邦邦地硌在地上，痛得庆生龇牙咧嘴抱着脚直叫唤，回过头看小等正跪在门槛边，脑袋从门槛上抬起来，右边脸上深深地印着门槛的木纹路，一个木疙瘩旋出的印儿清清楚楚地在她腮帮子上，像个大酒窝。小等刚被吵醒的眼神是浑浊的、迟疑的。像七八十岁的老人，坐着坐着就打瞌睡，却睡不安稳，老醒来，一醒就用这样茫然不知所措的目光无辜地看着笑或哭的人。

小等还是个小女孩儿啊，怎么一夜就困出这样浑浊的目光来？庆生忘了痛，好不忧伤地看着小等：你干啥子要趴在门槛上睡呢？

老师关门了……小等眼睛闪了闪，滚出两滴泪来：我等老师出来开门。

小等对庆生怀抱的依恋程度令庆生陷入惶恐不安的境地。每晚庆生都在闩门和不闩门之间痛苦矛盾地挣扎，小小的门闩天天都在折磨着庆生，弄得他头昏脑涨、眼圈发青。

小等不知道庆生的不安。每天夜里，她总是静静地站在门外头，静静地抱着一只不知从哪儿捡来的掉了眼珠的瞎眼小毛熊。若庆生的门闩“哗”地关上了，她就会退回竹板椅上去，坐着打瞌睡到大亮。遇到庆生不忍心半夜起来犹豫不决地拉开门闩时，小等的耳朵会异常灵敏地听到门闩细微的声响，然后小猫似的从竹板椅上蹿下来，紧张兴奋地站在门口等门打开，总是门才露一条缝，小等就贴着门缝钻进来迅速跑到床上，也不看庆生，径直窝到她的小角落呼呼大睡。庆生总是无奈地在床边站半天才轻手轻脚地躺下来，慎之又慎地与小等保持着一定的距离。

但第二天醒来时，小等照样像壁虎一样攀着庆生，连庆生也不知道她是什么时候攀过来的。

月光下，看着小等沉睡的模样，庆生心头充满了怜惜却又充满恐惧——尽管这半山腰上只有他和小等两家人，但万一有人发现了小等天天挨着自己睡，他就是有一百张嘴，怕也是解释不清楚呢。而且庆生怕自己睡着后又一个不小心把小等当成小太阳给搂着。

怕啥来啥。这天夜里，正要睡觉的小等听见有叩门声，披头散发地跑出去开门，庆生正在屋里洗脚，没拦住，急得脚盆都掀翻了，赶紧光着脚丫子追出去。

门“吱呀”一声，周好土已经边嚷嚷着交电费啦边走进门来了。

庆生瞪大了眼站在屋子中间。

周好土那双总半眯着的细眼睛骤然瞪得像牛眼一样大，他难以置信地回头看了看趿着布鞋的小等，微豁的上牙紧紧包着下唇，又转回脑袋盯着瞠目结舌的庆生。

地上那盆掀翻的洗脚水沤湿了布拖鞋，盆还在惊慌失措地滴溜溜旋转。

周好土感到自己的脑袋也在跟着旋，眼前金星直冒，他知道这是自己的火暴脾气要发作前的征兆。偏偏小等像小主妇一样端着茶走过来：叔，喝茶。

周好土认真地把小等上下打量——前些日子卖辣椒时看到过小等，那些天小等面黄肌瘦、眼圈发黑，现在灯下的小等居然显出些喜庆来，一双眼睛黑亮黑亮。周好土咽了口口水，脸上被小等奶奶抽了留下的那道疤像条小蛇在扭动，他启开被豁牙咬出一道白印的下唇，阴沉沉地问：小等啊，你咋在这里？

小等费解地看着周好土奇怪的表情，再转过脸看庆生，眼角陡然好看地弯起来：我晚上都在庆生老师这里睡！

……

周好土感到自己的胸腔快把衣服撑爆了，他缓缓转过头，目光像两道凌厉的剑光直指庆生。

庆生慌了神，也跟着咽了咽口水，不断摇着手，哆哆嗦嗦地解释：主任，你听我说……

你给老子出来！周好土拼了老命才忍住了在屋里动手的冲动。他瞄了小等一眼，小等还在一无所知地笑着，笑得周好土心里没来由地酸。他一脚踢翻庆生抬到跟前的凳子，霍然转身走出屋，站到院子的竹林边。

庆生点头哈腰地应着，手忙脚乱地在门边找了双解放鞋套上，穿错了左右脚，跛得更厉害了。

刚到竹林边周好土就甩了庆生一耳光：你还是老师！信不信老子马上揪你上派出所？

庆生脑袋轰地又炸了一下，想这帽子可扣得太大了！瘸腿一下不得劲，软乎乎地跪了下来：不是的不是的，你听我说！

庆生一急，上课时的好口才全没了，好半天才把一箩筐前因后果全倒了出来。

我没做任何对不起天地的事！我要做了让野狗拱我祖坟！庆生说。

周好土半信半疑地盯着庆生：真的？就这些？

就这些！

没别的？

没别的！庆生这时才多多少少喘匀了气，摸了摸被打得肿老高的脸，吐出一口带血腥的痰：白挨你一巴掌了！我要有那鬼心思，还有脸在这桂花坡教书？我不让小等叫我叔，让她叫我老师，我是老师呢！

老师老师！谁能证明老师说的就是真的？周好土还在吭哧吭哧喘气，在自己的地界上，出这样不着边际的事情，真是气人。

实在不信，找个医生来验还不行吗？庆生说完，脸早已憋成了猪肝色。

周好土狠狠地拿眼神抽了庆生一鞭子：你枉读诗书，活该挨揍！验？验了你的清白，让小等咋个办？这样吧，要我信你，你得跪下发誓！

庆生费力地把瘸腿膝盖弯曲下来，赌气地说发誓就发誓。

那好，说吧！周好土不耐烦地催。

庆生愣了愣，抬头说我说什么？

周好土也愣了，说让我想想啊。挠了几下头，心烦意乱地直挥手说起来起来起来！我信你就是。你一个光棍，连能咒的东西都没有，发个鬼誓！

庆生更加费力地拖着瘸腿站起来。下跪对庆生来说是一件非常困难的事，可怜的瘸腿被折腾得又开始抽筋了。

你也是！这忙是你一个大男人该帮的吗？能这样帮吗？周好土埋怨着，回头望了望屋子，蹲下身来闷闷地说：小等这娃儿，可怜。

庆生搓着腿说，索性……我收她当闺女？也免得人说三道四。

周好土托着脸嘟囔道那也不行啊，小等有妈。

她那妈有跟没有一样！一提到小等妈庆生就来气。

她没妈你也不行，你一个光棍汉，就是要收养小等，也得大小等四十岁才行。你瞧瞧人家法律多讲究？有些事叫防患于未然，你可得注意了，要不然等哪一天黄泥巴进了裤裆——不是屎也是屎了。周好土十二分严肃地说。

庆生的瘸腿更拼命地抽搐起来，他晓得自己万万再不能由着小等性子闹了，再闹下去，他庆生这一辈子的名誉说不定就完蛋了。那门闩该左该右得有个路数了，再不能这样不左不右、不清不楚。

这孩子脑筋没什么问题吧？周好土焦灼地把手指骨节扳得嚓嚓响。村里一个文疯子，五个武疯子，整天东奔西窜闹得鸡飞狗跳，已经够村里张罗了，可不能再多一个。

没有。腿抽得实在难受，庆生脱下一只解放鞋放在屁股下，坐下来狠命地搓扯扭曲的小腿肚：这孩子打小没人好好抱过、疼过，整天跟着奶奶上山下坡锄草插秧的，她其实就想找个人疼她！狗还寻个热乎处钻呢！你快帮我扯一扯，要命！再抽筋就断了！

周好土赶紧蹲下来抓起庆生的腿使劲往后扯，边扯边利索地说，这样吧，第一，你给她妈打个电话……我的电话她是不接的……把小等的情况跟她说说，让她赶紧回来，再这样下去，保不准小等那脑袋会不会错乱。第二，我这边联系一下民政办，看能不能搞点钱治治小等奶奶的病，起码控制一下，别让她夜里发疯吓小等。最关键的是第三——以后别让小等再来了！小等不懂事，你也跟着不懂事？要传出去，别说你丢不起这脸，我这当主任的也丢不起！全村都丢不起！万一让人误会，可是千人恨万人骂、捅天大窟窿的事！

周好土的安排头头是道，没一句多余，也没一句不贴切，庆生只好一个劲儿点头，看看屋子说要不今晚你就别走了，咱俩搞瓶酒来喝，唠个通宵——好歹让小等今天安安生生睡一觉，明天我再给她做思想工作。

酒真不是庆生敢惹的东西，三杯没下肚，庆生舌头就已经大了。周好土说庆生你也该成个家了，索性娶个媳妇进来再收养小等，那样一家人热热闹闹的多好。庆生硬着舌头说不嫌我腿的我不领袖，我领袖的嫌我腿，合心合意、扣子碰扣眼的人，哪儿找去？周好土端着酒杯愣了半天才反应过来庆生说的“领袖”是“领受”，“扑哧”一声大笑起来，仰头干了酒，嘻嘻笑：庆生睡过女人没有？

庆生脸红了，猛灌一口酒在嘴里。那天摸着小等睡觉留在床上的浅窝痕时，庆生曾经冒出等小等长大后娶她的念头，这柔软的念头把庆生自己吓呆了。

庆生不敢把那刹那间冒出的念头交代给任何人，他觉得自己的想法是卑鄙的、乘人之危的。他捂着嘴巴，胃里翻江倒海地难受起来，庆生看不清自己到底是个什么样的人了，无论门闩向左向右，他都觉得自己洗刷不清——这念头尽管只闪过一秒钟，却已经让他洗刷不清了，够他难堪一辈子。乘着酒劲，庆生伏在桌子上好不伤心地哭起来，把脑袋瓜子咚咚往桌上撞。

太阳照进堂屋，庆生抬起头来，眯缝着眼看太阳。

站不起来——腿在桌子下搁一夜搁麻木了，手臂也酸胀着，脑袋痛得厉害，像被棍子敲过，庆生按了按太阳穴，突然想起要给小等妈挂电话。

嫂子，回来吧，小等情绪不太对头，她奶奶也不对头呢。庆生边按着嗡嗡响的头边忧心忡忡地说。

小等妈没好气地在电话里答：人家说报信报吉祥，哪有像你这样说话的？我们小等好好的你瞎说什么？她奶奶不就是晚上胡闹腾吗？有什么不对头的？人老了都这样。

庆生痛苦地搓搓让酒精烧得木木的脸，不知道从哪里说起，好半天才冒出几句：反正你还是回来一趟吧！小等真的不太对头。估计是太想你了，再说她奶奶不中用后，家里大大小小的事情全是她一个人在扛，这么小个孩子，城里像她这么大的连袜子都不会洗，她却整天坡上田里忙。你忍心？

小等妈的声音绵软了些，叹着气絮絮叨叨地算计：可是这一请假，全年的满勤奖就没有了，六百多呢！还有来来回回的开支，还有这边的孩子。

庆生生气了，提高声调像和自己媳妇吵架似的嚷：那边的才是你孩子，小等不是？

小等妈沉默了半天，才悠悠开口说话，声音像是雨后的蜘蛛网，无奈地碎成一缕缕：我一个寡妇，顾得了几个？小等她懂事了，能自己照顾自己，再熬几年给她找个好婆家，也算我这当妈的尽了份心。

庆生气糊涂了，张口骂：养不活那你还生生生个屁啊！

小等妈一听拗劲儿也上来了，说老娘生不生、养不养关你屁事！你当个老师满嘴脏话，你才是个屁！

庆生觉得自己的肺都快炸了，内心世界里对女人的所有美好印象和憧憬都被这个糙得不能再糙的女人给毁了，他想罢了罢了这样的女人就是回来了，小等在她那里也找不到温暖。城市是个啥子玩意儿啊？把这个秀气机灵的小等妈磨成这么一个破渣碎屑的粗婆娘。

糙吧，你就糙吧，自己的女儿不知道心疼。再不回来，小等怕是长不到你给她说婆家那天就疯了。挂电话时，庆生心头一紧，像突然被一根红荆棘狠狠扎在心尖上，碰都碰不得，一碰就是绝望窒息的痛。

小等每次挂上电话时一定也这样满心尖扎着刺吧？

草药用完了，奶奶萎缩的手照旧哆嗦着。太阳下，奶奶揪着眉头，扬起紫薇树干般枯瘦白亮的手臂，迟滞地冲小等笑，嘴里含糊不清地说：新骨头在长……痛长……

小等慈爱地看着奶奶难得的笑容。半年多来，小等已经习惯了用照顾幼小孩子那样的神情、心态和举动去照顾奶奶。以前，小等是奶奶要照顾的宝贝，现在奶奶成了小等要照顾的宝贝。小等想着，柳絮儿似的笑了。

两只刚睁眼的黄毛小猫崽蹒跚地在院子里嬉闹，细细的喵喵声吸引了奶奶的注意，奶奶歪过头一颤一颤地看着，脸上浮起疼爱的表情，突然奶奶好像想起了什么，把眼神转移到小等脸上来，认真看了半天，无比清醒地说：小等……我们小等……空着眼睛，在……想啥子呢？

小等正在剥苞谷粒，回过头惊喜地望着奶奶，激动得满脸通红：奶奶！你认得小等了？

小……等！奶奶牢牢盯着小等，那双灰蒙蒙的眼睛湿了，细眼珠子里的黑渐渐聚拢来，清晰无比地映出两个小等。奶奶缓缓伸出手来，瘪着干瘦的嘴唇哆哆嗦嗦地哭：小等……累！

奶奶！小等甩下苞谷，一头扎进奶奶怀里号啕大哭起来。

小等不知道自己爽爽快快哭了多久，等她意识到奶奶的手已经从她背上滑下来时，奶奶的头也正像一堆融化的雪似的顺着她的肩往下滑。小等惊恐地抬起头，一把托起奶奶，把她的头安靠在椅背上。

看清楚了！满脸皱纹的奶奶紧紧闭着眼睛，像沉睡的婴儿一样安静——萎缩得像竹枝一样的手安安静静地悬着，同样干细的脚也安安静静地并拢着。

奶奶再也不会颤抖了。那些颤抖是伴着奶奶的生命和呼吸的，在时一起在，走时一起走。

老黑跑过来，在小等脚边蹭来蹭去，一只苞谷被蹭滚了出去，直顺着院坝往坝沿上滚，苞谷在起伏不平的院坝里滚动的节奏与奶奶颤抖的手那么相似。小等急了，满脸泪痕地站起身来，不由自主地伸出手去够那只苞谷，就像想去够奶奶的手。苞谷却顺着坝沿滚到四米深的坝坎下去了。小等发现院坝在往后退，自己的脚步缓缓向前飘移着。

通人性的老黑急得汪汪叫起来。

小等这才缓过神，在院坝沿上愣愣地停下脚，蹲下身来怔怔地望着脚下高高的坝坎和金黄的苞谷，又回过头，看屋檐下被暖和阳光笼罩着的奶奶……

老黑！小等哽咽着朝老黑伸出手：老黑！

老黑摇着尾巴跑过来，小等跪在地上，把脸埋在老黑脖子里，泪水打湿了老黑厚厚的毛皮。

暴雨说来就来了，庆生望望正顺着山脚往山上爬的大雨，担心小等收不完院坝里晒着的苞谷，一瘸一跳地赶上坡来。

院子里，小等正坐在屋檐下，一手搂着老黑、一手搭在奶奶腿上，傻傻地靠在奶奶怀里发呆。庆生顾不上打招呼，奔上前去挽起袖子就开始忙，等云层黑到山上来时，庆生刚好把最后一筐苞谷收进堂屋。

庆生汗流浃背地喘着粗气，坐在盛满苞谷粒的箩筐上，看看猛砸下来的雨点，冲着小等眨眨眼，开心地笑。

小等不看他，红眼眶盯着眼前密密麻麻的屋檐水。庆生以为昨晚自己和周好土说的话让她听见了。尴尬地说小等我走了啊！又指了指闭着眼睛的小等奶奶：早点扶奶奶回屋，凉。

小等的眼神空空地扫过庆生额头，还是不说话。

天像是被撕破口子的巨大水袋，雨没完没了地下。庆生跳舞似的在屋子里踱步，只要一着急，庆生的腿就瘸得更加厉害。大娄山下雨当过冬，小等这样一声不吭地站在外面屋檐下会冷出病的。但庆生再也不能放小等进来了。庆生隔着门，跟上次一样，用百倍的慈爱问：小等几岁了？

小等在外面抽抽泣泣地答：十二。

庆生老师重复着以前自己说过的话：十二岁就是大人了。

小等停住哭，说我不要成大人。成了大人，老师不要我，妈妈不要我，奶奶也不要我，没人要我！

庆生没细听，只在门里一个劲儿地哄小等：再等几个月，过年你妈妈就回来了。听话啊，小等回去吧！

她不会回来的！她要挣钱，要养弟弟妹妹。小等的声调有点飘：我恨他们给我起的名字，老让我等。

不会的，小等这么乖，谁舍得丢下小等？说到这里庆生觉得自己也委屈得想哭，好像他也是被抛弃的孩子。庆生尽量忍着心头的酸，把声音放得温和再温和。

你们全都不要我。小等突然恨恨地捶打门。

谁说的？愤怒无助的捶门声让庆生有点慌乱，信口编了个谎话：你妈妈还说了明天早上十点钟要给你来电话呢。

屋外静了好半天，最后庆生听到小等像个病孩子一样有气无力地哀求：老师，我有事情要给你讲，你就让我进来吧。

庆生咬咬唇改用很重的语气说小等别这么不听话，回去！

小等再也不吭声了。只在外面不停地用手指甲刮着门板，刮得门板沙沙响，庆生想起老黑狗有时怕冷想进屋时，会用脚爪子抓门板，发出这样的声响，这时候庆生一般会起身打开门放老黑进来。

但是现在小等这样刮着，自己却反倒硬着心肠把屁股钉死在板凳上，该还是不该？庆生不安地坐着，烟一根接一根地抽着，弄得满屋烟缭子。

也不知抽了多少根烟，庆生抬起头，门外没有了声响。

小等不敢回去——死去的奶奶还在黑森森的屋檐下坐着。其实奶奶那么疼小等，小等不应该怕的，但小等还是怕。

走出庆生家的竹林，无边无际的大山突然像只大手揪住了小等。大风刮过松树林，松涛呼啸起来的声音像鬼魂在说话。小等打小就怕黑松林，其他的孩子跑到里面去捡蘑菇，小等从来不去。现在松林里的鬼魂又在说话了，有一个在阴森森地哼哼，有一个在细声细嗓地唱歌，还有一个是女的吧？她在捂着嘴咯咯咯笑。

奶奶也在里面吗？小等突然想。

巨大的恐惧铺天盖地地朝小等袭来，无边的黑夜和呼啸的风声、刷刷的雨声像一张严丝合缝的巨网，它敞着大口子，蓄谋已久地盯着小等。黑森森、湿淋淋的大山里，没有一个活物在山路上行走。这些鬼魂索走了奶奶，现在故意让大雨黑了天、昏了地，然后来索小等呢！恐怖的松涛还在一声紧过一声地响，鞭子似的抽打着小等惊怵的神经，小等像只惊慌的兔子撒开腿在黑漆漆的山道上茫然地奔跑起来。

可是小等迷路了。路在哪里呢？通往山下的路？通往山上的路？全不见了。小等左右张望，脚在泥泞的土里踩出一个又一个绝望的水凼。灯呢？为什么没有灯？哪怕有一盏灯也好！可四周全是黑暗，黑暗深处有一双双阴森森的眼睛悄悄地盯着小等，深得不能再深的黑像是那双眼睛的主人巨大的嘴巴，小等无论怎样跑，都在它嘴巴里，只要它一咬牙就可以把小等撕得粉碎。小等在原地急促慌乱地转着圈，脑袋里的恐惧像鼓点一样越来越密，一个炸雷打下来，小等惊跳着声嘶力竭地尖叫——

妈妈！

炸雷声盖住了小等恐惧的厉声呼唤。

天边骤然撕开一个晶亮的口子，一道开枝开丫的闪电把黑暗劈开了，小等惊喜地朝着闪电的方向跑去。

一道接一道的闪电给小等引着路。小等把自己变成一只鸟儿，在山路上迅捷地飞翔。突然，又一道乍亮的光在面前闪过，小等吃了一惊，气喘吁吁地停下来。

电线断了。从杆上垂下来，悬在小等面前不到一米远的空中，嘶嘶地冒着火花，美丽诡异的火花像妈妈那年带回的烟花。浑身湿透的小等呆呆地看着，突然幽幽地笑起来。

妈妈明天就要打电话来了，她会告诉小等她什么时候回来的！她会带烟花回来吗？小等恍惚间觉得自己已经看到了妈妈宽厚的下巴。

可是妈妈的声音要从线里流过来，现在线断了，怎么办？

小等着急了，赶紧伸出手。

那闪烁的火花应该就是妈妈装在线里的声音，它还没来得及成形成状地流到半山腰庆生老师家就泄出来了！得堵上它，得接上线，这样小等明天才能从话筒里听到妈妈的声音。话筒是个更神秘的东西，它把妈妈在线里的火爆爆的烟花变成小等能听懂的声音，小等明天就可以听到妈妈叉着腰说话的声音了。

小等想着，缓缓踮起脚尖，轻轻地用手指按住那串闪烁的火花。

好花红

原载《民族文学》2010 年第 8 期

· 一 ·

月亮“哐当”一声从天上坠下来，银盘子似的砸在花红脚上，痛得十五岁的花红把腿一蹬，醒了。

天微微亮，黛蓝色的晨雾像仙女的飘带，悬浮在东面崖子半腰，多好看。大娄山里，这样的美景处处都是。

猎人老铳，花红的爸，昨夜去查套子还没回来。连天的雨水，野兔窝子和獾猪窝子潮得不行，这一晴，它们准出来。呵呵，得有多少兔子和獾猪？獾猪花红不喜欢，兔子，小兔子，花红喜欢，抱在怀里，绵绵的、软软的、小小的，“怦怦怦”地颤抖着，颤得人鼻子发酸。

这阵子老铳下山的时间勤密了些，说是进城换粮换布，却总是两手空空地回来。

爸有心事。花红知道。但花红不知道老铳的心事是啥子。从花红九岁那年的雪夜开始，老铳就变成了一个心事重重的猎人，有心事的猎人容易老。那天晚上，雪下得铺天盖地。第二天太阳出得特别野，晒得山山岭岭都瘦了，哗啦啦的雪水堵满了涧沟，老铳嘴角的笑跟着雪融化了，再没出现过。可花红看得出，有些东西像雪一样，还盖在他头上，没化，反倒越铺越厚实。厚实得老铳干啥都少劲缺力，打鸟打不中，投镖投不远。

大娄山山脉到了这里，林密了，山深了，水瘦了。自古，大娄山的猎户不群居，各自守着各自的垭口和林子，只打自己领地里的猎物，互不侵犯。花红一家住在大娄山最高峰——梅山，梅山的那一面算另一个垭口，住着一个年轻的猎户，叫柿子。

这段时间老铳总下山，扔花红一人在山上，花红闷死了，开始想念姆妈、柿子和他的儿子苦根。

曾经有段时间，两户人家把日子拢在一堆过，柿子打的兔、老铳打的山鸡，都放在花红家的木屋里，两户五口人，除了花红的姆妈米摆，个个都是龙王爷的肚皮，海都能吃下。害老铳不得不到山下添置了一口大锅，好做饭。

山货吃多了，长得糙、干，要吃鱼，有水。不善表达的姆妈米摆说话时皱着眉，美丽的额头在溪水前闪着白光。在花红的记忆里，姆妈说话的神情像刚刚学会组词的孩子，话慢、字少，表情很认真。皮肤白净的姆妈，在花红看来，是全天下最好看的女人。那时候米摆总是省下细粮给花红吃，一有空就带着花红和苦根到涧沟里去捉鱼，不一会儿，苦根的爸柿子就会找来，陪着一起捉鱼。也许是因为米摆的手和鱼肚一样白，鱼儿把她当伴了，所以她每次捉鱼总比柿子和苦根捉得多。捉到的鱼，米摆全熬成汤，那汤不知怎么熬的，汤色粉白，香气浓郁，花红喝着鱼汤长大，皮肤跟米摆一样，果然白得像条小鲫鱼。

那个雪夜过后，姆妈米摆不见了。

爸老铳说她跑回加叶老家了，花红不相信，姆妈无论去哪里，都会带着自己，哪有回加叶不带上自己的道理呢？再问老铳，老铳的脸寒得像块生铁，眼睛红得快淌出血。花红心头一怵，不敢再问，把想念姆妈的心思变成满山疯跑的脚印，从梅山偷偷跑过三个、四个、五个垭口，寻到一户便问一户。每个猎户都摇头，说：这么密的山林，除了我们猎户，哪个敢独自在里面窜？加叶，加叶是哪里啊？

花红也不知道加叶在哪里。

她只知道，姆妈的家乡加叶很远，那里的人说话和自己不太一样，穿的衣服也和大娄山人不一样。比如姆妈的那条花裙子，一道道细密的褶子，是先用青石条压成形，再用针线织紧，而那一道道彩色的花纹，是一针一针绣出来的。大娄山的人家，从来是粗布衣服，谁穿在身上，都是暗灰的。这样灿烂的花裙子，花红喜欢，央求姆妈也给自己做一条，米摆应了，笑着央求老铳下山换布。

但是，给花红绣的那条花裙，刚起个头姆妈就走了。花红像头愤怒的小野兽，穿行在山林间到处找姆妈——说话要算数的！裙子还没有绣好，你跑到哪里去了？

看着那些五彩缤纷的花线静静地弃在屋里，是花红顶顶难受的事情，每缕五彩的线，都是她追逐着姆妈寻遍林子里的各种花草，回到家细火滚汤地染煮出来的，紫色的浆浆草、粉红的凤尾花、绿色的鬼头青……姆妈像神奇的织女娘娘，用花草调煮出不同的颜色。

再难受，花红仍是隔三岔五地做一件事，就是把花线从屋里拿出来，放到屋檐下通风又没有阳光直晒的地方，让潮了好几天的线晾干。空空的山谷里偶尔传来一阵鸟鸣，清静。花红讨厌这清静，姆妈米摆一走，大娄山冷清死了，柿子和苦根也不来了。花红难受，犟着非要和老铳一起去打山，在林子里把虫虫鸟鸟惊得四处蹦弹。起初老铳不让，说：自古以来大娄山的女子不当打山人。可是花红偷着学，老铳的土枪一到花红手上，就成了花红厉害的第三只眼。瞄到哪儿就逮哪儿，第一次端枪，花红便射下了横山飞过的一只斑鸠。老铳张着嘴，半天合不拢。

从此猎人老铳打山时，身边便多了一只生龙活虎的“小猎狗”。

可是爸有爸的规矩。崖那面，绝不让去。梅山垭口是以白崖为界划分的。不让去崖那面，自然就是不再允许花红去山那面的柿子家。

花红想不通，以前两户人家好得吃一口锅，老铳和柿子好得穿一条裤子，现在为什么不让去？

一个巨大的秘密藏在崖那面，藏在雪夜里，花红知道。

但那个秘密是什么，花红不知道。这让花红很气馁，自己不知道的东西太多了，真丢脸——猎户的女儿要有狐狸一样狡猾的脑子，有狗一样灵敏的鼻子，偏偏自己笨得像只山鸡，除了疯跑乱窜，啥也不懂。

山下，湄水县城响起稀稀拉拉的枪声，杂乱无章，这些日子，县城老有枪声传到山上来，怕是又在闹匪了。

·二·

老铳坐在老县衙的石狮子边抽烟，远远看见乡丁小粽粑一摇三晃走过来，赶紧躲进西巷陈记米铺。

一个月前，老铳带花红进县城，遇见了乡丁小粽粑。小粽粑的笑容像稀泥一样腻滑，他破天荒叫了老铳一声爷：爷，给我把这妹子看好喽，半年后我来你家接人。花红一双懵懂的眼睛灵巧地盯着小粽粑看，见小粽粑在笑，花红赶紧绽开嘴角，春花烂漫地回应。

老铳一把揪过傻笑的花红闪进皮货巷，手上的青筋冒得老高。

小粽粑的细眼睛比毒蛇厉害，小粽粑的心比毒蛇凶狠，他看中的猎物，怎么逃呢？

花红的确漂亮，脸盘子比映山红亮堂，皮肤比梨花白净。可兵荒马乱的，漂亮是祸根哪。

日子更是祸根，是它把花红变成了米摆。老铳清楚，花红的漂亮绝不是来自自己，花红之所以比湄水县城富贵乡绅家娇生惯养的女孩子还水灵，那完全是来自她美丽的母亲米摆。十五年前，随着米摆一阵阵娇细柔弱的呻吟，“哇”一声脆嫩的哭声飘上大娄山最高那棵檬子树梢，人世间就多了个让老铳牵肠挂肚、疼进心窝里的人儿——花红。狗皮毯子里，哭得张牙舞爪的小女娃，兔子般大小，白白的皮肤，黑晶晶的眼，活脱脱一个小米摆。可她比米摆野，老铳一抱紧她，她就挥着手吱哇乱哭，细小的指甲居然在老铳脸上划出一道血口子。

哈！老铳惊喜地叫，是我老铳的种，凶成这样！长大带她去打狼。

可花红长得这样漂亮，怕是打不了狼，反招狼惦记。

最近县城乱哄哄的，有人说，日本人要打进来了。也有人说，蒋光头的两支队伍自己打起自己人来了。还有人说，红军又来了。搞得鸡飞狗跳，人心惶惶。做生意的怕折本，不让赊账，土匪过路打劫，也不像以前那样留着苗茬，一来就是连根拔。县长成浦泉无法控制种种声浪，只好约了西迁至此的浙江大学的教授们，每天傍晚坚持在县城里散步，在湄水河边和乡民们亲切地交谈，互相打趣。似乎是告诉大家，世态安然得很。

成浦泉是个斯文的读书人，行事待人朴素平和。他治理下的湄水县城，偏居西南一隅，自成贫困中的一方宁静安乐地，县城内外，民风淳朴，除偶尔有流匪过县，激起些腥风血雨以外，倒也安详。然而，一个县长，管不过来那么多乡丁，何况是个斯文的县长，这些土枪杆作起恶来，倒比土匪更狠，看准了谁，便是要吃尽咬死的。

老铳躲在陈记米铺的柱子背后，盘腿坐在地上，扭转头，焦急的眼睛像筛子一样过滤着来往的人群，若是里面混进只蚊子，他也剔得出来。但是老铳要找的那个人，还是没有出现。

这阵子，为了找苦根，老铳心里犯急，喝了不少酒，酒是好东西，能让他看到温柔的米摆，喝到最后，眼睛一闭，身子一倒，睡到明月高挂，蛐蛐直鸣，一天就过去了。醉酒后醒过来的夜，露水越来越湿，老铳明白，那是醉的时间越来越长了，是自己越来越老了。是的，有时候端枪，准头还够不上花红，猎户老到端不稳枪的时候，离那个日子还能有多远呢？

坐在柱子后头，老铳把一杆土烟吸得吧嗒吧嗒响，整个人被罩在烟雾里。

挑盐去湘西的苦根什么时候回来？

风大，四处是飞舞的纸钱。最近湄水县城的棺材铺生意好，总是半夜响一阵枪声，第二天便有人家办丧事。置办的棺木都是上好的，漆工精致，漆色晶黑，光可照人。一般人家买不起这样的棺木，也轮不上被土匪杀人越货，只在一旁看热闹。陈记米铺门前有个大晒谷场。一出太阳便晒谷子，雇工们傍晚收谷子的时候，便会三三两两眉飞色舞地说话。

杜四爷家大少爷，昨晚脑袋没了，血流一地呢。

有人转过头问米铺的陈掌柜：掌柜啊，昨天你家又孝敬了几挂花边？

湄水人把银圆叫作花边。据说，陈记米铺这掌柜精明得很，一遇上匪来，总是大门洞开，照壁前搁一花梨木椅，上面放一黄铜水盘，盛满清水，盘里放鱼一尾，花边十来挂。言下之意是既不让土匪空手而返，也求个清水一盘、不沾血腥，且有有商有量、放水养鱼的意思。

乱世出奇才，难得杀人如麻的土匪头子竟能晓得陈掌柜的意思，每次都只带走花边，出门时放上两枪，以示招呼“收下了”。

米铺的陈掌柜在柜台前听到了，半个身子倚在柜台上，探出脑袋左右张望，然后大惊失色地摇手：事毕莫提，事毕莫提！祸从口出，噤声，噤声！

柜台也是上好的花梨木，天长日久，被人们擦拭得油亮。无论何时，米铺的空气都是清冷、干燥而通透的，带着米面的香。四处都是灰，白色的灰，那是米灰。饿上三五天的人，迈进这陈记米铺，闻一下空气里的米香，再用手掌抹上一层灰，仿佛就吃进了米面，竟能再支撑上一天半口。这样的米铺，却没能让陈掌柜变成富甲一方的红人，连乡绅之列也未得近半分，终因黄铜盘内不时需放些花边所致。陈掌柜知足常乐，有人说可惜，他就说：你看，我们家不买棺木、不沾晦血，不损一木，不失一人。划算，大大的划算。

老铳敬重陈掌柜的，倒不是陈掌柜这份精明，老铳看得出，湄水县城虽大体太平，但总有暗风冷箭，陈掌柜这个人，好像胆小，但其实他什么也不怕，就凭他大门洞开的静气，也是个响当当的人物。

猎人有猎人的招数，有时候，闭上眼，老铳也能嗅出异常的味道来。

陈掌柜这种人，似虎狼夜行，悄而无声；又似狡兔四顾，战战兢兢。他明明不害怕，偏要装出害怕；明明不在乎做生意，偏要在秤杆子上不停计较。

老铳能看出陈掌柜的某些秘密，其实是二人互相观察、审视，最终眼神互望，心思暗里契合的结果。

在人们看来，陈掌柜是胆小又恋家的人，他每天都在柜台后面不停地擦他的眼镜，低着头，眯着眼，打着哈欠，睡不醒似的。唯有米铺里发出异常的声响时，他灰蒙蒙的眼睛会陡然迸出犀利的光来，等看清不过是庄稼人靠在门框上的铁锄头摔落在地上而已后，那光又倏然消失，眼神又静成一潭云遮雾罩的池水。老铳每次去换米，陈掌柜称完米，都会伸出和米一样细滑白皙的手，抓起一捧，添在老铳的袋子里，沉静地说：好猎手，要吃饱饭了才能打狼。说这话的时候，陈掌柜眼睛里的厚道和怯懦退到了眼镜背后，那种光又出现了，避开阳光和人，精明机灵地扫过老铳的脸，有些藏着的话和意思，便随那光不显山不露水地贴在老铳脸上。老铳闷着头，装作看不见。

陈掌柜的意思，老铳明白，但是，老铳心里只有花红，他和米摆的花红。

·三·

米摆没了，老铳不能再丢了花红。

第一次看到米摆，是十六年前的傍晚，昏天黑地的雨水把天全盖住了，老铳在崖下的岩腔里躲雨，灰茫茫的雨幕里歪歪斜斜奔来一个人影，吱溜一下，正好摔倒在老铳面前，老铳看到那张小小的脸儿又青又白，牙齿上下打着战，嗒嗒作响，但眼睛却血红。一看就是高烧烧到了“索命摇”。老铳顾不得躲雨，用常年戴在身上的绳索把她缠在自己身上，冒着大雨上了崖。那夜，老铳的木屋飘着浓郁的草药香，药香把一个安静得不透气的雨夜熏成了温软的、有依有靠的春天，春天的气息把单身猎户老铳的心暖和成软软的一团棉絮花儿。老铳平生第一次用狗尾巴草似的毛茸茸的声音，细痒细痒地冲着狗皮毯子里裹着的姑娘说话：哎，你叫啥？

米……摆。姑娘的脸色已经由白转红了，她咳嗽着答话，语调听起来很拗口。

米摆？老铳想，奇怪的名字，好听的名字。

第二天早上，木屋旁的枫树叶子像筛子一样把阳光筛成一块块金色的碎屑，米摆穿上老铳为她烘干的衣服，在树下一旋，裙摆像荷叶般展开来。

老铳这才意识到米摆是黔东南的花苗人。大娄山的汉女绣不出这样的花纹，织不出这样的布。从她这一身漂亮的打扮看，米摆肯定是个苗家有钱人的女儿，病一好，会跑掉的。

老铳不想米摆跑掉。夜里，老铳自己做主，把米摆“娶”了。

怎么娶的，想不起来了，多少年老铳一直都想不起来，或者是不愿想起来，老铳一辈子没有干过对不起人的事，唯有娶米摆这一件，跟杀人放火的土匪没两样。最初的时候，米摆的眼里是火，吃人的怒火；然后是水，伴着隆起的肚子从眼里往下淌；再最后是雾，老铳知道，雾背后，是米摆的不乐意。老铳由不得米摆乐意，山高水深，又是乱世，老铳已经三十八了，还没娶上娘娘，这天上掉下来的米摆，被他背上山剥了衣塞进狗皮毯子里暖回一条命来的米摆，应当是他老铳的娘娘。

老铳避开米摆的雾，全心全意地待米摆，他学小狗叫，下山换花布，每晚替米摆洗脚。割碎了心思去塞米摆心里的黑洞，但米摆永远只肯对女儿花红笑。

陈掌柜话里的意思，老铳懂，但是老猎户的心头肉疙瘩还没托付处，陈掌柜就是说到天上去，他也只在大娄山上打他自己的狼。

·四·

以崖为界，山那面是猎户柿子的地盘。

这些年，花红偷偷去过三次。但柿子和苦根都不在，最后一次，花红终于逼自己承认——柿子和苦根已经走了。因为，窗棂的泥旮旯里生出了茂盛的蕨叶，门槛处，除了长出一朵朵菌子，还长出一簇酸浆草，开着浅紫色的花儿，在微风里轻轻摇晃。

深夜，老铳还是没回来，夜风吹落树叶，噗噗噗响，像那年大雪夜雪花飘落的声音……

小花红从细微的雪落声里醒过来，伸出手去揪姆妈的耳朵，却揪了个空。小花红已经好多次半夜醒来找不到姆妈的耳朵了。正要叫，却看到爸老铳从里屋轻手轻脚走出来，拿着墙上的猎枪，悄无声息地出门了，小花红忘记了找姆妈，一个人藏在被窝里暗笑，雪这么厚，晚上出去能打到什么野物呢？爸老铳真是糊涂了。又想，哈，姆妈一定是在外面上茅厕，爸老铳这样出去，他们两个都会被吓一跳的。小花红支起耳朵听外面的动静，听着听着，犟不过困意，睡着了。

一声干脆利落的枪响震碎了满屋的雪光清辉，蛋白蛋白的窗景瞬时坠入深黝的黑暗，黑得花红摸不到自己的脸。花红醒来，还是摸不到姆妈米摆。清早，却见到老铳浑身湿漉漉地从山顶下来，狗皮棉衣上沾满了血、汗水、泪水和雪的味道，还有许多花红说不清的味道。总之，爸像一头刚从死亡里、从万里雪山里挣扎活过来的困兽，又像是几天几夜没有睡觉的人，枪柄拖在地上，走得东倒西歪，边走边拼命地抬眼皮，却抬不开。

姆妈呢？花红迎上去，光脚丫踩在雪地里问。

老铳说：走了。回加叶了，你姆妈是喂不熟的无情物。

你骗人！花红生气了，圆溜溜的眼睛迸出泪来：姆妈才开始绣我的裙子，她才不会走！

老铳再不答话。

几天后，问话的人多了两个，崖对面过来的柿子和苦根父子。

不知道。这回，老铳说。

姆妈呢？我姆妈呢？已经三天没有姆妈梳头的花红蓬着头发大声尖叫起来，站在院子里又抓又咬，像只小豹子。

嘶……老铳望了一眼被花红咬破皮的手背，怔忡了一会儿，两滴泪水从眼眶里滚出来。

花红大哭起来，骂老铳：姆妈一直要回加叶，是你不让，人家柿子都说了愿意送姆妈去看看，你不干！你还我姆妈。

提到柿子，老铳的脸阴下来，像要下大雨的天色。他转过脸牢牢盯住柿子。

柿子比老铳小一轮，这一轮的光阴在山里风里雨里淘过、熬过以后，便足足是一辈人的年纪。柿子长得好看，眉毛又浓又黑，眼睛更是黑得发亮，看人时，一眨一眨的，像在说话。柿子的儿子苦根，明明是捡来的，却跟谁像谁，也长了双本该生在女人脸上的漂亮黑眼睛，大大的。

现在，柿子这双眼睛疑惑地迎向老铳，接着，柿子那本就极圆极大的眼睛陡然瞪得更圆更大了。手里的枪“当”的一声落在地上。

柿子咽了咽口水，前行了一步逼近老铳，厉声问：前天晚上，是你放的枪？

老铳不说话，恨恨地盯着柿子。

柿子突然狂叫起来，猛扑向老铳，老铳被他扑倒在地，盘在头上的青布巾掉了。

一阵风吹过来，眼前像有雪花飘过……柿子愣住了，扬起的手怔怔地放下来，花红的哭闹声也戛然而止，她呆呆地望着老铳，指着老铳的头发：爸，你的头发。

才不过两个日夜，老铳的头发全白了。

柿子放下拳头，眼泪从他脸上滚落到老铳胸前，他一手揪着老铳的衣服，一手握拳打在地上，地上全是碎石屑，拳头顿时渗出了血。

·五·

柿子第一次看见老铳时，老铳的头发黑得像夜晚。那是在湄水县城换山货回来的路上，老铳用山货换了两斤棉花，说是要交冬了，得给刚满月的花红做件棉袄子。说着，走得发热的老铳解下头上的布巾。柿子说：哎呀！老铳哥哥，你的头发真黑。老铳笑着说：柿子，我的头发没有你的眼睛黑，兄弟这双眼睛，要是生在县城大户人家，是要娶一门漂亮娘娘的。说到这里老铳又笑，得意地说，千漂亮，万好看，你米摆嫂嫂最好看呢。

柿子笑起来：娃儿是自己的乖，娘娘是别人的好，没听说过夸自己的娘娘好看的。

老铳扬扬眉毛，清瘦的额头亮堂堂地迎着晚霞，说：没办法，就是好看。

柿子第一次过山这面来，是因为儿子苦根。苦根不是柿子的亲儿子，是柿子在树下捡到的，等柿子看到时，苦根已经半张脸埋在大雪里，脸色发紫了。柿子手足无措地抱着婴儿在树下连转了几个圈，突然想起崖对面老铳家的米摆有奶，于是顶风披雪地赶过山，“咚”一声推开老铳家的木门。

屋子被老铳拾掇得很暖和，每一丝木板缝都堵上了，旺盛的炭火把木料的香气烘出来，合着米摆的乳汁味，有了这些味儿，老铳的木屋比天堂还像天堂。柿子冲进门，把默默无语坐在火边的一家三口吓了一跳。米摆怀抱着三个月大的花红，惊愕地看着风一样卷进门的柿子，花红也惊了一跳，丢下奶头转头用湿漉漉的黑眼睛盯着眼前这个冒着白雾的庞然大物。那粉红的乳头便像花骨朵一样倏然盛开在柿子眼前。

柿子长到二十多岁，不知道奶娃的女人是啥样子。这一看，傻了，心头有啥子东西给拨弄开来，大江大浪地涌。

老铳怕冻坏了米摆和孩子，急着把乱飞的雪花关在门外了，回过头才问柿子：你来干吗?

柿子回过神来，一把把怀里的婴儿塞给老铳：不晓得哪个作孽的扔了个娃在山下，只剩下半截气了，想让嫂嫂给口奶。

老铳心头不太情愿，多金贵的奶啊，大冬天，老铳天天像老熊一样守着涧沟上的冰窟窿，一整天也不过才钓到两三条催奶的鲫鱼。

我的花红也要奶呢。可一看那青灰白瓦的小脸，老铳又不忍心了，犹豫地把孩子递给米摆，说，给他一口吧。

米摆坐在那里，白净的脸泛着粉红、丰润的光，她像是听懂了，又像是没懂，一双眼睛看看柿子又看看孩子，扬了扬眉毛，再看了看孩子，询问及肯定地笑了笑。这一笑，把柿子看呆了。老铳把孩子放到米摆怀里，转过脸来看柿子，柿子在老铳看他前迅速地把眼神从米摆脸上收了回来。

可是柿子不知道，老铳也是精明的猎人，精明的猎人有时候根本不需要用眼睛。

花红对苦根的记忆就从那个时候开始的。老铳常说她胡说——哪个孩子会记得三个月大的事情？你不过是听我给你讲的。

花红生气了，跺着脚说：我就是记得嘛！苦根还跟我抢奶吃。

柿子的姆妈和爸早死了，他一个人带着苦根，什么也不懂，也没有女人教，闹了不少笑话，好不容易带上路，却不会给孩子做衣做鞋，苦根的衣服一坏，他就只得带着孩子过山来。米摆看到苦根，总是眉开眼笑，站起身来拍着巴掌唤出简单的字节：咦咦咦，米米米。

一次次，日子流水般过去了，柿子先是抱着，再是背着，再接着就是苦根自己跑过来，他提着一袋子面或几块腊肉在后面追。米摆做完苦根的鞋和衣，偶尔也偷偷给柿子做一两件。米摆的针线活儿做得飞快，细密的针脚像女人细密的心事，柿子接过去，心里百个千个甜蜜。

苦根、花红九岁那年，立秋过后，柿子把苦根托给了老铳家，只说要出趟远门。

半个月后柿子回来了，背了个背兜，里面装了个大坛子，花红惊喜地叫着，蹦过去打开看，却只是清亮清亮的一坛水，带着一丝细微的酸。

花红失望了，“呀”了一声说：你咋把一坛酒都整酸了！幸好我爸下山换油去了，不然要笑破他肚皮。

柿子不理花红，径直看着米摆。

秋天的太阳挺好，把满山的枫叶映得霞光万丈。米摆在院坝里愣愣站着，坛子其实离她还很远，但是，米摆早已闻到坛子里的气味。这气味是她梦里吃过一千遍的酸汤，是加叶寨世世代代的酸汤。十来年了，美丽的加叶寨已经变得跟梦一样遥远，米摆早已死了那条要回加叶的心，但这随风飘来的酸汤味儿，让米摆想家了，想那个连自己也不知道路和方向的家乡。十年前那场突如其来的抢劫，慌不择路的逃窜和恐惧，米摆认了；老铳的收留和老铳的霸道，米摆认了；提到加叶时老铳装聋作哑的沉默，米摆也认了。但柿子为什么要天高水远地找到加叶，还带来一坛酸汤？

米摆突然像只发疯的野猫似的尖叫起来，她蹿过来一脚踢翻坛子，转身跑进屋里。

花红和苦根吓了一跳，一只被花红捉在手里的蛐蛐，趁机跑掉了。

姆妈！花红去拍门，苦根也跟上去，一起叫：姆妈！

毛虫子，蜇。姆妈在屋里不出来，声音闷闷的。

花红“啊”了一声，翻着小脚丫就往山上跑，边跑边说：姆妈不怕，我去林子里找药。苦根像花红的尾巴，跟着花红便跑过院坝，冲上山去。

院子清静下来，屋外的人，只有一个傻愣愣的柿子。柿子迟疑地走上台阶，轻轻地拍了拍门。

米摆，开门。这是柿子第一次叫米摆的名字，以前柿子都叫她嫂嫂，其实米摆比他还小，但她是老铳的娘娘，他叫嫂嫂，是规矩。今天柿子突然不想依规矩，或者说他早就不想依规矩了，要依规矩，他就不会、不该、不敢天高水远地背回那坛酸汤。

“吱呀”一声，门开了。

柿子走进去，看见米摆站在屋子中间，恨恨地望着他。

木屋子散发着被秋天的日头晒透后特有的潮热，这潮热无处不在，温润又诱人，因为外面耀眼的日光，屋子显得更加幽暗、逼仄。米摆的脸却在暗影里显得异常洁白。

两个人就这样狠狠地、恨恨地却分明是亲昵地对视着，来自情人或夫妇之间的恨和责怪、不相容不能忍的愤怒，变成彼此对视的目光。

柿子压着心头的乱，走上去，一把抓住米摆，也不喊米摆的名字，只说：一路上兵荒马乱，好不容易才弄回来，你真忍心？

米摆举起拳头要打柿子，说：谁要你带了？不要你带！

柿子一把抓住米摆的手，低声说：别闹！脸上的表情是凶的，眼光却是湿的、暖的。

米摆一愣，缓缓收回手，到了半路又伸出去，去抚摸柿子的脸。

阳光被锁在了门外，屋子依然是暗的。

柿子抚摸着米摆洁白的脖颈，仿佛在黑暗的屋子里看见了一条鱼，一条发着光的神奇的鱼。他吻了吻鱼说：老铳可以养活你，我也能。

鱼一惊，变回了米摆。米摆推开柿子，摇摇头，打开窗子，看着在远远的树林边嬉闹的苦根和花红，再摇了摇头。

柿子低下头，滴下两颗泪来。

米摆正好回过头看见了，她错愕地托起柿子的脸，认真地望了半天，手指伸出来，抹去他的泪痕，轻轻地点点头。

姆妈被毛虫子蜇以后，是不是怕了？不然，怎么老去林子里找药草，花红发现姆妈米摆的衣服上总是有苍耳，便这样想着。

米摆静静躲在角落里拾掇苍耳的样子，有点像一个孩子偷来了某件东西，一边急于扔掉，一边又百般舍不得。苍耳又不是什么稀罕物，看着姆妈握着苍耳难舍难离的样子，花红觉得有趣，便告诉了老铳。

小小的花红不知道，苍耳的确是个稀罕物，神奇的大娄山，崖这面根本不长苍耳，苍耳只长在崖那面。

秘密就在花红的一句话间被揭穿。

·六·

湄水县的江水，夜晚总是比白天干净些，小时候跟过米摆的苦根一直就喜欢干净，再晚再累的活儿干完后，他都要到水边洗衣服。

老铳得了别人的指点，找到水边，果然看到苦根正蹲在河边，提着一罐皂角水往衣服上倒。几年不见，苦根比小时候壮实多了，臂膀上的肉一块一块的，像生铁疙瘩。这么冷的天，他却敢光着膀子，蹲在河风口洗衣裳。看着在河里搅乱一池月光的苦根，老铳站在岸边，腿脚发虚，突然生出些胆怯和羞辱来，老猎人望望自己手臂上的肉，却只看到几根青筋和一块包骨头的老皮子。老铳把烟在鞋帮子上磕熄了，走下河坎，冲着河里半裸着的精壮汉子喊：苦根！

苦根回过头，看到是老铳，一脸的意外。他弯下身掬起一捧河水抹了把脸，再看了看老铳，站起身来，挑衅地叉起腰，满面寒霜地盯着老铳。

老铳已经顾不得苦根用怎样的眼光看自己了。柿子跳崖后，这世界上唯一知道老铳痛苦的人是苦根，唯一知道老铳罪恶的人也是苦根，本来老铳一生一世都不想再见苦根，但是，除了苦根，老铳不知道该把花红交给谁。苦根和花红都是用米摆的奶养大的娃儿，从小两个人好得跟一个人似的，花红要天上的星星，苦根就去爬山上最高那棵树。花红要苦根和太阳比谁更厉害，苦根就在六月的大太阳下面站整整半天。

只要能把花红安排妥当，哪怕苦根眼睛下刀子呢？

苦根，小粽粑看上花红了，你赶紧跟我上山，娶了花红吧。老铳一着急，说话举动竟生出点头哈腰的讨好来，头顶上几根白头发跟着飘摇不定。

哦？苦根冷着脸，拉长了声音，接着“啪”的一声把衣服摔进水里，激起满天水星：我能照顾好花红，但我不能跟杀死米摆娘娘，以及害死我爸的人住一个屋檐下！

苦根说完，提起水里的衣服，拧干，走上岸，故意把一身的肌肉露给老铳看。二十几年前，老铳也常常这样，故意赤着胳膊。

老铳目瞪口呆地望着苦根从自己面前走过去。苦根的话，他似懂非懂。你说什么？他又问了一遍，问完脸就红了——人家一巴掌打在自己脸上，打蒙了，还要求人家再打一巴掌。

哼！天天住一个屋檐下，你就不怕我哪天忍不住，一枪杀了你？像你杀米摆娘娘一样。

莫说，求你莫说！老铳突然着魔发疯似的胡乱挥起手来，背驼着，像个快入土的老人。人的老，原来是存在背上的一袋石头，一年年，一颗颗，本来一直都能撑得住，走得挺直挺直的，突然有一天，一块小得不能再小的石头，一段少得不能再少的日月，瞬间就把袋子变得像山一样重，压弯了那把腰，说驼就驼，说老就老，连个过程都没有。

大娄山数一数二的好猎户老铳，就在这湄水河岸，突然苍老了、背驼了、精神头垮了。

求你，我求你，我求求你，不要跟花红讲！我走，我现在就走，我走得远远的。老铳语无伦次地说着，精锐的目光，一直在寻找苦根的精锐的目光变得浑浊一片，像县城城北那个牛滚凼里的泥浆水。

好！苦根斩钉截铁地说，我答应你。以后花红就是我的命，我活着，不让人动她一根毫毛；我死了，她替我好好活着，享齐天的寿、齐海的福！

山里的婚礼，静悄悄的，唯一的客人是陈掌柜。陈掌柜是非得请的，一是冲那些多换的米，二是得有个人当婚礼主持。总不能让老铳去喊“二拜高堂……步入洞房”。

花红一直在笑，笑着笑着便嗔怪地扫苦根一眼。夫妻对拜时，花红半点没有羞涩的新娘娘样子，反倒磨着牙哼哼：哼，姆妈一走，你和柿子就不来我们家，原来图的是我姆妈的饭菜和衣服，你心头半点没有我！一会儿收拾你。

呵呵。苦根恍惚地笑着——天天都在想念着的花红就在眼前呢。以前，花红每次和老铳去县城，只要他有空，他都会偷偷跟上好几个时辰，现在，梦里想的、心里盼的人就在面前，花红说要收拾他，他开心得很，盼望得很。

深夜，花红洗了脸，竖起眉毛，凶巴巴地问：为什么姆妈一走，你和柿子就走了？也不知会我一声就走了，你回来做什么？现在回来做什么？凶着凶着，眼泪哗哗流下来。

你不晓得人家这些年……委屈的话没有说完，嘴已经被苦根的嘴结结实实地堵住了。

不要说以前，说以后。苦根痛苦地捧起花红的脸说，以后，你就是我的命。

·七·

不说以前，也没法说以后。

“以后”让一把大火烧毁了。

院坝里，和老铳有一搭无一搭地呷酒的陈掌柜突然惊恐万分地叫起来：火！火！我的铺子！声音在寂静的山里显得突兀而恐怖。

陈掌柜起身往山下跑，夜黑山深，陈掌柜哪里看得清路，没跑出两步，倒把眼镜摔碎了。

正在新房里说着绵长话语的苦根和花红一惊，跑出门一看，山下县城尾巴上燃起熊熊大火之处，正是陈记米铺的位置。苦根二话不说就往山下跑，边跑边对花红说：等我回来。

经年的木制大宅，干燥得四处是木香，香逗起火来，像油遇上火，根本没法控制，大火蹿上瓦、冲上天，把县城的半壁黑夜映得如同秋天的晚霞。人们远远站在离火苗数丈远的地方，仍感到脸上炙热难当，只好手足无措地提着盆或桶，眼睁睁地看着大火烧到天明。陈掌柜一直在南侧忙乱着，他带着米铺的汉子，身披着泡过水的棉絮往火里冲，抬着一桶桶水拼命往南屋账房里泼。

清晨，陈记米铺上空挺拔如林的梁瓦柱头已经全部消失了，戴着空镜框的陈掌柜神色茫然地踩过黑瓦焦木，避开青白色的烟和暗红色的炭星，拿着根木棍这里拨一下，那里拨一下。但凡看到方形的东西，他都会双眼发光。然而那光是短暂的，一次次，陈掌柜失望了，最后，他扔下木棍，大步走出满目疮痍的米铺废墟。

苦根走过去，从怀里掏出一个盒子，问：掌柜找的可是这个白盒子？

一听到白盒子，陈掌柜一道黑一道灰的脸迅速地转过来，眼仁白得瘆人，倒把苦根吓一跳。

是的是的，就是这个。陈掌柜大大松了口气，接过已经脏得几乎看不出是白色的盒子。然后，他环顾四周，把苦根引到一处半人高的废墟处，从长衫下缓缓掏出一把枪，对着苦根，厉声道：你说，你打开看了没有？

我看了，不就是些西洋药瓶嘛。苦根疑惑地问：陈掌柜，好好的你拿把枪对着我干啥？你哪来的枪？

不对！陈掌柜皱起眉头：好苦根，好孩子，好好想想，是什么？边问，枪口抵得更近了些。

我……苦根一时有点犯蒙，定神想了想，突然笑起来，扬着一双黑手说，陈掌柜你看我帮你救了一夜的火，抢出不少东西，衣服都烧坏了。你这盒花边，多少还是给我一挂，让我去扯块布做件新衣裳。

陈掌柜放下枪，长长吁了口气，连说：好，好，好。

空镜框突然断了一条腿，歪歪斜斜地挂在陈掌柜鼻子上。他正要扶眼镜架子，此时，他发现了什么，眯了眯眼，眼神死死直直地盯着苦根身后的湄水河，一张脸变得铁青。

快！陈掌柜把盒子一把塞给苦根：快走，这东西交给你爸老铳，他知道往哪里送。

苦根回过头，看到对面河岸正过来一队兵，一个当官的正冲这里指手画脚。

来不及问发生了什么，苦根赶紧弯着腰沿着墙根逃。

跑过文庙时，撞上一位先生，苦根一看，原来是为浙大师生改造桐油灯的训导长费巩。费巩先生也是个斯文人，待人和气，喜欢把头发往后梳，梳得十分整齐。爱整洁的费巩先生看着学生们在灯下看书后被灯油烟熏得黑森森的鼻孔，很心痛，动了动脑筋，把桐油灯改装了一番，制出了灯亮烟少的新油灯。三五日，新灯制法传遍了县城，湄水人喜欢得很，便叫这灯“费巩灯”，尊称费巩为“细致先生”，渐渐的，倒比叫费先生的多了去。盐商家里用的灯，也是这种灯，苦根见过，真不黑鼻子。

苦根喊了声先生，慌张地作了个揖，不留神，盒子掉在地上，药瓶散了一地，费巩愣了愣，惊诧地盯着苦根，然后紧张地四处张望。正值上课时间，文庙四周安静得很。自从浙大来湄后，湄水的浦泉县长，下令市井闲人幼儿，均不得在文庙四周行不雅之举。因此，这里连玩耍的孩子也没有。费巩见四下无人，才蹲下身用长衫盖住地上的药瓶，手忙脚乱地拾起来，一一塞进自己袖里。

拾完药，费巩先生又成了一个斯文秀气的人，他缓缓站起来，一手轻拍长衫，一手拢着袖子，微笑地问苦根：这些药瓶，哪里来的？

苦根想，陈掌柜想必已经给抓走了，说给这样一位好先生听，也没什么。再说，浙大的老师们都是好人，他们修学教学，从不惹是生非，从不与官兵往来。想到这里，苦根说：是陈掌柜给的，让我转给……

老铳。费巩接过话，笑眯眯地说。

苦根两眼瞪得如铜钱般大，湄水县三四千人，老铳又住在山上，是个穷人。费巩先生堂堂大学教授、浙大训导长，怎么会认识猎户老铳？

陈掌柜既交代于你，你自当是可信之人。这东西你可知用处、险处？费巩先生徐徐问着，依然拢着袖，药在他袖里，安全得很。

世上的药，大多是救人的，这就是用处，说到险处，莫非是毒药？苦根张着嘴，不知道答什么好。

这是盘尼西林，救命的，没有它，要死人，有了它，也要死人。

苦根听不懂。西洋药的名字，怪得很。

费巩笑笑，笑容安详亲切。苦根看入神了，没有一个男人能笑出费巩先生这样的神情，像佛，或者是菩萨。

老铳曾经帮陈掌柜送过一次药，救活了四十几名抗日青年，其中有两个姑娘，都是花儿一样的年纪，差点就没命了——如果老铳不送的话。费巩说。

正说话间，老铳像只行走无声的老猫，出现在费巩先生背后，咳了咳。

费巩停下话，转了个身，沿墙根走到文庙正门，和老铳一前一后走上台阶，迈进文庙，苦根在后面犹豫了片刻，也跟了进去。

屋子里有很浓的墨香味，苦根嗅着，觉得别扭。

老铳背上背的大竹筐，原来是专用来送药的，筐底编的是两层，用竹棍随意撬开底部一块编织好的竹篾，露出缝来，把药瓶塞进去，再把竹篾恢复原位，任谁看，也看不出竹筐有问题。

费先生仔细地看着老铳缓慢、认真地把一个个药瓶放进去藏好，嘴抿得紧紧的，屋里的气氛紧张又沉默。

老铳收拾停当，背起筐，意味深长地看了苦根一眼，说：我把花红交给你了。然后又向费巩先生作了个揖，费巩先生居然弯下腰来，鞠了个大大的躬。

老铳眼眶突然红了，不知道是被费巩先生感动的，还是有别的什么原因。他说：先生，我是有罪之人，手上有血腥，先生莫这样，不值得。

费巩先生笑笑，并不理会老铳言语里的意思，湄水人生在小地方，说话做事难免缺乏远见，鸡毛蒜皮的事情，有时也说得如天大，老铳说的血腥，无非是打了点野物罢。想着，他笑起来，道：您先去，我随后也要去重庆讲学，一前一后，也有个照应。也许是因药有了稳妥的安排，费巩先生高兴了，孩子气地哼起湄水人爱唱的山歌来：我和洪二去砍柴，一路去，一路来。

老铳眼眶还红着，话里有话地说：先生，我这一去，就不打算回来了。说完，瞟了瞟苦根。

苦根不敢再听下去，转身冲出了文庙。

有点后悔要撵走老铳。

但就算老铳救一万个人，也换不回爸柿子，换不回米摆娘娘啊！那场景，苦根现在还记得清清楚楚——大雪下了整整半个月，密密厚厚的雪啊，把山野和坝子、树林和小路映得闪闪发亮的，米摆娘娘和爸柿子每夜都在房前那棵檬子树下静静站着，飞絮般的雪飘在他们脸上，没声音，两个人也不出声，只是苦巴巴地看着、抱着。苦根才九岁，有些事还不太懂。比如，他不懂米摆娘娘为什么总是半夜赶过来，明明是有急事要过来说，但每次又只是和爸这样抱着，什么话也不讲。一天、两天、三天，不懂事的苦根觉得胸口发闷，他不止一次想冲出门去抱两个人的腿，要他们进屋来说话。

雪下得最疯的那一夜，米摆娘娘走后不久，山里响起了枪声。第二天天不亮，苦根便寻着枪响的地方去——洁白的雪地上，静静地盛开着一串串鲜红的花朵儿，那分明是血。苦根当时还不知道，这是米摆娘娘的血，他也不知道，雪地附近的林子边上突然冒出的那座坟里面，躺着米摆。他只知道米摆娘娘不见了，那天，柿子把老铳扑倒在地上，老铳露出满头白发后，柿子回到岭这边，跪在崖前哭到天黑，枪也不擦了，饭也不做了，哭着哭着，回头抱苦根，说：男子汉大丈夫，做了对不起老铳的事，是我的不对，现在，你米摆娘娘一个人在下面，孤魂野鬼的，日子也肯定不好过，我是要陪你米摆娘娘去的。你是她养大的孩子，你要好好活着，长大了，替我、替她照顾好花红。

这话太深，苦根不得不使劲嚼它是什么意思，迷惑间，柿子已经站起身，像只大鹰一样张开双臂跳下了崖。

苦根的牙，把嘴唇咬出了血，眼睛瞪得快撑破了眼眶。九岁的苦根疯狂地嘶叫着跑下山，借着暗暗的月光，抱着柿子七零八落的身子号啕大哭。下半夜，苦根发起高烧来，哆嗦个不停，脑袋涨得快要炸掉，烧到天亮，苦根一觉醒来，只觉阳光炫目，曾经的岁月如风远去。

苦根不能再留在山上，留在山上，四处望去，都是爸和米摆娘娘在雪地里静静站着的情境。苦根下了山，在湄水县城寻事做，米摆的奶水好，养了个身强力壮的苦根，一身硬邦邦的力气，是湄水县城做生意的人家争着抢着要的好劳力。到谁家干活儿，苦根就是谁家的人。

经过昨夜，照理说，苦根就是撑门立户、有家有室的男人了，这家里，除了可爱的花红，便是老铳。他是花红的爸，就是自己的爸，但苦根恨，他不能和老铳做亲人。

老铳真要走了，把花红交给自己，再也不回来。他这把风吹都要倒似的瘦老骨头，会扔在哪里呢？

苦根脑子白茫茫的，不知道该往哪里走。山上还有他的新娘子花红，可苦根怕见花红。

·八·

那队官兵出现在湄水的时间很巧，正是大火过后人们惊魂未定时，人们仿佛看见了，却又不能确定——苦根的失踪，是否与他们有关？

有人绘声绘色地指着前面说，就在那段城墙根下，官兵让苦根和几个湄水人帮忙支灶台煮饭。一个兵饿了，嫌苦根动作慢，举起枪托打在苦根屁股上，梆梆响，当官的说苦根的皮肉铁实，是个打仗的料。苦根煮完饭，就让队伍给抓走了。

另外一个人问是哪天的事情，他却说，就是大火烧之前嘛。

花红听得直摇头。讲述人说得越清晰，花红知道，结果越虚假。

倒是老铳，无论如何问，都没人知道他的行踪，哪怕是编的。

陈记米铺残墙边，临时搭起了一个简陋的窝棚。陈掌柜坐在窝棚前，正搓着一把烧过的米，糊的部分，化成粉末从他掌心里漏出来，在太阳的逆光里，粉末像一注焦黄色的小瀑布。他的安静和专注，让人觉得火灾根本不是件事儿。他两岁多的小女儿，因为他的从容，也丝毫不知伤心，正穿着橘黄色的棉布薄袄，在旁边玩耍，远远望去，一片焦黄乌黑中，跳跃飞舞着一只橘黄色的蝴蝶。

花红跑过去，问：陈掌柜，我爸呢？

不知为什么，花红觉得，就算湄水人全都不知道老铳的去向，陈掌柜绝对知道。

陈掌柜张开手心，吹了口气，又有些焦黄的粉末飞扬起来，最后留在手里的，是不足一小捧的碎白米粒。陈掌柜细致地把它放进布袋里，然后起身示意花红跟他走。

小菊听话，回外公家去。陈掌柜边走边回头冲小女儿说。小菊的外公是湄水县城布铺老板，火灾后，陈掌柜全家都搬到布铺后面的大宅院里去了，陈掌柜不去，说：男子汉大丈夫，不吃软饭，他凑合在棚里，等熬过这一季，新房子就起好了。

小菊一蹦一跳地踩过碎瓦，脚下咔嚓咔嚓响，脆脆的声音使她“咯咯咯”欢快地笑起来。

花红回头望了望花蝴蝶似的小菊，笑着挥了挥手，便跟着陈掌柜走向文庙。

红的墙、青的砖，宁静的院子东南角，一株高大的万年青开花了，细碎的白花藏在绿叶里，不动声色。一位先生正把一方洗得雪白的手帕铺晒在叶枝上。

这位先生，他知道老铳的行踪，明天他就要去重庆，老铳应该就在那里。陈掌柜的眉毛被大火烧没了，嘴角也起了泡，说话的神情，显得呆板。

那位先生转过头来，花红看了一怔，接着，突然笑了，说：哎呀，哪有男先生长得跟女先生一样好看的。这话一出，率真直爽的性情瞬间流露，像一江湄水，任意流淌。

这是费巩先生，你家里的那盏灯，便是他做的。陈掌柜说。

哦！花红尖叫起来，声音在空旷的文庙里显得异常巨大，倒把花红自己吓了一跳，赶紧压低下来，伸伸大拇指，又伸伸小拇指说：以前我们的灯，烟子那么粗，先生做的那盏灯，烟子只有这么粗。说罢，绕回原地，还问：先生，我爸去重庆干吗呢？

去救人的命，当菩萨。费巩笑道，故意逗花红，眉目温和，更是好看。

花红摇摇头说：你才像菩萨。我爸不是，我爸杀气腾腾的，春天的树叶见了他都打蔫。

陈掌柜大笑起来说：这个形容好！花红，世道乱，要不，你也去重庆吧，过一段时间，和我一起走，那边，缺你这样能吃苦的好姑娘。

那边是哪边？花红不懂，陈掌柜的意思里，那边好像不仅仅指重庆那个地方。

陈掌柜看了看费巩，两人相视一笑，默契如屋檐上同时滴落的两滴残雨。

我不去，你们怪得很。花红狐疑地退了一步，四周望望，像只谨慎的小野羊，我还要等苦根。先生你去了，叫我爸早点回来。

苦根怕是回不来了。陈掌柜徐徐说，被抓走的壮丁，逃不掉的，逃一个，毙一个，找回来的都是死尸。

什么壮丁？花红不知道世情，更不懂壮丁。

陈掌柜说：国民党的官兵，不去打日本人，天天打自己人、杀自己人，杀完了，又四处抓人当兵打仗，抓去的人，过的不是人的日子，要逃，逃一个他们杀一个，逃两个他们杀一双。

花红傻了，说：陈掌柜，你是我们的媒人，你怎么这样咒苦根呢？谁说他一定是被抓去当壮丁了？

他是被抓走了，河对岸那个艄公看见了。我没有咒他，我们要救他，要救所有像苦根这样被抓去当壮丁的人，也要救我们自己。你想救苦根，你就去那边，你是聪明的孩子，又懂枪，胆子又大，我们要你帮忙带点东西去那边——和你爸一样，你爸已经带过去一部分了，还有一些，得你帮忙。到了那边，我给你安排落脚的地方。陈掌柜一次次提到“那边”。

·九·

那边果然与大娄山的世界大不同。

尽管没有老铳的消息，但花红一天比一天激动，陈掌柜把她带进了一个她从未接触过的世界，这个世界的人们，用自己的命和血，换天下大同。老铳已经在路上了，而花红，刚上路，但她是一个天生嗅觉灵敏的猎人，黑夜的小巷、流弹、弥漫的硝烟、飞溅在丛林里的血……花红都能一一避过。她的眼睛在夜黑如墨的山城，闪着透亮的光芒，夜行过处，是铺天盖地的标语，黎明时分，太阳照在嘉陵江上，照在高低错落、岩壁深厚的山城重庆的额头上时，人们发现，重庆这座肌肤上四处充满着腐朽、血腥、恐怖气息的城市，正四处贴着治病的药方。

花红把眼睛藏在草帽下面，看着忙乱奔走的士兵，这些兵，有的肩膀斜，有的脚板细，没一个能比苦根耐看。如果苦根能一起和她在“这边”，多好！

费巩先生也在重庆，但是，不久，他就失去了消息。他的不见，在重庆引得一片哗然，在学生、大学教师、浙大校长、社会名流的口中，以及报童的叫卖声里，不时冒出“费巩”的字眼。花红这才知道，和善的费巩先生，竟然是个不得了的人物。这样一个不得了的人物，也会被人弄不见，的确可见世道的黑。

一段时日后，陈掌柜告诉花红：先生，已经完全失踪了。

在这乱世，失踪了，就是被杀害了。花红第一次泪眼汪汪，她呆呆地看着陈掌柜，面色青白，嘴唇颤抖。

革命总会有牺牲。花红，不要怕。陈掌柜取下眼镜，眼神阴冷，费巩先生的血债，我们要他们用数倍的血来偿还。

数日后，嘉陵江边的千厮门码头上出现几具被枪杀的尸体，正好在费巩先生行踪消失的地方。

花红路过千厮门码头，站在人群中发怔。一阵江风吹来，热浪扑面，离费巩先生失踪已经过去三个多月了，重庆的夏天，总是这样燥热难当。花红想起第一眼看到费巩先生时，他穿着一身浅蓝长衫，站在青翠欲滴的万年青树边，手持白色的手帕，帕下有星点白碎红花。回头一笑，竟是春回大地的温和。

可这一笑，从此再不能见，也许，只有远在大娄山老家木屋里的那盏灯，还能模糊映出他的面容。花红心头发痛，只是短短一面，怎会如此撕心裂肺地痛？爱已经刻进了骨头，这爱，不是相亲相爱的爱，是与灯光和希望，与未来和光明相关的爱。

只是，从此再不能见的笑容，又岂止费巩先生。苦根呢?

那晚，苦根说，以后，她是他的命。

苦根不知道，现在，对花红来说，他才是她的命。奔走在夜幕里时，游走在极度危险的枪尖下时，亢奋中的花红，总是想着前面有一张笑脸，那是她失而复得的新郎。

·十·

陈掌柜像雾，有时出现，有时消失，他消失的时候，花红就老老实实待在一个朝天门码头的茶馆里，烧茶倒水。他来茶馆喝完茶，花红便会抢着去收拾桌子，那碗底总放着“任务”。

这些任务越来越重，花红喜欢。花红是撵山长大的姑娘，只要手里有枪，她就想打“狼”，再凶险也不怕。

也有受伤和被追捕的时候，但花红总能机敏地化险为夷，江水里，她是一尾鱼，巷子里，她是一只猫。回到住所，昏暗的灯下，看着缠在伤口上的布条，花红总会想起米摆没绣完的裙子。花红想念四季清凉的大娄山，重庆的夏天太热，热得人要窒息。花红散乱着头发，嘟着嘴对镜子里的陈掌柜说：革命胜利我就回去，我要去找加叶，找姆妈，要她绣完我的花裙子！我还要去找苦根，找爸爸。

陈掌柜疼惜地梳着她的长发，这个年过半百的米铺掌柜，有铁一样的意志、狐狸一样的狡黠，也有母羊一样的温柔。他那常年在米粒间穿梭的手，带着米质的凉意和细腻，它们轻轻握起花红乌黑的长发，绾一个旋，轻轻盘在头顶，动作细致得足以让他自己都肝肠寸断。

老铳一直没出现，陈掌柜知道他为什么不出现，老铳都告诉他了。陈掌柜暗自心疼花红，这个根本不知道母亲死因的可怜姑娘，看她在血雨腥风里，多么勇敢轻盈，见过生离死别的脸上，眼睛依然清黑透亮。她一直不知道，她爱的三个人，每个人都是另一个人的仇人，恩怨像个连环扣，解不开，再过五百年，合成一家，照样也要被血淋淋地撕开的。偏偏中间有这样一个人儿，每个都是她爱着的，每个她都在毫不知情地等。

我爸爸到底在哪里？

你爸爸，现在和你干着同样的事。除了他的上级，没有人知道他在哪里。陈掌柜徐徐地说。

哦……那我得好好的，我好好的，爸爸也会好好的。失血使花红疲倦，有点想睡觉，花红低头看看伤口，喃喃地说。

要不，再找个人家。陈掌柜放下梳子，突儿地说起，茶馆隔壁的饼铺摊子包大齐，是我们自己人，他家里的去年死了。是个好人。

花红一动不动，身子硬得像块石头。

陈掌柜叹口气。拍拍花红的头说：睡吧，明天提茶壶，别使右手。回头出了门，左右张望后，走出去，迅速消失在山城浓厚的夜雾里。

八月，花红从石板巷深处走出来，走到朝天门码头，滔滔的江水浑黄凶险，花红脚下的路，开始沿江水一路延伸，走过一个又一个村庄，参加一次又一次或明或暗的战斗，散漫清秀的心，在炮火中变得谨慎坚强。枪，是花红为她生命中所见的最珍贵的男人——费巩先生复仇的火把，它燃烧着，势可燎原。可坚强的心深处，却有一枚细柔却尖锐的苍耳，刺痛着花红，那是苦根、是米摆、是老铳，是所有与大娄山的太阳一起落了又升起的思念，在漫漫的暗夜里浮起。

·十一·

枪声像炸雷轰鸣过头顶，肩膀一麻，眼前的天便黑下来，花红感觉自己变成了一只折翅的蝴蝶，跌落在铺着厚软干燥的松针的密林里。

醒来时，身下依旧软而温暖，不用看，花红也知道，那是上好的狐狸皮垫。头顶上是一顶洗得洁白的蚊帐，隔着蚊帐，却又是古怪嶙峋的岩石、暗的光线。花红寻思，原来自己躺在一个洞里，洞一般是穷人家住的地方，铺点草，支口灶，便是遮风避雨的家，可这洞却偏偏是富有人家的光景，花梨木的床、洁白的蚊帐、可换五升米的狐狸皮，还有隐隐的皂角水香、花粉香。

肩膀像是泡在辣椒水里，火辣辣地痛。昏倒前最后的记忆浮上来，花红想起了树丛里那个黑森森的枪眼。

自己是被土匪擒了？还是让谁给救了？花红困惑地坐起来，忍着痛，光脚站在铺满金黄色亮藤草的地上。正要挪步，一个酸溜溜、火烈烈的女人声音清亮泼辣地传过来。

别动！血刚止住，再流，有人要去撞岩。

花红朝声音处望去，幽暗的岩洞深处，一个穿着土家族黑衣的女人正从洞壁的一块石头上站起来，皮肤却惊人的白。花红哑然笑了，说：原来是这位阿姐救了我。阿姐皮肤真白，像小鲫鱼肚。

我才不稀罕救你！救你的人是害你的人，关我屁事。小鲫鱼，哼，都说小鲫鱼，真是恩爱得很。

女人的声音，一直像打碎的醋缸，泛得山洞里到处都是浓浓的酸气。她的湘西话，花红都听得懂，却听不明白意思。谁也说小鲫鱼了？谁害了自己，又救了自己？

阿姐。花红没心思去细想，摸摸耳朵，竹制的细筒耳环还在，里面的蜡条里装着花红都不能看的情报，花红得在明天天黑之前，送到另一个人手里。

阿姐，谢谢你救了我。花红忍痛走出山洞，回头看了看跟在她背后的土家族女人，说，恩情来日再报，我得走了。刚说完，却怔住了。

走出山洞，阳光白晃晃地泻在林子里，花红看清了眼前这个女人，她懒散地靠在洞口，侧着头，充满敌意地盯着花红，她长得很美，细长的眉毛、细长的眼睛、洁白的脸庞、乌黑的长发，乍一看，居然很像自己！花红惊喜地叫起来：啊呀！阿姐，吓我一跳，你怎么这么像我呢？

凭什么是我长得像你？是你长得像我！黑衣女人冷冰冰地答。

花红讪讪地笑，这些年，古怪的人，花红见得多了，也不怪。只问：阿姐，哪儿是下山的路？

这是匪子窝，往哪儿下去都有哨子，你走不了。女人阴沉着脸，瞟了瞟花红，又瞟了一眼半山腰，那里，正急匆匆奔上来一个人影。

还有一条暗道，我带你走。女人突然换了语气，急促热情地拉起花红受伤的手，痛得花红“哎哟”一声，她赶紧放下，蹿进洞里，像一只黑色的蝙蝠沉入黑夜：快跟我来！

拐了不少弯，花红眼前出现一道湍急的暗河。

你顺着这儿游出去，两百米远，就有一道三米高的水崖，你顺水冲下去，就是小湘河，沿河走五里路，就是县城，那里没匪，太平。

女人站在暗河上说。

花红正要说谢谢，却听到洞外面传来一个男人的声音：花红，花红你在哪儿？

花红一愣，这是湘西啊，又是匪窝，怎么会有人在这里唤出花红的名字？

哎。土家族女人慌乱地答着，对花红说，我当家的在叫我呢。火把映在她脸上，花红看出了她在说谎。不对，是在叫我。花红狐疑地盯着土家族女人，谨慎地握起一块身后洞壁上的石头问：你是谁？叫我的人是谁？他怎么知道我的名字？

花红在问土家族女人时，也在问自己，这声音似乎很熟悉，却因这洞的深和长，绕出些模糊不清的杂音和混响，答案仿佛就在花红面前飘，花红却抓不住它。

土家族女人把火把往花红眼前一晃，花红不由得闭了眼，就这一秒的工夫，花红被她推进了暗河里。

水凉得刺骨，湍急，四处都是滑溜溜的钟乳石壁，抓也抓不牢，花红手臂来不了劲，像只失了桨的小船，瞬间被冲出老远。

一口冰凉的水打入花红鼻腔，酸胀得花红眼泪都流了出来，突然，花红想起来了。那个声音，是苦根！

那个土家族女人是苦根的女人吗？苦根和匪窝又是什么关系？洞里的香和整洁，全是那个漂亮的土家族女人替苦根拾掇的？

幽暗的河道里，被冲得浮浮沉沉的花红一头乱麻，突然一道刺眼的阳光袭来，花红感觉自己飘起来了，然后，突然跌下，摔在一口潭里。

土家族女人没骗花红。

花红爬上岸，顾不上挤干衣裳，急忙取下竹筒耳环看，还好，蜡条好好的。

一个声音从高高的崖顶传下来。

花红！回来！我是苦根！

……

一直坚韧似铁的心，突然间被撞开一个口子，流出血来，这血带着酸苦和心伤，带着想念和痛苦。那个四处充满着皂角水香、神秘而温暖的山洞，那个连床下都铺满了干燥的金黄色亮藤草的山洞，是细心贤惠的土家族女人给苦根最美、最安稳的家……一个土匪的家。

回不来了……

花红默默仰起头。

太阳太烈，山太高，花红看不清那个人的脸，她的苦根，脸很黑、很亮堂。可那个人的脸，是灰的、暗的，已不是她数年前的新郎。

土家族女人是苦根的谁？

·十二·

又是一觉醒来，枪声不远不近，像数年前一样，稀稀拉拉地从湄水县城传上山来。花红睁开眼，看见的，又是大娄山的雾了。大娄山高，它的雾，与重庆的雾不同，重庆的雾是涩的、闷的、湿的、重的、窒息的，大娄山的雾是香的、轻的、薄的、灵动的。

阔别多年的大娄山，阔别多年的雾啊！蹲在木屋前不知不觉打了个盹的花红懒散地笑了。伸出手，在空中挽了挽，那雾看似近，却远着，挽不到一丝一缕。倒把怀里的布包掉落到地上。

花红拿起布包，那里面装着米摆没绣完的布裙子——花红的嫁裙。

跟随部队一路打回湄水县城的花红，进了县城的第一件事就是回家，她得找到她的布裙子，绣上彩纹，等苦根回来，问他，土家族女人是他的谁？这问题在花红心里搁了好几年，天天像虫子在吃着她的心——若不是他的谁，花红就要穿上布裙子，再嫁一次，然后天天让心里那条虫子去咬苦根，一口一口，咬得他麻痒麻痒……想着，花红脸红了。

下了山，已是傍晚，晚霞照在湄水河面，闪着刺目的金光。花红走进教堂，宽大的教堂是部队的营房，小战士们坐不住，才不过半天工夫，已在墙上写满了标语，大大的惊叹号像一枚枚子弹。看见花红进来，可爱热情地行军礼，叫漂亮姐姐指导员好。

花红挠挠头，不好意思地笑。再陈旧的军装，也挡不住花红的美。战士们喜欢叫她漂亮姐姐，最近几天，又在后面加了“指导员”三个字，真是好听啊，漂亮姐姐，多么动听，指导员，多么英勇。两个称呼加在一起，花红听着，偷偷开心。

陈掌柜正坐在教堂正中的桌子前看什么东西。花红走到他面前，举了举布包，开心地说：搁了五年，幸好还在……等苦根回来，你得再当一次主婚人，上次不算，你家里的一把火，把我的新郎都抢走了。

陈掌柜那副断腿的黑框眼镜在昨天终于换新的了，他推推眼镜笑，说：都是当部队领导的人了，还那么没出息，老想嫁人。

花红说：我才不是什么部队领导呢，我是猎户老铳的女儿，大娄山的野羊儿。革命胜利我就要回家，再说，领导也要成家的，不信瞧瞧，你不出两年，也要再给我找婶婶娘。

话刚说完，花红面色一变，眼圈红了，低下头不再说话——这话说得太随意了，就在他们到湄水前两天，陈掌柜留在湄水县城的老婆儿女，全被赶到湄水河边，脖子上套了石头，投进了河里。

这母子四人，只需再等两天，就会看到红旗飘扬，看到陈掌柜骑着黑马，率领部队不攻自入湄水县城。看到雄赳赳的部队官兵，冲着陈掌柜叫陈县长。

上午，人们才从河里打捞起他们的遗体，他那年仅七岁的女儿小菊，紧紧闭着的眼睫毛又黑又长，水草贴着她细巧精致的额头，脸惨白着，却美得惊人。

花红的记忆里，还留着她在碎瓦残砖上一跳一蹦，蝶儿一样的身影，和她咯咯的笑声，那声音和那橘黄色的身影从遥远的记忆里浮起来，映在这张惨白的脸上，如此的委屈。

河滩上静静站着数百人，陈县长缓缓走过去，跪在地上，扑在她小小的身子上，没有哽咽声，只有肩膀在微微耸动，像是要把那一动不动的小身子摇醒过来。

痛是子弹打透的伤口，不能碰，得捂着。陈县长绕不过去，哽住了，花红也绕不过去，眨眨眼，泪水滴在布鞋上。

一个战士赤脚跑进来，踩翻了写标语的战士脚边的油彩桶。教堂里响起哐当当的声音，这声音压住了所有教堂里的杂乱声响。赤脚战士的脸上挂着彩，直奔花红面前，气喘吁吁地说：指导员，坏了！我们的队伍在县城北面剿了一群匪，可头子带着个女的朝大娄山跑了。那混蛋，枪法太准，我们近不了他的身，得请指导员去。

比花红枪法好的，在部队里找不到第二个。

陈县长看了看花红，眼里浮着泪光，宠爱地笑笑，说：去吧，死的也行，捉活的更好。等你的胜仗一打完，说不定苦根就回来了，到时候，我再主一次婚，好好把你嫁出去。

花红一把抹去脸上的泪痕，把布包往陈县长怀里一塞，转身便往外冲。

·十三·

对面林子里，黑脸膛的那个匪兵枪法果然准得厉害。花红刚从蕨丛里冒出个头，头顶上便嗖地窜过一颗子弹，一股糊臭从帽子上传来，花红潜回蕨丛里，轻轻取下帽子，拍去火星。突然，花红脑子里闪过一个念头，无声地笑起来，拾起脚下一根潮湿的木棍，递给旁边的赤脚小战士，把帽子放在木棍上，朝远处扬了扬下巴。小战士眼睛一亮，咧嘴笑，贴地爬进侧边的过山沟里，故意轻微地搅出水声，然后用棍子把帽子缓缓举起，露在草丛外。

两声枪响几乎是同一时间响起——一声枪响，把小战士手里的帽子打飞到一棵泡桐树下；另一声枪响，打中了林子里的黑脸匪兵的手腕，匪兵一声闷哼，转身便往林子深处跑。

花红举着枪便开始追。

绕过一片红豆杉林，跃过一条条山洪冲刷形成的黄泥巴沟壑，再跳过两道石堡坎，花红的心越来越慌乱，脚下的路对花红来说是如此熟悉。而每一个拐弯和起伏不平的山道，对前面逃窜的那个人影来说仿佛是闭着眼在自家的院子里奔跑。他起跳或侧身的动作，完全与环境严丝合缝。

一个模糊的、可怕的预感冷冰冰地从花红脚底升起来。

拐过一条涧沟，眼前是一道天然的小瀑布，从大娄山腰白花花、雾腾腾地冲下来，那人影敏捷地游进水潭，消失在瀑布后面。

心，一瞬间就停止了跳动。

花红怔怔地站在水边，泪浮起来，眼前的景象模糊不清了。

跟在花红背后的小战士一个狗刨式钻进潭里，往瀑布后面追。

花红却缓缓走向瀑布的左侧，静静地坐在一蓬野刺梨枝下。正是花期，粉红的刺梨花一朵朵沿着月牙儿般弯曲的枝条盛开着，浓香扑鼻。花丛旁边，是一处黑森森的岩腔。花红盯着岩腔，握枪的手剧烈地颤抖。

一颗光光的头冒出岩腔来，无声而狡黠。

花红紧紧捂着嘴，泪水哗啦啦地往下淌，盯着那渐渐抬起的头和显出的面容。

两双眼睛，在纷乱、惊惧而心寒的幸福中仓促相遇。

岩腔里冒出来的那双眼睛，又深又黑，像柿子——谁养的娃儿像谁，这是柿子的儿子——苦根的眼睛啊！

果然是你？花红的声音虚弱得像两片受伤的蜻蜓翅膀。

苦根钻出来，瞪着眼，上上下下打量着花红的一身戎装，惊诧得答不出话来。

果然是你？花红重复着，扑上去，一手去擦拭苦根脸上的野茅草，一手去握苦根鲜血淋漓的手：痛不痛？

苦根傻傻地任凭花红抚摸，像是哑了。

那天救完火，你跑到哪儿去了？害我等到天亮……你不是在湘西吗？在那里当匪吗？怎么回来的？千行当、万行当，你怎么偏偏要当匪？花红急促地问着，眼里一半淌着泪，一半喷着火。

路过湄水的官兵……苦根缓过神来，咽了咽口水说：抓我去烧水煮饭，扛枪喂马……我惦记着你，怕你等。逃了十三次，被打伤过腿，打到吐血，耳朵也被他们割掉了半个。你看！苦根侧过头。

那干瘦的脖子上，没有耳朵，只有一道淡白的疤痕。花红紧紧抱住苦根。

后来呢？

后来，在长江边上，召了十来个兄弟，逃脱了，一路饿得没饭吃，就抢，见谁的抢谁的。抢着抢着，就抢成了一帮。在湖南立了山头，这半年，一路抢着，翻山越岭过河，想回大娄山，刚进岭，就让你们发现了，冲着我们猛打，打得我们十七个人逃的逃、死的死。

那个……女人呢？花红迟疑了，怯怯地问。

苦根望了望花红，突然像孩子般调皮地笑起来，眼睛像星子闪着温静的光，他缓缓地摇头，再摇头。

哦！你……花红狠狠咬了一口苦根的肩膀说，那……你杀过人没有？

苦根龇着牙，挺着腰，眼神暗下来：要活命，要回来，要见你，当然杀过人……

花红背上发麻，缓缓抬起头，从苦根怀里退出来。

苦根正要说什么，花红背后的树丛里却冒出几颗脑袋。

指导员！头发湿淋淋的小战士大声叫着冲过来，挡在苦根和花红中间说，那个女的像泥鳅一样狡猾，跑掉了。

其他战士扑上来，把苦根五花大绑。

指导员，请指示。一个细鼻梁的战士绑好苦根，朝苦根的肚子就是一脚，呸了口痰，转身向花红敬了个礼，问。

花红把脸别到一边，声音沙哑，像发自幽深的洞穴：回县，关牢里。

苦根痛苦地弯着腰，眼里温和的光芒变成像洞旁的蕨草一样幽绿，那光，与爱与恨与惊讶与希望都有莫大关系，是错综复杂的绿。

· 十四 ·

一盏油灯，亮到天明。

只一夜，陈县长的眼窝便深深凹了下去。花红静静地坐在灯前，一更天、二更天，不知不觉间，她那梅枝一样秀气而挺拔的腰和肩软了，软成一团松垮垮、枯黄黄的野棉花，变化仿佛与时间一起发生着，却又看不出过程。

公判会，你不要参加。陈县长艰难地说出话来，喉咙沙沙响。稀薄的晨光从纸糊的窗透进屋来，惨白惨白的。

花红点点头，迟滞地抬起眼，虚弱地说：可是，五年前的婚才结到一半，总得补完仪式。

陈县长取下眼镜，拿布擦镜片，一擦就是老半天。最后说：这不行，你是部队领导，他是匪。

我不管，你不还我个爸，总得还我个男人。花红恨恨地说，你答应过的，找到了苦根，你要重新主持婚礼。

说完，花红站起身来，一把推开窗户，晨雾伴着阳光和清寒的空气扑面而来，是白的、透明的、清亮的、凄冷的。

我这就去给他买衣服，你赶紧安排好，不然，明天我在公判会上和他结婚！

花红迈出门，硬邦邦扔下这么一句。

·十五·

红烛把苦根的眼睛烧成了血色。装着喜衣的盘子被苦根摔到了地上，哐当当直响，苦根瞪眼冲着花红破口大骂：谁要娶你了？啊？谁说要娶你？老子在湘西阴差阳错打了你一枪，让秀秀照顾你一宿，昨天你阴差阳错还我一枪，让人给我上了药。我们两清了！

那个土家族女人，原来叫秀秀。

苦根扭身抖落衣裳，转身指着陈县长说：掌柜的，你把她给我揪出去！

你说过，以后，我是你的命。花红蹲下身，拾起喜衣，静静地说，这话你说了，却不算数。

这年头，谁能做谁的命？你爸爸老铳做了米摆婶娘的命，倒要了米摆婶娘的命，我是匪，我拿啥子做你的命？苦根大声笑起来，通宵未眠后的笑声喑哑，像面破纹旧锣。

我爸爸要了姆妈的命？我爸爸在哪里？你在说什么？

花红瞪大眼，呆呆地望着苦根。

我哪儿知道他在哪里……我是匪，他是给红军做事的人，好多年前，我知道他去了重庆。陈掌柜知道的。苦根仿佛咆哮累了，靠着柱子坐在地上，花红，你问我杀过人没有，我杀过。那年，我随着部队，也去了重庆，他们让我们在千厮门码头劫一个人——那个给湄水人改灯的菩萨先生，你怕是不知道他吧？陈掌柜知道……那天雾大得很，重庆的雾一向很厚，我没看清他是谁，他们让我们去把他绑了，我们就绑了，绑完，我才看清是他。花红，费巩先生等于就是我杀的。

陈县长的拳头，闷闷地落到桌上。

恨吧。苦根站起身，突然吼起来，恨吧！这些年，我们兄弟四十几个，枪林弹雨，丢了二十多条命，才换来几麻袋钱，好不容易赶回湄水，你们却突然冒出来，换天了、换旗了、换世道了，要给穷人分宅子、分田地、分粮食。你们早干啥子去了？你们早这样，我就不会被拉去当壮丁，我也不会窜到山上去当匪！现在，我的弟兄们，死的白死了，活着的也没意思，你们铺天盖地围剿，见一个抓一个，抓一个公判一个。我没活路了，你现在是解放军，还是指导员了，过几天你们就要崩了我，我还和你成个屁亲！

花红拿着衣服，杵在屋里，一双眼瞪得大大的。

苦根说得太快，话里的好多意思花红没听明白，但有一件事她听明白了，那个她爱的、视若神灵的、双眼含笑的、眉目清秀的先生，是苦根害的。她曾经想过，若她是浙大的女学生多好，就可以跟在他背后，替他端茶送水，替他洗手帕。这个人，比天上的神仙还好，他的笑，和姆妈米摆倒是十分相似，弯着唇，微微的，像嘴里抿着蜜，不肯大笑，却比大笑甜上百倍。

在湘西被撕裂的那道深深的伤口再次被撕开。这些年，鞋走烂了一双又一双，蹚过了这条江，又蹚过那条河，雪盖了膝盖，钻心的冷。在荒原里，饿睡了，又饿醒过来。炮火里，短发在刀尖枪口下飞舞，一年年，懵懂晶莹的眼神从小鸟儿似的轻灵变成像沉静的雁儿一样……可还是会在溪前洗脸时，一次次想起米摆，想起苦根，想起五年前的新郎。溪水流淌着，像思念和孤单，割不断。

如今他来了，却这样和她说话。他还是他，她也还是她，却回不到从前。花红觉得腿发软，站不稳，无助地靠在陈县长怀里。

这刀锋般瘦削的肩膀，此刻比大娄山还厚、还沉、还稳。

你当时若是跟老铳走，就不会变成这样。陈县长扶着神思恍惚的花红想，该死的苦根，他把姑娘最后的念想都砸碎了。这一恨，看苦根的眼神便狠了，他厉声训斥着苦根。

我跟他走？我怎么跟他走？陈掌柜你当他是好人？他是杀我米摆娘娘、害死我爸的人！我怎么可能跟他走？他强占了米摆娘娘，还见不得米摆娘娘和我爸好，他手上也有人命！苦根脖子上的青筋凸起来，像露出地面的老树的根。

来不及阻止，真相已经如洪水决堤，轰鸣咆哮而来。陈县长迅速揪住猛冲向苦根的花红，一把把花红推出门来。那双枯瘦的手，前两天才抚摸过死去的小女儿美丽苍白的脸庞，现在，它紧紧揪着花红的手腕，不肯放。苦根的话，比汹涌的嘉陵江更凶猛，这个浪头太大，就算花红这些年在大风大浪、暗礁旋涡里历练出通天闹海的本领，也降不住这浪。

花红尖叫着，拼命要往屋里冲，陈县长紧紧揪住她，大骂：你瞎了眼了，他不是苦根！他是只吃人的狼。

花红弯下腰，一嘴咬在陈县长的手臂上，几乎要咬下肉来。陈县长低吼了一声，却不松手。花红犟着，也不松口。

最后，一丝淡淡的咸味惊醒了疯狂中的花红。花红停止下来，身子像泡软的一片叶子，松垮垮地缩到地上，她蹲着，双手紧紧抱膝，缓缓抬起头，眼泪汪汪地看着陈县长。

陈掌柜，他说的不是真的！我姆妈米摆是去加叶了，我爸爸怎么可能杀她？爸爸疼姆妈，巴不得把心都掏出来煮给她吃。是不是？你说是不是？

花红。陈县长也蹲下来，拍着花红的肩膀，柔声说，花红，别想了，那么多危险都过来了，现在天下太平，你不光是花红，你还是指导员，你要坚强。

花红喃喃地说着什么，陈县长听不清楚，只见着一个满脸泪痕的花红。那张原本神采奕奕的脸，早上从大娄山上跑进文庙时还神采奕奕的脸，已经全部退缩进一片暗黑色里，她的眼睛和她的额头，都是冷的、灰的。

苦根静静地靠在墙上，看着屋外泻入的阳光，无声地笑。哭吧，花红，哭我、恨我，总比和我成亲好，自古官匪不一家，中间隔着山、隔着海，花红你不能过来，我也过不去了。

·十六·

公判会现场，设在湄水河的河滩上，那里宽敞、省事。浪头一涌，血便随水而去，落得个干净。

陈县长没敢让花红去，大清早，自己带队到了河滩。

一声枪响，让恶贯满盈的人去地狱，让穷人、受苦人拍手称快，让费巩先生含笑九泉。道理和世道本该是这样。

陈县长眼前却浮起那个在一片灰烬中捧着盒子走到他面前的苦根，他头发焦黄，全身都是炭灰，眼睛透亮，聪明狡黠地冲着他要花边。

嘴巴像被糊上了一层厚厚的面糊，怎么也张不开。河滩数千民众，从窃窃私语变成了重重声浪，闹哄哄，闷雷一样滚过河滩。有人认出了苦根，那不满的声浪里便增添了许多惊讶、愤怒的尖叫。烈日下，河滩闷热难当，何家的小孙儿已经开始不耐烦地在他姆妈怀里大声哭泣起来，他姆妈也在大声哭，前天围剿苦根时被苦根打死了的守哨人，便是何家唯一的儿子何二黑黑。何老汉站在人群里，泪流满面地大骂：苦根你个狗日的，湄水人你也下得了手！你是湄水人这家一口汤、那家一口粮喂大的！你还吃过我的油条呢！

苦根跪在河滩的小石头上，膝盖已经出了血，干裂的唇动了动，却又闭上，头虚弱地抬了抬，愣愣地望着湄水人。在一瞬间里，有绝望悲怆的光，如雹子一样砸向人群，似垂死的暴兽的眼神，看着苦根的人群声音低下去，喃喃地说着什么。

这匪，曾经是湄水县城里最勤劳的孤儿，他撑船、扛包、跑盐帮。再累，他每天也要洗衣裳，那千疮百孔的破衣裳，让他洗得白白的，奇异地透着汗臭和皂角香。他洗自己的衣服，也帮别人洗衣服，在湄水县城里，谁都能叫住他，让他帮忙干点换瓦挑水的活儿，像唤自家的儿子。

人们实在不知道是该对苦根扔石头、菜帮子好，还是给他一碗酒，让他走得痛快些好。

陈县长也不知道。

正在这时，人群裂开了一条缝，一个衣裳黑得像夜色一样深浓的女人，持着花红，像把诡异的剪刀，剪开厚厚的人群，走进河滩中间小小的圆里，走向圆心，那是跪在正中的苦根。

闹哄哄的河滩，瞬间安静下来，人们忽然预感到，又一场生离死别将发生，因苦根、因这个诡异的黑衣女人。巨大的惊诧、恐惧和担忧如悬石般悬在人们头顶，谁都不敢吭声，生怕一声咳嗽，也会把石头给震下来。

放了他，我就放了她！不然，大家一起死。黑衣女人冷冷地说话，特别的口音，分明不是来自湄水本地。

秀秀？陈县长突然明白了，这个女人正是前天抓捕苦根时漏掉的女人，正是苦根嘴里所说的秀秀，湘西女人。

秀秀凄厉地瞪了陈县长一眼说：放了他！

陈县长平静地望着秀秀说：不可能。

秀秀突然朝着陈县长的脚下就是一枪，打得碎石飞裂，有一块擦过苦根的脸，一缕血丝缓缓渗出来，秀秀“啊”了一声，身子却纹丝不动。看得出来，这个女人也是个厉害角色。

陈县长面色不变地说：革命这些年，大家的命都是捡来的，你杀了这河滩上任何一个人，你都跑不掉。

狗养的才想跑，不放他，大家都死在这河滩上。女人骂完，转头望向苦根时，眼神柔软得像丝绸。

你打得死几个？陈县长浅笑着，气宇轩昂，风吹动他的短发，像从容生长的草丛。他的笑容分明是善意的，言语却是挑衅的，枪里装得了几颗子弹？你已经浪费了一颗。

秀秀更挑衅地看着陈县长，轻蔑地说：我只要三颗子弹就行，她、我、他。

说着，一手狠狠地掐紧花红的脖子，花红皱了皱眉，没吭声，脸却涨得通红。

苦根突然说话了，冲着秀秀骂：你滚！

滚不了，滚得了早滚了。谁愿陪着一块石头？一块冷暖都分不清的石头。秀秀干脆利落地说，不如今天来个了断。

放了她。苦根痛苦地吼，放了她！

有人在人群里忍不住了，冲苦根叫起来：对，苦根，快叫她放了花红，花红是你娘娘啊！

那年，苦根失踪后，花红穿着大红的喜娘娘衣衫，寻遍了湄水县城，小粽粑目瞪口呆地看着映山红一样漂亮夺目的花红，咬牙切齿地站在桥上，破口大骂，骂了些啥，没人记得，倒是让人人都知道了，花红做了盐铺长工苦根的新娘娘。

这一叫，河滩又乱了。秀秀愤怒四顾，朝天放了一枪，风仿佛是装在天空某个篓子里，被这一枪给打漏，猛然刮来一阵风，吹散了秀秀的黑布头巾，一头乌黑油高的长发瀑布般泻在她背后，惊人的美丽。

她不是，我才是他堂客。秀秀的长发在风里搅成一团。

你是我屁堂客！苦根蹒跚着站起来，沉沉走向秀秀和花红，她不是我娘娘，我们没进洞房。你也不是我堂客，我没跟你好过！你们都给我滚！

哦？这样啊……大风突然停止了，秀秀乌黑的长发把她的脸衬托得更白，白得像雪、像冰、像纸。哦……一直像头母豹子的秀秀眼神渐渐迷茫了，黑亮的目光变得灰暗，她迟钝地望着苦根，喃喃说，哦。

握着枪的手，却比她脑子清晰，毫不犹豫地缓缓扣动扳机，对准花红的额头。

放人！陈县长乍地发出命令。瘦得像柳条一样的人，此刻的声音大得像雷。

啊？河滩上的人都齐齐把头转向陈县长。

放人！陈县长打雷似的，又吼了一声。

不行！这次，是花红在吼。她指着河滩上怔怔地看着陈县长、沾泥带泪的何老汉，说，拿什么还人家何二黑黑的命？

放人！陈县长再次吼，额头的青筋像树根爆出泥土。吼完，径自转身，拨拉开密密的人群，头也不回地离开了河滩。

河滩上传来一声枪响，接着是苦根狂喊着花红的名字的声音，它们像利箭似的嗖嗖射来，正中陈县长的后背，穿透，直刺心脏。陈县长的一条腿，已经迈上了湄水桥，另一条腿却停滞住了，不能动弹。

又有两声枪响传来。干脆、利落。

指导员抢了枪，打自己。那个匪又抢枪，打女匪，再打自己。小战士报告着，血红的眼眶里噙满泪。

陈县长知道，花红从别人手里抢枪的功夫，和她打枪的功夫一样好，秀秀再厉害，到底还是让花红抢了枪。秀秀刚刚说过，只需要三颗子弹，花红的、苦根的、她的。

傻花红听进去了。

花红抢枪，不打秀秀，却打自己。好花红，傻花红，她是拿自己的命换苦根的死，拿苦根的死，换她一直拿命在追寻的公道和正义。

可是，花红还没穿上她的花布裙子。

·十七·

半年后，湄水县城迎来了第一场雪，白茫茫铺了一地，天白了、地白了，冰封了河面，河也白了，大地干净得让人想哭。人们三三两两站在屋前桥边，安静地看着漫天飞舞的雪花。

快过年了，世道说变就变，没有流匪来抢年货，也没有散兵来敲竹杠，这湄水县城，静得都让人不适应了。傍晚，从湄水桥望出去，河滩已经白得连到了天上去，桥侧的一座坟前，打更的瘸腿老人蹲在那里，呜呜地哭着说：老喘啊，你要是多活一年，就看到太平了。

一个白发胜雪的老人和陈县长默默地走过湄水桥，陈县长手里捧着一条鲜艳的花裙，美丽的花裙把老人的白发映衬得直逼人眼，惊得桥头何记油条铺家的小孙子虎虎地叫：雪头发！雪头发！快来看雪头发。

何老汉缓缓地从炉火前站起身来，踢开脚下的炭桶，慢慢走出门来。

桥面上只见两双脚印，从桥头一直延到河滩，雪太厚，看不了多远，脚印就不见了。远远的，两个人影细小得像两只觅食的寒雀，黑黑的、小小的。

那片河滩，何老汉记得，深秋的时候，陈县长曾经带着人，在肥沃的滩头地上，栽下了成片的映山红。何老汉劝过陈县长，说映山红栽在这里有什么用，孩子天天在滩上玩，花来不及开，就给折没了。

陈县长说，让他们折吧，只要他们高兴。孩子高兴了，大家就高兴。

这时节，映山红埋在雪里，正是好兆头，明年开春，一定艳成一片，可是，这时节，去看映山红干吗呢？花没开，叶没长。何老汉迟疑地搂过在雪里疯闹的孙儿，大半年时间不到，孙儿长结实了，小膀子铁铁的，眉眼间，像极了何二黑黑。

何老汉鼻子一酸，回身望望河滩，弯腰抱起孙儿进了屋。

河风刮过来，把地上的雪卷到天上，把天上的雪吹落到地上，天渐渐灰黑，已经有人家点亮了灯，橘黄色的灯光把灰蒙蒙的湄水县城点亮了，那是“费巩灯”……

霜晨月

原载《芳草》2010 年第 1 期

· 一 ·

我晓得，毛小顺提出修路的想法背后还有一个想法。他是想把我没能干成的事干成，显显能耐。

数完一九数二九，把太阳数冷了，像块搁凉了的红薯烙粑，静静地悬在蒙摆山顶那棵大柏树树梢，没有丝毫温度，完全是做做样子。

冬天是个好时节，地要歇息了，锄头也要静下来喘口气。

可这时节让庄三伯挠心。

庄三伯六十一了，在蒙摆县，找不出一个比他更老的村官。莺闹村每年都是他家杀第一头过年猪，然后，在他家吃第一席刨锅汤，这是雷打不动的规矩。尽管年年贴上一百多斤猪肉、百十斤高粱酒，但庄三伯乐意。

但今年冬至，莺闹第一席开汤的，是新村官毛小顺家的刨锅汤。

毛小顺在开席的时候，端着酒碗冲莺闹人说要从莺闹修一条路出山去。毛小顺的话一出口，庄三伯端酒碗的手冷不丁哆嗦了一下，酒洒了满怀。

喝了酒，庄三伯拖着一把沉甸甸的老骨头顺着莺闹渠往蒙摆山上走，山路上的碎土冻成细碎的冰碴，一踩一吱嘎。这声音合着冷清的鸟叫声，与莺闹渠细微的水流声一并钻进庄三伯耳朵里，庄三伯听得走了神，手背不小心擦到路边的红籽丛，扎进一根红籽刺，生痛。

站在蒙摆山顶，可以看到寨子小路垭口上的野木瓜树丛，正是野木瓜花开得正艳的时候，远远看去，像一簇火苗，想用燃烧的温度去焐暖冬天。

·二·

总是冬天。

莺闹的每一件大事，仿佛都要搁在冬天。

记得修莺闹渠的那年冬天也这么厚实绵长。那时候，我还不叫庄三伯，莺闹人叫我庄三。

那一年，男人们早早歇了地、放了锄，一夜夜围在炭火堆边神鬼仙妖地聊，直到搜肠刮肚也找不到能聊的了，冬天却始终摆出一副刚开头的架势，没个休止。

庄三缓缓站起来，提起灶膛上的土茶罐，把最后垫底的半碗茶水仔细匀到十来个茶碗里，然后说："闲着也是闲着，干脆，打渠去？"

莺闹这片干烧地，年成好坏由不得人，只有遇到雨水好，年成才好。山那面的人家说水便是水，翻过山梁到了莺闹，水便叫作"银子"，村里唯一那口井，每天出的水只够一家挑两桶。几十户人家，挑水的时间是固定的。人急，井不急。到早了，得等；迟了，料不准让谁家偷走了。莺闹人到哪家借"银子"，便是借水。打渠引水不是没想过，可那不是件容易的事，六里多远的地，还过山过岩的！

"总比成天这样锈着胳膊腿儿强，是不？"庄三不看人，眼睛盯着手里半碗茶水。

"总比。"水少，唾沫也省着用。莺闹人答话总就着半截。

要修渠的消息传开来，莺闹的女人们欢喜得炸开锅来，成天吊着男人的膀子急巴巴地问："哪天开始修？"

莺闹的女人盼水。都说女人是水做的，没水，女人也不像女人了。缺水的莺闹让小媳妇们一个个干巴拉瘦、干巴拉灰。水太金贵，逢好日子做酒席要讨水，叫"讨喜银"。莺闹的女子，只有出嫁那一夜才有幸在家里洗个囫囵澡。出嫁之前的三天，家里选出皮肤最细滑的姨当银娘子。银娘子早早三天便守在井旁，从每家的桶里均出一瓢"喜银"，回来倒进水缸里存着。等到女子出嫁前夜，娘家人才用它烧满满一大锅水，然后关上门让女子进去慢梳细洗。这趟澡把女子洗得晶莹剔透，浑身披满亮晶晶的“银子”。出嫁以后的日子，洗澡便不叫洗澡了——半盆水应付着拿毛巾蘸蘸擦擦，叫“过水”。这让莺闹的夜晚多多少少有点尴尬——那来自白天劳作后的体味，在夜晚幸福的蒸腾下变得异常浓烈。男人们无所谓，可小媳妇们在意！小媳妇们一在意，小日子过得便有点疙疙瘩瘩的。莺闹人修渠，除了盼土地里的庄稼有水喝，也是盼着让小媳妇们能每天舒舒服服过一回水！让自家的夜晚过得更舒畅呐！

开始修渠后，霜月看庄三的目光里便有了看神一样的敬仰，这让庄三很受用。夜里，霜月在东厢给儿子掖好被子后，回到西厢来时，总是先自个儿钻进被子里去暖被窝。庄三笑她傻：“天天出大汗，哪里还用得着你来暖被窝？”“就要！”霜月缩在被窝里，探出个脑袋，昂着脸说，“汗水又暖不了肠了心肝。时间长了，寒气入了骨头，医都医不好，你晓得哪样！”

庄三只好由着她，霜月天生长了张婴儿脸，露个脑袋在红牡丹花棉被外面，像一团红花簇拥着一朵粉白花。看着这一大堆花，庄三觉得日子就是一朵朵盛开的花儿，天天在开，天天在笑。

但被窝总是等庄三钻进去后才会迅速地温热起来，庄三嘿嘿坏笑，低声说：“你看，你不白冷半天吗？”

霜月扑哧一笑，用脑袋去拱庄三的下巴，然后拉过庄三的手，放在自己丰满的小腹上。

·三·

野木瓜树又开花了，这花好啊，开了几十年，还是这样红得逼人眼，太阳也红呐，可也红不过它！也好，霜月喜欢红色。

说起太阳，没有哪年的太阳比那年“毒”。渠就快通了，可地里刚种下的玉米蔫巴着叶芽儿，等不及了呢！寨子上的人家白天头晕目眩地顶着烈日修渠，晚上心急火燎地守着村里唯一的那口小水井。

一个响雷炸醒庄三，庄三才发现身边没有霜月。

庄三起身找到东厢，推醒十四岁的儿子问：“你妈呢？”

儿子睡眼蒙眬地反问：“今天是该咱家挑水吧？”

庄三这才想起今天半夜是自家接水的时辰。庄三急了——白天修了一天的渠，自己都累成死猪一样，霜月肯定更累，怎么能让她去挑水呢？

刚出门，一个闪电，把庄三的眼睛闪坏了，足足半个时辰，眼前尽晃悠着碎金屑子。半道上，硕大的雨点铺天盖地倾泻而来，密密的，把人脸都砸麻木了。

老天爷把欠莺闹人的雨一次性还给了莺闹。

庄三在小路上接到霜月，霜月满身都湿透了，却还傻傻地挑着半桶水。

回到家，庄三把水倒进水缸里，一边给霜月擦头发一边埋怨说：“傻瓜，屋檐水都牵起水线线了，你还挑着这半桶水干啥？”

霜月懒懒地坐在木板凳上，没有像平时那样咯咯笑，她神情疲惫地嘟囔：“我想睡觉！”

庄三没察觉到霜月的异常，拍拍霜月的脸说等我给你弄干了再睡。说着关上门替霜月换衣服，霜月格外听话地任由庄三脱下她的衣裳。庄三笑着说：“看你懒的，抬手呀！”

脱下衣服的霜月，裸露着上身，湿湿的长发无力地耷拉在细白的脖子上，脸在蜡烛微光的照映下像一尊温婉的蜡像，光洁细腻。

庄三看痴了，喃喃地唤着霜月。

可霜月没等庄三替她穿好干衣服，轻声地呢喃着什么，便在庄三怀里睡了，蜷缩成一团的身体像个初生的婴儿。

庄三把霜月搂在怀里，安安静静地睡觉。他没想到，那是他最后一次把霜月搂在怀里。

第二天，庄三带霜月上渠，霜月倚着门，低垂着眉眼，仍是懒懒的：“我不想去，我累。”

庄三笑起来：“谁不累呢？这么难修的渠，走吧。”

正在屋子里做功课的儿子冲上来拦住霜月，对着庄三凶凶地说：“妈不舒服！不许你叫她去！”

庄三生气了，说：“你懂什么？你爸是村里的领导，我们家要带头上渠才行，要不然人家咋看我呢？”

儿子嘟着嘴说：“干吗要人家看？凭什么你当村官，要妈跟着受累，不干！”

“敢不听我的！”庄三冲儿子拉下脸。

霜月边拿起筐，边勉强地冲着儿子做了个鬼脸，逗儿子，儿子还是不依，说：“那些娘嫂都不上渠，你当个村官，就逼着妈上渠，你是法西斯！”

庄三啼笑皆非地说：“那些不上渠的娘嫂是怀了孩子，你妈又没怀。再说，你妈就是怀了也得上渠，咱家没有娇生惯养的人，就算带头，也要去。”

霜月扭过头，眨巴着一双水润的眼睛望望庄三，张了张嘴，欲言又止。

儿子却揪着霜月不放，嚷嚷开了：“我妈怀了，就怀了！那天妈说了的！”霜月一惊，涨红着脸抢上前捂上儿子的嘴，嗔怪道：“傻儿子，净瞎说！”

又回过头，羞红着脸对庄三说：“走吧走吧。”

庄三宠爱又嗔怪地在儿子屁股上踢了一脚，然后带着霜月一前一后出了门。

·四·

要是早知道霜月在害喜，要是早知道霜月这一脚迈出门便再也回不来的话，这个早晨完全可以重新安排过，这一辈子也完全会过成另外一种样子。霜月也可以这样天天在夜里拔“喜银子”。

渠通了。剃头匠来给莺闹的男人们理发，四个月时间，头发疯着长呢！一盆盆井水哗啦啦地提上来，倒进脸盆时清水乱溅，刮得白皮青茬的脑袋们在盆里欢快畅洗。到晌午，剃头匠甩晃着酸胀抽筋的手，翻着白眼说：“莺闹的男人真牛！”

太阳再毒，地里的玉米苗再蔫儿，莺闹人都不急了，因为水就要来了！

清一色的光头汉子们坐在山下井台边的青石场上喝酒猜拳，一个个的光皮子脑门兴奋得青筋直跳。

庄三光着膀子满头大汗地从山上下来，走近人堆，顾不得擦汗，急急地挥着手让女人们上山：“看去！渠口开了，眨眼水就到。”

女人们如野山羊一样成群奔上山。

不知是谁家女人在山上开了头，莺闹的他们在山下看到女人一个个跳进清亮亮的水渠里洗起澡来。远远望上去，半山腰一溜白晃晃的景象。这场景太震撼人心，男人们面面相觑，愣半天后，男人们得意又尴尬地冲着山上骂：“一群疯婆娘！”

庄三没有骂，庄三的眼让山顶的太阳刺得生疼，眼泪哗啦的，他只好低下头倒酒。好半晌，庄三才端起酒，眯着眼望山腰上那片喧闹的白色。

天很高，云都羞走了，天空又蓝又静，像块干净的布，盖在山梁上。再往下望，是一面白岩，耸立在寨子上空。再往下，便是那热闹的沟渠和女人们。

接着，他看见了他的霜月。

庄三确信那是霜月。在那些女人中，霜月正抬手挽起青黑的长发，然后捧起清澈的湖水拍打在脸上，他甚至看清了她微微凸起的腹部……

一碗酒倒进喉咙，太辛辣，庄三倒在井台沿的青石上，青石的凉意从头皮浸进脑袋里，井水便随着那股凉意攀爬进眼眶。

庄三这一哭，大家便哑了，一个个不再看半山腰，都低着头喝闷酒。

可每个人的酒碗里都装着一个女人的影子。

是霜月。

晚上，莺闹家家户户都在烧“喜银”。寨里人家的屋顶，合着月色浮起一缕缕雾霭，不多时，莺闹便被笼罩在一片清凉的香雾里，那是霜月年前从县里带回来的香皂味。可庄三家的灶台是冷的，弥漫了整个院子的不是那香，而是从儿子眼里射出来的密密麻麻的恨和怨，这怨恨太浓，浓成夜也比不过的黑。

庄三坐在屋檐的青石块上，把孤独而苦涩的目光投向合欢树下的儿子。

儿子把那黑铺天盖地往回掷过来：“我告诉你了的，妈怀了！”

“我真不知道啊！”庄三微微站起身，想朝儿子走去，却又不敢，僵了僵腰，又蹲下来，无助而惶惑地看向儿子，发出的声音像棉花一样飘薄。

庄三感觉自己成了罪犯，而儿子是他的终审法官。

“你说的，就算妈怀了，还得上渠！你要当榜样，你要拿奖状！你拿妈的命换奖状！”儿子的声音变成一支支利箭，从黑暗深处嗖嗖射来。

庄三紧闭上眼，恨不能一棒敲破自己脑袋，眼泪涌出来，烫，烫得眼睛要燃烧起来。

半夜的时候，幸福的莺闹刚安静下来，寨子上空却响起一阵高亢的歌声，字字砸向月亮：

太阳出来晒白岩，白岩脚下晒花鞋。
花鞋晒起十二双，哥哥影子不成双。
月亮出来照竹林，竹林远在山对窝。
隔山隔水又隔坡，妹子想不想亲哥？
太阳出来又要落，日子天天流水过。
世上万物都能买，换不回妹子叫哥哥！
月亮打了个寒噤，哐当一声掉下来。

·五·

毛小顺开始张罗修路了。办事办到点子上，打蛇打到七寸上，这孩子有心思。但是，那条路上有花坟啊！阿哑不会让人动花坟的，我也不想有人去动花坟。入土为安啦，让她入土为安吧！

庄三伯没少为莺闹操心，但终究欠下一桩心事——就是寨子这条路。

庄三伯修不了路，因为阿哑知道他的心思。

自从年少的阿哑哭闹坚持着把他母亲葬在垭口上时，庄三伯便从阿哑眼中看出了他的心思。阿哑知道庄三伯想给莺闹修路，可阿哑选中坟地的位置，是庄三伯永远绕不过的坎。

那坟地，经过阿哑二十多年悉心地照料，已不是普通的坟地。阿哑在坟的四周细心地种下了各色花草树木。春天有春天的花开，夏天有夏天的花开，秋天，还有冬天，都有着鲜花陪伴。八棵月桂已经长成伞状，那些庄三伯几十年没见过的花种，是阿哑那些考上大学，如鸟儿一样飞散到城市去的同学们带回来的。莺闹的孩子喜欢这个四周花开的坟地，他们在那里嬉戏玩耍；年轻人也爱三两成堆地在那里看月亮；老人们拥有的是那里的傍晚，闹心的事儿在花香里唠着唠着就变得安详舒心了。夏夜，胭脂花的香味飘在风里，多远也闻得到。

与其说是一座坟地，不如说是一片花园。

与其说这里是阿哑母亲的墓，不如说是阿哑和莺闹人的乐园。

阳光好的时候，阿哑常靠在妈的碑前，半仰着头看天空，云飘过去了，风吹过来了，阿哑就绽放出光芒四射的笑容来，那比阳光还璀璨，比婴儿还洁净的笑容让人看了心痛不已——除了在花坟这里，阿哑从来不笑。

“晴了！”阿哑指指太阳，说给妈听。

“云。”阿哑指指飘过的云朵，又说给妈听。

“花开了。”花开的时候，阿哑也说给妈听。

那里曾经叫喉垭口，后来莺闹人叫它花坟。

关于阿哑，莺闹人与他是近的，因为阿哑的花坟成了莺闹人的乐园；但莺闹人与他又是远的，因为阿哑不跟人说话，只靠写碑字、写状纸、写对联养活自己。

阿哑最常接待的客人，是初中的班主任。他不时来，带着一沓沓状纸离开阿哑，然后留下足够支撑阿哑一段时日的酬金。

不知道阿哑刮不刮胡子，反正莺闹人眼中的阿哑多年来就是这个样子，脸上永远干干净净，不带一丝胡须。指甲则留着，留得长长的，当阿哑给谁家写春联或福帖时，这长长的指甲就派上了用场，偌大一张红纸或折纸经他的手一折，再经指甲那么毫不经心地一划后，便分解成一张张他要的大小和长短来。阿哑写得一手好毛笔字，在莺闹，谁家死了人，一准是要求阿哑写碑的。莺闹里死去的老人的墓碑上大多数是阿哑写的字，有一两户在世时爱贪图点小便宜或是倚强欺弱的人家求不来阿哑的字，后生子弟走在莺闹便矮人一截。阿哑用这种无声的权威为自己在莺闹擎起了一片天空。当然，这片天空是属于阿哑一个人的，没有人走得进去，也没有人能与阿哑作贴心的交流，所以叫阿哑。

岁月在阿哑脸上停止了流淌——阿哑的脸白皙而平静，让人看不出年龄。毛小顺出门当兵时阿哑是这个样子，毛小顺回来当爹了阿哑是这个样子，现在毛小顺四十一岁当村委会主任了，阿哑还是这个样子。

只是阿哑的眼神在岁月的浸泡下渐渐变得更加幽深漆黑，像村口那垂满藤蔓的荒芜的老井。

莺闹人知道，阿哑的眼神越黑越深，阿哑心头的恨就越深。那根深蒂固的恨让人们看了无所适从。在莺闹人心里，谁都欠着阿哑一份情。但阿哑不理睬莺闹人的内疚，他的目光从不停留在任何人脸上，他看莺闹人时眼神里的黑是迷离的，没有聚焦点，只有某一个人出现在阿哑视线范围内时，阿哑的黑才活起来，像一条无声灵动的蛇。那个人看在眼里，自己的眼神也跟着黑下去，不过那种黑，是近乎绝望和凄冷的黑。

两种黑在莺闹无声地交织着，阿哑总用凌厉的黑战胜了凄凉的那份黑。

·六·

关于阿哑和阿哑的恨，莺闹多年来没人敢碰。我也不敢、不会去碰。可是现在，我必须去触碰它！

快过年时，庄三伯外屋的门吱呀响起，一阵寒风裹着冬雨的气息扑进屋来。庄三伯没有回头，背对着门，波澜不惊地问：“来了？”

仿佛算定了这个人是谁，就该在这会儿来。

毛小顺一手拿着伞，一手愣愣地扶着门，嘴巴里呵出一团白气：“啊？”

庄三伯还是没回头，一边嘶声咳嗽一边断断续续地说：“你回去吧，我来迁坟……是该……有条路了。”

黑暗里，庄三伯蹒跚地蹲下身来，用粗糙的手抚摸过光滑的墓碑，轻声对墓里的人说：“没事，啊。”这声音带着年迈的温柔，像存了多年的老棉布，虽是陈旧了，却纹路清晰、细腻体贴。“唉……等路修好了，我怕是也快来了。”

坟启开了，庄三伯看不到那厚重深黑的棺木——二十多年的光阴足以湮灭一切。当初庄三伯一刷子一刷子地刷了十二遍生漆的棺木早已化为无形。空空的墓穴里什么也没有，只有零散的一些骨骸。庄三伯借着幽蓝的夜色，摸索着拾起一块块带着湿气的灰色骨骸。一瞬间，霜月温软的体温和细腻的皮肤又出现在他手掌的记忆中。

“霜月！”庄三伯心里唤一声，眼泪便涌上来，蹲在那里战栗成一团。庄三伯多年没有哭了，但现在庄三伯老了，老得经不起回忆，经不起悲伤。庄三伯花白的头发乱成一把瑟瑟发抖的稻草，他转过头，不让泪水掉在骨骸上。

若非阿哑开口，毛小顺根本没发觉自己身边多了个阿哑。

“放下！”阿哑悠悠地喝道。这柔软却凌厉的声音在黑夜里显得突兀而尖锐，人们已经很久没有听到阿哑说话了，这声音怪异而阴森，把毛小顺吓得不轻。村医黄大咧巴手里的锄头“当”的一声砸在自己脚上，痛得他“妈呀”直叫。

“放下！”阿哑再次简洁而绝对地命令，然后异常敏捷地闪到墓穴边，抢过庄三伯手里的陶罐，拿出一把刀子割了手，把血滴在墓穴里。

照莺闹的规矩，这血一浸，便算是封穴，再不能动了。

毛小顺脑袋里像飞来一群蜂，嗡嗡响得受不了，毛小顺神经质地掏耳朵，其他人仿佛也听到了毛小顺脑袋里的声音，也受不了，跟着掏耳朵。

阿哑回过身，用滴着血的手指着庄三伯，半天迸出两个字："滚开！"

庄三伯慢腾腾地转过身，把眼神一寸一寸从坟茔移到阿哑脸上，这移动的过程如此缓慢和凝重，像一缕被逼上山顶的月光，清寒又疲惫。最后，庄三伯牢牢地盯着阿哑，神色倦怠地说："几十年了，别闹了！你妈要是还在，你要讨她骂的！"

"好！我想她骂！你让她活过来！"阿哑突然像风一样冲过来，把脸贴在庄三伯面前，迅速吐出的字如钉子般砸向庄三伯。

"你到底要怎样？！"庄三伯踉跄地向后退了两步，他痛心地望着近乎疯狂的阿哑。可眼前却浮现着学步的小阿哑、咿咿呀呀开口学话的小阿哑、可爱地笑着的小阿哑。

"是你到底要怎样？！为了渠、为了你，妈死了！现在为了路，你又来找她！凭什么不是你去死？凭什么不是动你的坟让你死不安宁？"多年寡言少语的阿哑陡然暴雨惊雷似的咆哮起来。

"龙飞，你安静些。"庄三伯的眉毛剧烈地扭曲着，像被人强硬地绞在一起，双手伸向阿哑，却又孤苦伶仃地停在半道，像两截悬在半空的树丫，“你有心脏病！这样对你不好！”

“我生我死，不关你事！”阿哑傲然昂头，尖厉地答。

庄三伯不说话了，浑浊的双眼牢牢地紧瞅着阿哑，喉结却剧烈地抽搐着，最后猛一哆嗦，呛出一口腥痰来。

毛小顺慌了，急忙去搀庄三伯。因平时庄三伯的笃定与沉着，毛小顺在扶庄三伯时使出了吃奶的力气，却不想只扶着虚虚空空一把绵软无力的骨头，几乎没有一点重量，倒差点把毛小顺自个儿抬起来了。

阿哑看着，不管，只扬扬眉毛。

“三伯！”毛小顺心头陡然升起一阵惶恐和凄凉。

“阿哑！”毛小顺转过头愤怒地咆哮起来，“他是你爸呀！”

阿哑不回答，转身走向雾岚氤氲的崖边，头发散乱着，像是在快乐地舞蹈。

他要死了吧？好！多少年盼的就是这一天！是他害死了妈，凭什么妈死了，他还活得好好的？凭什么他累死了妈，还赚了个全村人的恭敬？他早该死了。

他早该死了！

阿哑伸出双臂，在空中展开，昂起头望向天空。天是高而洁净的，有天边初升的太阳那独特的绛红色，也有薄如蝉翼的云层那清亮的白色，寂静的清晨是庄严而美的，阿哑冲着天空，咯咯地笑出声来。

庄三伯终于明白了——只要他还活着，那座坟阿哑就永远不会迁，莺闹这条路也永远修不下去。

·七·

又到冬天了，莺闹的冬天，总会发生些什么……阿哑说的是，凭什么不是我？凭什么单单我活得好好的？

天老不下雪，只飘冻雨，又一个劲儿地嚎冬风，不出几天，把田园和山野嚎成一片冰天冻地。莺闹人的心也冰凉冰凉的。路修不成了，烤火用的煤依旧是人工一箩筐一箩筐挑进来的，而且莺闹上空四处都飘荡着沉沉的死亡气息，人们都感受到了，那气息太浓，从庄三伯的屋子里飘出来，冰雪一样厚厚盖在寨子上空。

躺在床上的庄三伯，眼神有点散了——这些日子，想是冷了吧，霜月老不肯来。这霜月！

灯下，毛小顺看到神志不清的庄三伯微微抿了抿嘴唇，赶紧伏下身子把耳朵放在庄三伯嘴边上，小心翼翼地问："三伯，您要喝点啥不？"

"霜月……"庄三伯用近乎呢喃的声音委屈地嘟囔着，"老不来！"

毛小顺心头一酸，眼睛不由得湿了，赶紧背过身去。本想把心酸给咽下肚去，却终是忍不住，把肩膀抖得一耸一耸的。

庄三伯又道："衣服。"

毛小顺回过身，正好看见庄三伯缓缓举起手，指着屋角褪了色的大红衣箱。毛小顺不明白庄三伯的意思，疑惑地问："您要换衣服？"

庄三伯摇摇头，闭上眼，半天才虚弱地吐出句话来："见霜月……换衣服！"说完，嘴角浮出一丝笑意，像要急着穿衣去赶集的孩子，羞涩涩的，脸还挂着红。

毛小顺酸鼻酸眼地犟着脖子批评起庄三伯来："不许胡说！正月扎狮子灯，咱们村还要等您给狮子点睛呢！霜月婶婶才不要您这么早就过去呢，她没活够的日子，您得替她过完才行。"

庄三伯用浑浊的目光看了看激动的毛小顺，牵牵嘴角算是笑了笑："龙飞！乖！"说罢，冲着他眼前那个虚无的世界直叫，"哎，霜月，回来！"

想是霜月不肯回来吧，庄三伯急急地支起半截身子，一只手在空中慌乱地抓着。可这个他使唤了一辈子的身子不听他使唤了，庄三伯像一垛干谷草一样垮倒在床上，昏昏睡去。

毛小顺赶紧站起身，打开屋角的箱子。

打开箱子，毛小顺傻了——箱子里只有三五件旧衣服，散发着冬日霉涩的气息，里面更多的是一沓沓的纸，有陈旧泛黄的，也有崭新白净的。

"山洞村民组王成书，告山洞村民组张成华强占烧柴林……"

"和平乡里村王家台村民组王阳玉长期谩骂我父……"

……

是诉状。

再看，还是诉状。

毛小顺的眼睛给蒙上了厚厚一层雾霭，他看不清楚手里拿的是什么了。

现在才想起，那个班主任老师，是庄三伯的好哥子呢。

毛小顺环顾这间漏雨过风的屋子，再看向床上庄三伯那稀疏花白的头发，心头扎了把刀，抽出来是痛，搁着也是痛。

毛小顺冲出门，一头扎进寒风中，旋风似的卷过一条条田埂，直至把自己的愤怒和诉状一并砸在阿哑面前："看看这个是什么？看看三伯为你做了什么？这些东西，他屋里还有满满一大箱！"

阿哑疑惑地接过来，看了一张，又看了一张，一沓纸便从颤抖的手中滑落下来。阿哑站在门口，歪着头，像个被一道简单的数学题难倒的孩子，痴痴的，渴望得到进一步的指引，又充满着对正确答案的惶恐。大片大片的雪花扑打在毛小顺脸上、身上，也合着风卷进门内，扑在似笑非笑的阿哑脸上。

毛小顺摇摇头，想说阿哑你进去吧，你不能感冒的。

可是他张不开嘴。

毛小顺突然觉得很累，来的时候，他心头要和阿哑说的话有很多，可是当看到阿哑的时候，他觉得自己什么也不想说了。他的脑袋被什么东西塞得满满的，塞得头昏脑涨，眼冒金花。

毛小顺丢下阿哑，转回身跌跌撞撞地赶。也许是感冒了，他感到自己的额头很烫。天太冷了，他得回去，替庄三伯把火炉掏开，烧旺些。屋里寒气太重了。

才走进院子，还没进屋，毛小顺却听到数日来神志不清的庄三伯居然在屋里头唱起歌来：

太阳出来晒白岩，白岩脚下晒花鞋。
花鞋晒起十二双，哥哥影子不成双。
……

歌声分明是一罐熬了很久的中药，苦得让人闻着味儿也会呛进鼻腔和眼睛里去。

歌声渐渐细微，随着风四处飘散。

毛小顺没有走进去，在院子里静静听庄三伯唱歌——那屋子里有霜月，他进去做什么呢？毛小顺抬起头，张开嘴喃喃地说："三伯，咱不修路了。"

雪花从天上落下来，落进毛小顺的嘴巴里，冰凉凉的。毛小顺站在风雪里，莫名其妙地号啕大哭起来。

天亮了。

世界静下来。

村医黄大咧巴愕然地从庄三伯的枕头堆下抓起一大把应该早已消化在庄三伯胃液里的药，怔怔地看向毛小顺，然后红肿着眼冲出门要往阿哑那里去，嘶哑着喉咙叫："让狗吃了他！”

毛小顺腾身追出去，一把揪住黄大咧巴的棉衣领子，粗暴地从黄大咧巴手里把药抠出来，扔在屋外的雪堆里。

这时，黄大咧巴媳妇从油菜地那边惊叫着跑过来，一跛一跛的，那姿势像在跳舞。

“咦！这婆娘，躺着不好看，走路也不好看，跑起来一扭一扭的还蛮好看呢！”黄大咧巴诧异地看了看莫名愤怒的毛小顺，转过头兀自自嘲。

毛小顺瞟了一眼黄大咧巴媳妇，回头训斥黄大咧巴：“正值丧事，别乱咧巴嘴。”

突然，像是有一根钢丝绳之类的东西陡然把毛小顺的脑袋揪过来，毛小顺的眼睛又“唰”地回头盯向黄大咧巴媳妇跑来的方向，心“哐当”一声摔碎在地上，他甩下手中的烟，箭一样朝黄大咧巴媳妇跑过来的方向奔去——

那是霜月婶婶的坟，矮矮的坟被雪盖着，像一朵宁静而秀气的白云。远远望去，坟的一角已被掘开，未被雪盖完，露着泥，像云朵上的一块伤疤。坟旁边还有一个更矮小的雪堆，一动不动，紧紧依偎着坟堆，依稀看得出人形来，雪人的怀里静静地抱着一个深色的陶罐。

风大了，一张张熟悉的泛着黄的纸片从雪人脚下迎风而起，蝴蝶似的扑打过毛小顺的脸，接着升腾在空中又旋着圈飞远了。

什么东西绊了脚，毛小顺一个踉跄，跌倒在地。

去巴林找一棵树

原载《十月》2018 年第 6 期

· 一 ·

在拿到血液检验报告单之前，黄栀子已经有了隐约的预感。

持续低烧，咳嗽，肺部有明显的撕裂感，全身无力。它们通通都预示着不好，很不好。

手里的报告单打满了向下的箭头符号，最要命的是白细胞偏低、血红蛋白偏低、血小板偏低。也就是说，三系偏低。

在血液科，“三系偏低”这四个字，基本上就是死神到来的脚步声，尽管轻微，但瞒不过她，她是谁？她和白血病打了二十年的仗，死神来时，哪怕只是一股细微的风，她不用抬头也知道。

毕竟只是个位于箭道街区的小医院，年轻的医生经验明显不足，他忽略了这张报告单，却一个劲晃动着她的X光胸片，带着一脸倨傲，以及不知从哪里来的自信，说，状况不好，肺部炎症很严重，得入传染科。

和肺结核病人住在一起？她心里冷笑，那不是让我死得更快？想着，她的身体有点摇晃，但她迅速控制住了这种令她厌恶和难堪的软弱，她定下神，静静看着年轻的医生，不说话。

你这个。小医生又晃了晃片子，晃出一阵哗哗的响声，不耐烦地说，只能进传染科，我没有和你开玩笑，你肺部炎症很严重。

她眼眶一热，慢慢泛出一丝温和的笑容，用原谅的目光看着眼前这张年轻又傲慢的脸，慈祥地说，毕业几年了？

啊？小医生正开入院单，听到这里抬头看了她一眼，诧异、冷漠。

我十八年前从医科大学毕业出来实习时，也和你现在一样。她轻声说。

小医生愕然地放下笔，表情有点尴尬，他开始认真地看眼前这个人，不，前辈。之前，他的目光根本就没有真正放在她脸上。

她站起身，继续保持着微笑，出去了。

喂，喂，大姐，阿姨，那个……

小医生追出来，却只看到她的一个背影。

她走得敏捷而流畅，挺直着腰，像一条美丽而勇敢的鱼，用机敏的弧线穿越过候诊的人群，因为走得太快，她不禁又咳嗽起来，咳得声嘶力竭，这恐怖的咳嗽声让所有的人都吓得不轻，他们像神话中被魔术分开的海浪一样，瞬间给她让出一条白花花的路来。

于是，她带着38.5℃的体温，裹挟着死神的呢喃，逃也似的穿出医院冰凉的走廊。

·二·

她打电话给老大，语气平静，老大在那边冷笑，毫不客气地说，神经过敏，是不是天天在自己科室，看着这个病人M1，那个M2，搞得走火入魔了？

老大说的M1、M2，是指白血病分型，只有在血液科你才知道，白血病有几十种分类，分到人群中，每一种都是十万、二十万或者几百万分之一的概率，比中奖还难，这么个事，怎么偏偏就让她遇到了？她也想不通。

自己会是哪类？慢性？急性？M几？如果是M3该多好，M3是死神给予的一场挑逗，因为死神看到了太多的绝望，担心太多的放弃会让自己玩得不尽兴，便故意在锁上所有门窗的时候，留下M3这一丝缝隙，让人看到生命神圣的白光。所以，在所有白血病类型中，只有M3不需要骨髓移植，只用化疗就可以救回来。甚至有的M3连化疗都不用，用中药砷剂等综合治疗法就可以治愈。

没那么幸运吧？她从死神手里抢出过太多人，这一点，死神肯定是不满意的，她想死神不会把这道光送给她，死神和她有仇。

喂。见她不出声，老大的声音大了些，很不满地说，聋了？这边忙得昏天黑地，你扯什么鬼？快回来帮忙，想死还早，再说，要死也得死在火线上。

她想，她都要死了，这个冷血的东西，还有心思逼她上火线，如果真如他所愿，也不怕一辈子做噩梦。想到这里，她居然轻笑起来，缓慢地说，三系偏低、肺部炎症、全身乏力、低烧八天。你确定准许我回病房和病人接触？

这下老大有点紧张了，急促地说，你在哪儿？

在家里。

你还在家里干什么？赶紧啊！

赶紧啥？她有些茫然，我现在真不能接触病人。

你不接触病人但是你得回来确定自己的事啊。

我不。她平静、固执地答。

你疯了？

我没疯，我现在比任何时候都清醒。她从桌上的抽纸里抽出张纸巾，不知何时，她已泪流满面。还好，电话那端的人根本听不出她在哭。

她就是这么个人，天塌下来都挺着。

好好好，那你好好在家待着，哪儿也别去。到了这时候，她终于从老大的语气中听出着急了，奇怪，他居然会着急，这个人在血液科有个外号叫“煤矸石”，烧不化、砸不烂。

“煤矸石”接着说，怎么个严重法你自己清楚，我今天手术排满了，我让小不点儿来陪你，我一下手术就过来，咱们商量商量。

别，别让小不点儿过来。她惊慌起来，我暂时不想让任何人知道。我还有很多事需要计划一下。

你计划个屁。我们这么一大帮子人，三甲医院，血液科，硬邦邦、响当当，治好那么多人，还搞不定你一个？再说才不过是个外周血检测，又没有做骨穿，骨穿结果没出来之前，你老实待着别瞎猜，我一出手术室就过去，等我，听到了？等我啊。老大斩钉截铁地说着，电话里传出他那边一阵阵杂乱的声音。

她放下电话，今天周二，是科里最忙的时候。

血液科有个习惯，多把骨髓移植手术的时间定在周二。不知从什么时候开始，也不知是谁最早发现的，周二做手术的病人出仓率特别高，于是周二成了血液科的幸运日。也不知从何时开始，幸运日的说法居然在病人间也广泛流传开来。于是，只要自己的亲人手术时机能吻合上这一天，家属们都喜气洋洋。一来二去，周二成了全科室最忙的一天。以往这一天，她、老大，还有老三、老四、老五、老六，都会忙成一根弹簧。

可是现在，没有她，天仿佛也没有塌下来。

·三·

清晨五点半的血液科病房，交班之前最安静的时段，从隔离区玻璃门看进去，亮若白昼的走廊里悄无一人，洁白得像天堂。

说来也怪，通常病房在下午和半夜三四点，属于病人出状况的高峰期，依老大的解释，借用中医的理论，是因为这段时间阳气将散，戾气正重。而清晨五点是阳气上升、万物复苏的时候，家属和护士都可以放松放松。

老大刷卡打开进病区的隔离门，蹑手蹑脚地拖着她往左边第一间办公室走，这是老大的主任办公室。她本来是心碎的，却自嘲地笑起来，轻声说，鬼头鬼脑的，不晓得的人以为你拉了个女人要私奔。

我要私奔也不找你。老大说完，关上门，拿出已经准备好的一次性骨髓穿刺包，铺好浅蓝色的手术单，朝她努了努嘴。她知道他要给她做骨穿，取骨髓。她迟疑地躺倒在那片浅蓝中，有点慌乱，喉咙发紧，是的，她给数千个病人做过骨穿，但她从没想过，自己会是那个躺着被做骨穿的人。

骨穿位置在髂后上棘腰窝的地方，她头发蓬乱地提着裤头，茫然地仰头望着老大。

脱呀。老大已经戴上了口罩和无菌乳胶手套，声音混沌。

她定定神，轻而坚决地说，不要。

老大不耐烦了，说，什么要不要，你揪得那么紧做啥子，又不是强奸你。你不要，现在由得你不要？

她知道老大说话难听，也知道老大等着她和他戗，老大是看不惯她的样子，还没上战场呢，人就㞞了。

她是厌了，从念大学开始，整整二十三年，她从未和这片蓝色如此接近，肌肤相亲，她混乱地摇着头，眼泪跟着一串串滚下来，她开始哽咽，我不敢做。

老大眼镜下平和的目光倏然变得锋利，像蓝色的刀刃，又来了，又是蓝色，他的声音也变了，变得愤怒——能不能不胡闹？

她继续摇头，眼泪顺着脸颊滴落在浅蓝色的手术单上，像一颗颗深蓝色的珠宝。办公室很安静，静得仿佛能听到电流的声音，老大瞪着她，她看着老大，肝肠寸断，如生离死别。

老大不说话，脖子上的喉结在不断上下移动，她知道，他在强忍着。他对她有怜悯？有心疼？

这时候的人受不了这样的词汇，她抹一把脸，猛然坐起来，想要跑。

老大反应比她快，一把把她按倒在床上，气急败坏地撕脱掉手上的无菌乳胶手套，摔在地上，然后去抓她的裤头，她捂着不肯，一边挣扎一边无声地哭，老大不管，沉默地跟她纠缠，一只手掀开她的手，一只手利落地解开她的裤头，褪到胯间位置，这个位置他们闭着眼睛都能熟练操作一步到位，既不暴露病人隐私，又能最大范围地确保骨穿操作空间。因为位置太敏感，她终于不敢动了，僵持十多秒钟后，她全身的肌肉终于缓缓放松下来。

老大吐了口气，转身，转到一半不放心又嗖地转回来，盯着她，确定她没动，这才走到柜子边，从里面又拿了个穿刺包出来，打开，重新拿出一副新的无菌乳胶手套，边往手上套边骂，死婆子，我就知道，一个包不够你闹腾。

她不吭声，她明白他骂她是为她好，他们一起工作十多年，他知道她是怎样一个人，无人问津也好，落势也好，受气憋屈也好，都只能吃枪药，吃不得补药。

没有办法，一个人游在无边无际的大海里，软弱没有任何拯救的作用，要自救，全凭提着的那一口气。

2%的利多卡因打进去后，要等半分钟左右才出麻醉效果。她呆看着天花板，幽然念叨，你说，这穿刺针要穿透他们的皮肤、皮下组织、脂肪、肌肉层、骨膜、骨皮质，最后到达充满骨髓的松质骨，这么一层一层地钻，一下一下地旋，直到钻到骨头里头，这一针，他们真的不痛吗？

痛是为了不痛。老大恶狠狠地说完，开始进针。

她双手揪紧床单，侧着头，强忍着恐惧带来的颤抖。在她的头顶斜上方，是老大的办公桌，桌上有个圆形的玻璃缸，里面养了一条金鱼，那条鱼有长长的丝巾般的尾巴，诡异而美丽。这一刻，鱼一动不动，像被诅咒的公主。

她也被诅咒了吗？

可她不是公主。一直以来，她都是一条孤独的流浪的鱼，为什么诅咒偏偏要跟着她，一直跟着她？

· 四 ·

老大把那张骨髓细胞检查报告隐秘地递给她时，她正在五楼呼吸科住院治疗，无论怎样，肺部炎症和低烧的问题必须第一时间遏制，说到底，白血病病人最后大都是死于肺部感染、呼吸衰竭、心力衰竭、肠道出血等一系列并发症，这就是一场感冒都可以要白血病病人的命的原因。三系偏低说明什么？说明肠道出血时没有足够的血小板止血，肺部感染时没有足够的白细胞杀菌，身体贫血时没有足够的血红蛋白补充……她曾经给五岁的白血病病儿悠悠解释什么是白细胞——我们悠悠的身体就是那棵树，病菌是“光头强”，当“光头强”要来砍树时，白细胞就是“熊大”“熊二”，他们可以打跑“光头强”，保护好树。

老大面色灰暗阴沉，她看他一眼，他偏过头去，像是他的错。

我……现在是一棵失去保护的树，对吗？

老大痛苦地揪了揪眉毛，他一遇到难题就这样，很可爱。

没关系，她喑声道，我习惯了，像这样子，时不时来一刀子，人生，够狠。

在大树倒下之前，你可不可以帮帮我，我需要一段充足的时间去安排所有的事情。

指什么？

多谷。

我认为我们第一时间要考虑的是你，不是多谷。

树再高、再粗，总有一天会倒下，对不对，老大？既然都要倒下，那么……

那你那么多年费那么大劲儿活着为啥子？就为了现在去死？老大生气地戗了她一句。

呵呵，我也在想，像我这样的人，早知如此，何必当初。

你这样的人，你是怎样的人？你是我们血液科的权威，你救活那么多病人，挽救那么多家庭，你不自知，人知。别不把自己当回事。

没有我，别人也能做的。

算了，不跟你多说，明天转科室，过我们那边去。

不去。她再次温柔而坚决地拒绝，温柔得让她自己都悲伤起来，低下头，不再说话。

生性冰冷严苛的老大叹了口气，摸了摸她的额头，老大此时神情是那样的忧伤，充满慈爱，和黄桅子自己前两天看箭道社区医院的小医生时一模一样，她知道这目光是对人生的惜别。她扭过头去，注视窗外。

窗外是一棵巨大的桂花树，这株桂花已经有些年岁了，树冠高大，直伸展到五楼来。现已是阳历九月、阴历八月的辰光，树上正满枝开着碎金子一般细细的花呢，香气扑进窗来，整个病房香得不可思议。世间那么美好，再往上看，天空蓝得像一汪湖水，让人莫名想流泪。

真香。她说。

老大长长地吁了口气，像极了窦性心律不齐的病人，他拿起体温计，赌气般甩了甩，塞到她腋下，手指拂过她胸罩的肩带，举止亲昵。

十多年的并肩战斗，何曾如此亲昵过？这与爱情无关。

她的心突然就像窗外微风拂动的树枝一样晃了晃，晃出一个、两个人的影子，却都不是老大。

她和老大是知己，跟蓝颜、红颜没关系的知己，他们是一起上梁山当好汉、一起唱不破楼兰誓不还、一起因为救不活漂亮的小姑娘而喝酒摔碗骂娘的那种知己。更多的时候，特别是老大私下喝醉酒后，则把自己和她形容成牛头马面——救不了人的命，却反而眼睁睁送病人赴黄泉；每天拿着血液检验报告单站在病人的床前，宣告向左还是向右（向右是死，向左是生）。而报告单的结果，总是指着右。

好不好？听我的。老大小声说，隔壁病床上睡着的病人翻了个身，仿佛表示，打扰我了。

她坐起身来，示意老大给她撑吊瓶杆，两人缓缓走出病房，到走廊尽头僻静的角落。

不。她盯着窗外的蓝天，依然坚决地答。

自己科室，放着这么好的条件你不治？老大憋得久了，有点毛，生气地说，你屄蛋。

有一个问题比我的病更重要。她严肃地说，不管治还是不治，我都得安顿好多谷。交给谁比较好？

多谷是她的儿子，正在市一中读初中，从预感到自己已经得了白血病开始，她脑子里就只有一个念头，把钱留下来，给孩子，然后，给孩子找一个可靠而且人家也愿意照看的人。

治好病，你可以照看他一辈子，看他结婚，替他带孩子。老大说。

有几个能治好的？她反问。

老大不满，很生气地说，什么叫有几个能治好的？我们前段时间进仓十个，出仓七个。有四个是你的病人，你说什么屁话？

出仓以后呢？她盯着他说，我会遇到哪种排异？肠道？皮肤？肝脾？我不是说治不好，我是说，我一个人，带一个多谷，我没有那么多钱，多谷还要读大学、读研究生、买房子、结婚、生孩子……我不能只想着救自己的命。

老黄，你老大的侠肝义胆不是假的。老大说着，用手指戳着自己的胸，有我在，有科室在，钱你不用考虑。

拉倒吧，这些年我和你在一起的时间比你老婆还多，你那个小气老婆够提心吊胆的了，这种时候再拖你下水，算什么？难道让她再来八楼跳一次楼？

老大沉默了。

有些时候，人想做什么是一回事，做不做得了是另外一回事。

先别管那么多，我们先入院，再从长计议。

不。她再一次强调，第一，我不住院；第二，不准你告诉任何人，你敢告诉别人，我就消失；第三，多谷我自己想办法解决，不拖累你，实在不行，你再上。

但是……

没有但是。

我们科明明可以……

我知道，可是你也知道，这么多年，我好累。黄桅子转过头，定定地看着老大，我真的累了，一个人，走了那么久，我想停下来。

栀子，你不是一个人，我代表科室主任，代表我们团队，郑重地请求你再考虑考虑。老大的表情很痛苦，好像他才是得病的那个。

我不考虑。

你信不信我现在就一把掐死你？！黄栀子，你这样子真的很讨人厌，都这种时候了，你能不能别端着？能不能别搞得这么悲剧、这么高尚？你放松点，把问题交给别人来解决行不行？这世界上有很多可以依靠的人，可以依靠的爷们儿。老大见柔情无用，顿时狂躁起来，举着吊瓶的杆子来回摇晃，看来他是真的厌恶眼前这个娇小柔弱，却总把自己当成钢铁侠的女人。因为她让他显得很无能，比世界最无能的软体动物还要无能。

有很多吗？她淡然一笑，望一眼吊瓶，已经空了，她伸出手，把另外一瓶的开关打开，液体滴答滴答地滴下来，光影穿过，折射出一道细小炫目的光芒。

真的有很多吗？她幽幽地问，为什么我活了四十多年，却从未看到？

我……老大正要开口，被她打断——而且，你忘记了一个致命的问题，我是熊猫血，你让我到哪里去找那么多的血？到哪里去找那么多血小板？就算我们熊猫血有互助组织，但是，血可以供，配型呢？正常人都很难找到配型，何况我们这种人。

犹如晴天一道雷，老大顿时面色煞白，一米八的大高个儿，杵在窗边，失魂落魄地看着眼前的她，像是看到了鬼。

是的，他忘记了，她是RH阴性B型血。

从我二十一岁开始，关于血液的魔咒就一直在我头顶上笼罩着，我和它斗了二十年，我累了，认命吧。她平静地说，我已经很感恩了，至少，多谷的血不是。

老大沉默，背对着她看着窗外，一动不动。他的背影有着草原汉子独有的轮廓和力量，黄桅子想抚摸一下，她的生命里没有这样的背，但她没有动，尽管这种时候这样的举动并不代表什么，但她清楚，这一抚摸，她就成了凌霄，生出依附别人的脆弱，这不可取，她必须是木棉。

浅风过处，一阵桂花香游涉而来，老大受不了，粗鲁地关上窗户，把香隔在外面。生命如此残忍，在绝望处还送一缕花香，催人肝肠寸断。

她用手指戳了一下老人的背，问，急性的吧？

老大的后脑勺动了动。

几？

M2。老大喉咙里沉闷地挤出两个字符，没有转身。

·五·

黄桅子开始回想自己的一生。

所谓一生，前面的记忆都如雾一般淡了，尖锐又深刻的记忆从一九九五年开始。

一九九五年，江城县，江城中学。

众多即将参加高考的高三学生中，黄桅子的表现很淡定，尽管她是农村孩子，却有一种异于常人的特质——沉稳笃定。关于高考，她只管用心剖透每堂课、每道题，总之是只顾打桩，不问高楼——高考结果会是怎样，她从不去想。

动员会上，校长点名表扬了黄桅子，说，这才是真正的智慧，从哲学意义上讲，是诸如孔子或孟子等追求真理与道义的圣人才会有的精神境界——不因为哪一个王拒绝了他的义而放弃对真理的不懈追求，乱世之中茫茫行走，唯行走和努力本身是最大的意义。今后你们的人生，也当如此。

那段文绉绉的话被学生们嘲笑了很久，一个连马海毛毛衣都穿不起的乡下女同学，天天嚼咸菜干，还能扯上孔子、孟子，也只有“之乎者也”的校长才有这本事。

黄桅子不笑，她把这句话紧紧捂在胸口。

其实黄桅子比任何人都惧怕高考，乡下的天旱水涝、风吹草动，都有可能结束她的求学生涯，只有考上大学，她才有勇气在比人家外婆还苍老的母亲面前伸出手讨要一沓被汗水润透的零钱。她的不想背后是不敢想，是校长让她明白，人世间，与其提心吊胆，不如沉着应战。

校长是神，鼓励她勇敢开启通向光明的大门。

六月末的一天，神一样的校长出现在教室门口，眼光游移，他说，黄桅子同学，你出来一下。

校长跑到某一个班叫某一个同学，这在学校绝无仅有，于是，她在同学们惊诧又羡慕的目光中走出教室。

办公室里，校长怜惜地看着她，像看一只不安又激动的小猫。最后，他用温和得不能再温和的语调告诉她，她的母亲去世了，区公所的电话刚刚打到校长办公室。

下午四点半有一班客车，你抓紧收拾一下，学校安排团委的杨书记陪你一起回家，车费的事情你不用管，学校来解决。孩子，记住，妈妈下葬后一定要回学校上课，离高考只有十多天了，你必须考上大学，自古华山一条路，你没有退路，只有走这条路才有可能闯出新人生。

她整个人都傻了，她还以为校长找她，是要告诉她好消息，比如保送生名额，或者是入团名单。可是，这个不久前才给了她一束光的校长，怎么能这么残忍地把她推到深渊和地狱？树上的蝉叫声、校长的叮嘱声、校园外面的车喇叭声，通通消失掉，她听不见任何声响，也看不清眼前的一切。

她不知道自己是怎么从校长办公室出来的，也不知道自己是怎么坐上班车，怎么一路颠簸地回到村里的。路上，校团委年轻的杨书记紧紧抓住她的手，不停地和她说话，她困惑地看着杨书记的嘴巴，还有那代表着毅力与勇气的甩动的发辫，她感觉自己回到了小时候掉进水库时的状态，不断往下沉，不断往下沉……最后，杨书记一声断喝把她救回来，黄桅子，你记住，只要你的意志不垮，天就不会塌下来。

杨书记这话很管用，在她后来的几十年人生中都很管用。

天旱，村口光秃秃的，太阳白晃晃，四野都是刺目的光，一群娃娃兴奋跑来，身后腾起一层层黄沙，他们不知道什么是死，只急着第一时间把消息告诉她，七嘴八舌，姐，桅子姐，桅子姐姐，你妈死了，今天早上一头栽倒在玉米地里就死了。

大人们追上来，挥手就是一巴掌，打得娃娃们魂都找不着西东。然后他们拉着同样失了魂的黄桅子往家里走。她家院子的槐树下站了很多人，看到黄桅子时他们集体沉默下来——人们用隆重的悲伤提醒她，现在她是孤儿了。

她不想看到他们的沉默，那是一种悲悯和施舍，表面上像是温顺的棉布，布下面却全部是尖细的针。

黄桅子握紧拳头，以异常坚硬的倔强完成了母亲的葬礼。

简单的仪式之后，姨妈也走了，走前把办完葬礼余下的三百多块钱礼金用盐巴口袋装着卷好，小心翼翼地交给黄桅子。

黄桅子把它紧紧捏在手里，几乎捏出水来，这三百多块钱是她从此全部的家当，她今后的一辈子，就只有这三百多块钱，她无法想象，今后漫长的一生，她能依靠的，只有三百多块钱。

她甚至没有机会再跑回母亲坟前歇斯底里地痛哭一场，一瞬间，她的大脑就迅速被“怎么活下去”这个令人惶恐的问题牢牢占据了。站在山岗上，风哗啦啦吹来，带着暑时的燥热，黄沙漫天，打在身上，扑进眼里。她惶然望着山下的小路，姨妈已经变得像蚂蚁一样小了，她呢，可不可以变成一只蚂蚁？这样，她就可以吃土、吃草、吃这世上最卑微的东西，不需要钱来养活，不需要读书。

风把蚂蚁一样的姨妈的声音传过来——女，你妈留的那片林子，全是樟树，是打家具的好材料，还有那四亩地、一栋房、一头牛，咱一点点卖了吧，考大学。

是的，必须考大学。校长说，一是他会每个月拿出四十块钱来供她念大学；二是她进了大学，可以靠当家教来赚每年的学费，只要考上大学，大城市里多的是可以赚钱的机会；三是他可以亲自去她的大学，找校领导，让她在食堂做零工，洗碗什么的，吃饭不花钱，还有工资。

一滴露水养一棵草，你放心，这世上有草就有露水在。

她茫然地看着校长，母亲的棺木放进墓穴时发出的闷响声还在她脑海中盘桓，校长说得再好听，孤儿就是孤儿，大海里有再多的浮木，她也不敢奢望它们能载着她到达彼岸，她照样随时有可能淹死在海里，如果是那样，还不如现在就死在海里，免得提心吊胆。

走在校园里，她用心关注每一棵隐蔽的树和每一个角落：桃树太脆，一吊就断；槐树太细，也不行；蓄水池旁那棵女贞子树合适，可是晚上总有偷偷谈恋爱的学生在那里；老师宿舍背后的石岩高倒是高，可是下面是牛毛毡做顶的厕所，她不想死在那么臭的地方……

班长白河下课递卷子给她时，低声说了句，下晚自习，学校后山天渠见，有个重要的东西要交给你。白河说完，不好意思地笑笑，佯装轻松地吹着口哨，扬长而去。他有双修长的腿，还有一头茂密的黑发，走过教室，像风吹过河滩的杨柳。

整个下午，老师上课讲的东西，她一句也没听进去，脑子里有两个栀子在打架：一个说去吧去吧，白河笑得神神秘秘的，他肯定是喜欢你了；一个说，你穷得连裙子都没有一条，人家凭什么喜欢你呢？第一个又说，万一人家真的喜欢你呢？

是啊，万一呢，她的心怦怦跳起来，从母亲去世到现在，她第一次感觉自己的心活了回来，虽然只是一点点，虽然她还是想着要寻死，虽然她在决定去的时候对自己说，去看看学校后山也好，万一那里正好是个结束一切的好地方呢。

黄栀子默默坐在教室里，面色煞白，内心却波涛汹涌。她才十八岁，她从没有恋爱过，在离开这个人世间之前，会不会有一份爱和祝福陪她走向天堂？

六月夜的月光，像洁白的玉石照耀着山岗，她惊讶地发现，夜色也能如此美丽。

白河坐在月华之下，穿着干净的白衬衣，捧着一把口琴，琴声婉转流畅，像他们值得期许的青春——白河吹奏的是当年最流行的苏联歌曲《莫斯科郊外的晚上》。

深夜，大山静悄悄，整个世界只剩下一对年轻的人儿，夜色多美好，真是迷人的晚上。

可惜她没资格享受这么迷人的晚上，她是个孤儿。她背对着白河，凄然地说。

你不是孤儿，如果你愿意，我可以做你的亲人。白河放下口琴，无比认真地说。我知道你这段时间在找什么。

我没找。她一惊，矢口否定。

少年笑起来，不跟她分辩，只说，桅子，让我做你的亲人，好不好?

黄桅子缓缓转过身来，她不敢相信自己听到的话，虽然整个下午她都在奢望能听到类似的表白，可她是那么卑微，那么穷，过了今天没有明天，人家班里的女孩子都穿着漂亮的的确良裙子，头发上戴着绸花，她穿的却是姨妈的一件旧衬衣，中年妇女穿的旧衬衣。还有她的长发又硬又直，像钢丝，因为她没有蜂花洗发水，她只有肥皂。

这样的女孩子，可以跟一个拥有一把口琴的男孩子做亲人吗?他坐在月光下的样子，像王子。

我……不好看。黄桅子不安地揪紧衣角，一时间，从母亲去世那天就一直戴着的盔甲卸落满地，她哭起来。

你好看，你学习的样子，你考全年级第一的样子，都好看。白河说，你现在是灰姑娘，但总有一天你会变成公主。

总有一天你会变成公主。黄桅子愕然抬起头，瞪大眼看着白河，脑子里一遍遍响着这句话。渐渐地，幸福像月光一样笼罩她全身，她突然有了力气，原来，茫茫人海，还有一块浮木在这里，它叫爱情。

可她还是不敢回答什么，月色这么好，像假的，眼前的人儿说的话，或许是梦里听到的，明天的太阳一升起，这个人，这月光，这些话，怕是都会烟消云散。于是，她换了个话题，问，你说有个重要的东西要给我，是什么?

就是我啊，还有这把琴。白河一笑，月光就晃了一下，璀璨夺目。

她呆了，傻傻地接过口琴，薄钢上还留着白河唇间的余温，那是生命的温度。

好半天，黄桅子缓过神来，低头抚摸着它，轻声说，要是有一天，我死了，我会把它跟我埋在一起。

也算是表白了。

白河听懂了，又笑起来，白河有一口整齐洁白的牙，映着月色，月光便又晃了一下。

山岗上，他们小心翼翼地挨坐着，一起抬头看月亮，心怦怦直跳，像两只惊慌而美丽的小鸟。

好好考试。许久，他用力地握了握她的手说，还有半个月，我们一起考大学。好不好？亲人。

好。她的回答乖巧柔软，这声音把她自己吓了一跳，黄桅子，从小和男孩子一起抢柴火和干牛粪的黄桅子，竟然有这样温柔似水的嗓音？

少年的白河，手心干燥温暖，像阳春三月的阳光，照在家乡的小溪上。小溪晶莹透亮，在阳光下闪着成千上万的光芒，脱了鞋踩进水里，那温度像母亲的子宫。

少女的她并不知道子宫是什么样子，也不知道胎儿在羊水里到底是什么感觉，但她就有那么一种独特的感受滑过心底，与生命有关，与爱有关。

桅子，你准备考什么？

考医。她说，脑海里全是母亲倒在玉米地里的场景，如亲眼所见。

我考师范，以后，我们的孩子，就有一个当老师的爸爸和做医生的妈妈，真好。白河故作轻松地抛出爱情的誓言，说完竟然一甩手，慌里慌张地逃跑了。

黄桅子一个人坐在山岗上，看着月色下那一点白越跑越远，她咯咯咯笑起来，笑声惊动一群沉睡的鸟儿，它们也扑打着翅膀四处惊逃。

那一年夏夜，山岗上的月光是黄桅子最美丽的衣裳。

黄桅子在A医科大学读到第三年时，母亲留下的树全部变成别人的嫁妆。姨妈写信来说，女，我还给你留了一棵树，等你结婚时，你要打个啥，姨给你打。

她看着信，眼前全是重影。她有点疑惑，结婚，她该和谁结婚呢?

白河刚来信，说，在学校刚交了个朋友，是个女生，家里有点关系，可以帮他实现在大学留校任教的梦想。

白河一直不想大学毕业后回到他们当初的小县城工作，这黄桅子知道，他从一进校园开始就在寻找留校的机会，他入学生会、当志愿者、参加演讲比赛，忙得每个学期都只能坐一两次火车来看她。

桅子也忙，医科大学的课程很重，远胜过高中，就这样，她还要每周上三次家教课，假期也要打工。她和白河的爱情，基本上只是一封封信而已。

亲人，你说，我该怎么办?

白河没有称她亲爱的，改叫亲人。

栀子明白这一句“亲人”的意思。放下信，栀子走出寝室，一个人到操场上跑步。黄昏，操场的草坪上坐满了谈恋爱的人，一对对美丽的裙子和洁白的衬衣，像当年月光下的他和她。

栀子不看他们，开始奔跑，一圈，一圈，又一圈。

校园广播里传出刚流行起来的一首新歌——

我早已为你种下，九百九十九朵玫瑰，
从分手的那一天，九百九十九朵玫瑰，
花到凋谢人已憔悴，千盟万誓已随花事湮灭……

黄栀子晕倒在操场上。

四天后，白河出现在她的校园里。

站在开满石榴花的树下，她静静地看着他，仿佛从不认识，只是暗中用右手盖住扎过针的左手手背。

他不安地看着她，一口洁白的牙狠狠咬着下唇，因为太用力，以至于唇色苍白。

原谅我好吗？栀子。

好。她低垂着头，回答依然乖巧柔软。只是这一次，再没有阳春三月，只有薄冰覆盖的流水，冷暖自知。

·六·

系里组织体检，班上的同学都很兴奋，有不少人还不知道自己是什么血型，听说要验血，都莫名地期待。那时候的血型检验，要等一两天才出结果。她站在快活的人群中间，表情淡然，什么血型跟她有什么关系？自从吹口琴的少年走后，她又是孤儿了。

第二天上午，系主任出现在教室门口，身后跟了两个神情严肃的陌生人，班主任指了指她，同学们的目光便齐齐转到她脸上。

她吓坏了，高考前校长到班里找她那一幕倏然闪回，她预感到了什么不好的东西，但无法知晓那是什么，只知道眼前有一个黑色的洞，等着她掉下去。

她决定不动，她不动，那个黑洞就吞不了她。

班主任走过来扯了扯她的衣袖，系主任说，要你去一趟他办公室。

我不去。她坐着，双手死抠着课桌，眼睛盯着正前方，眨都不眨一下。

有事呢。班主任说，怎么了？

不去就是不去。她嘴唇颤抖，面色苍白。

系主任走进来，说，黄同学，体检中心有个情况要和你沟通一下。

黑洞像云朵一样朝她飘过来。

原来，她不动也没有办法，它会动。

只要你不垮，天就不会塌下来。那句话又响在她耳朵旁，她咽了咽口水，缓缓站起身，和班主任一起走出教室。

从教室到系主任办公室，是一百四十九步。

两个陌生人亲切地微笑着，坐在她对面的沙发上，系主任坐在自己的办公桌前，班主任则和她一样，疑惑且带点紧张地坐在门边的板凳上。

是这样，你们班的血型检验报告出来了，黄桅子同学，你的血型有点特殊，你以前知道自己是什么血型吗？

她松了口气，血型特殊，原来不是癌症，她转头看一眼班主任，摇摇头。

你是熊猫血。高个子陌生人说。

你是RH阴性血。另一个女的补充说。

她不可思议地看着两个人，下意识地低头看了一下自己的手腕，薄而白的皮肤下面，隐约可见略带黑绿色的血管，与所有的同学没有什么不同。

怎么偏偏自己会是熊猫血？

因为血型特殊，我们今天特意到学校来一趟，跟你沟通。

沟通什么？她自己就是学医的，她明白这个血型代表着什么，稀缺血型，出危险时，难找到供血者。

不仅如此，还有更具体的事情要跟你谈谈，这个比较深入，也算是科普，你现在掌握的知识未必细到这个程度。那个，主任，您能否回避一下？女人侧身看了一眼系主任，表情神秘。

班主任一听，也跟着起身要走，女人示意她留下来，你是女同志，又是班主任，没关系。

这时，楼道里传来下课铃声，接着响起一片嘈杂的上下楼梯声和欢快的打闹声，这些声音充满了青春的肆意和晴朗，无所羁绊。

而同样的一栋楼里，她却正沦陷在一道魔咒之中——你是个女孩子，我们有必要告诉你，你生命中的第一个孩子对你来说至关重要。

她的脸顿时就红了。

那是什么年代啊，大家的意识还封闭着呢，对一个女孩子说怀孕，太唐突了。

班主任轻轻拍了拍她的肩膀，安慰她，学医的，学医的。

她抿抿嘴，红着脸点点头。

怀孕对你来说是一件非常重要的事情，你的第一个孩子很关键，在怀宝宝和生宝宝的时候，如果宝宝是阳性，宝宝的血流在你的身体里，你的身体会产生抗体。于是，你再怀第二个孩子就会非常危险——因为抗体的原因，宝宝在你身体里很可能会死掉，就算生下来，也很有可能是黄金宝宝，同样有生命危险。从目前的医疗条件和技术来看，我们提醒你一定要珍惜你的第一个宝宝。

她听得有点糊涂。

也就是说，你最好不要打掉你的第一个孩子。因为一旦打掉，你很有可能一生都没法再有自己的孩子。女人温柔地说，当然，第一个宝宝也需要特别注意。

嗯，我懂了，那么，黄金宝宝又是什么意思？

哦，这是我们平时给这一类病宝宝起的名字，其实就是溶血性黄疸，很危险，你懂的。

她全明白了。

意思是，她在刚刚成为一个新的孤儿时，命运又送来一个警告，那就是，她特殊的血型会让她有可能终身不能拥有属于自己的骨血，她在这个世上，有可能永远是孤身一人。

虽然是夏天，但她全身冷冰冰一片，此刻，她思维混乱，但听觉灵敏，甚至能听到四百多公里以外的老家，光秃秃的山上，大风吹过一棵孤独的樟树，它的某一根枝条正在风中断裂，嚓嚓作响。

楼道里有人在声嘶力竭地学着罗大佑沙哑的唱歌声——

轰隆隆的雷雨声在我的窗前，怎么也难忘记你离去的转变，孤单单的身影后，寂寥的心情，永远无怨的是我的双眼。

无怨吗？

她咬咬牙，轻声问了一个问题，那么，我的孩子，会不会也是熊猫血？

不一定，除非孩子的父亲也是熊猫血，这样的概率很低，大多数孩子都是正常血型。女人微笑着，向她点点头，仿佛是鼓励她，生吧，你现在就可以生孩子。

多么荒谬的人生。她冷笑一声，转身走出了系主任的办公室。走廊里有风，她挺了挺腰板，她倒想看看，多大的风，能刮倒一棵树。

·七·

多谷是她和葛蓝的儿子。但葛蓝不是她的丈夫。

这场恋爱是她在山城医科大学读血液科研究生最后一年开始的，为了维持学业和生活，她做了四份家教，葛蓝是她学生的亲戚。经常在那里进出的葛蓝喜欢这个干净利落、眉眼间却带着一丝淡淡忧郁的女研究生，她上课时神采飞扬，一合上书就变得神思游离，让人感觉她经常不在状态，这种不在状态的模样使她充满了神秘感。

但凡年轻的男孩子，总是喜欢有神秘感的女孩，就像探险，能不断发现新世界。

葛蓝每天出现在她必经的巷子里，不断试探她，逗她说话，跟她开玩笑。葛蓝是位年轻的体育老师，是一个充满阳光的人，他的阳光感染了她，她开始变得也爱说笑和打闹。

他带她出去打篮球、打乒乓球、打羽毛球、游泳，她在运动中感觉自己又活了过来。冻僵的手、冻僵的脚，还有冻僵的血液，都活了过来。

看着葛蓝每一个调皮的表情，看着他在篮球场上驰骋如电、神采飞扬的模样，黄桅子终于走出了冰冻的世界。

很快就到了谈婚论嫁的时候。

她的婚嫁，当然只能靠她自己来谈。

坐在葛家客厅，她不安地搓抚着沙发巾，小心翼翼地把自己解剖了一遍，最后说，她的嫁妆，只有一棵樟树。

葛蓝妈妈坐过来，一把把她搂在怀里，眼泪汪汪，我们家有的是钱，我们不要嫁妆，我们只要你。

多少年没有哭过，这突来的善良打倒了黄桅子，她开始崩溃，从中午哭到下午，直到连抽泣的力气都没有了。

孩子，没有关系，以后我就是你妈，葛蓝，还有我们家所有人都是你的亲人，要不你就住到家里来吧，别住宿舍了。葛蓝妈妈搓着黄桅子的背，像哄一个婴儿，嗯嗯，乖，不哭。

葛蓝第二天就真逼着她住了过来——我老爸老妈整天忙他们的酒楼生意，你来，我们两个孤儿凑一对。

黄桅子听不得“孤儿”两个字，因为听不得，所以无法拒绝这样的邀请。

入夜，黄桅子睡在这个叫“家”的屋子里时，对命运充满了感激，从此她有家了，从此她再也不是一个人了，她不用担心每一天醒来，都要思考这一天怎么才能养活自己，第二天又该怎么做。

葛蓝半夜偷偷潜入她的房间，调皮地眨着眼，她紧紧拥抱着葛蓝健康强壮的胸膛，说，你是上帝派来的吗？

葛蓝嘻嘻笑，开心得像个孩子。

她跟着笑起来，在葛蓝怀里朝黑夜骄傲地眨了眨眼睛。

她那是挑衅，你来呀，你来打败我呀。

常规的婚前体检时，黄桅子这才想起自己那天后来光顾着哭去了，忘了告诉葛蓝一家，她是熊猫血。

葛蓝听完，瞪大眼，兴奋得一把抱起她，熊猫血，我的天，太神奇了，我老婆居然是熊猫血。

黄桅子看着乐开花的葛蓝，也跟着笑起来，现在她是越来越爱笑了，偏偏葛蓝又是个万事不忧的性格，她跟着他，不开心都不行。因为在葛蓝的世界里，天永远是蓝色的，这样过一生，真好。

两个恋爱的年轻人把世界看得太美好了，他们忘记了有一种东西，叫危险。

这是一个母亲永远不想让孩子面临的东西。

葛蓝的母亲也不例外。

起先，之所以同意婚事，是因为她为自家一个专科毕业的儿子能找一个医科大学研究生的女朋友无比得意，人前人后，说起来都是件体面事。至于黄桅子大葛蓝三岁的问题，对她来说更不是事，女大三，抱金砖，她就比葛蓝的爸爸大三岁。当知道黄桅子家里没有任何牵绊时，她更满意了，她是做生意的，这是大好事，自己家挣的钱，永远不担心儿媳妇用到娘家去。

但是，现在要让她接受一个熊猫血的儿媳妇，她立即不干了。

这可不是开玩笑的事情，你这个血型出什么事很麻烦的，比如生孩子大出血，比如遇上点其他的天灾人祸之类的。总之，我不能让我们葛蓝活得提心吊胆，再说，他那么喜欢你，你要出点事，那时候你让我们葛蓝怎么活？

葛蓝傻眼了，跟家里闹，闹得越凶，葛蓝妈妈越不同意——你看看他的样子，你忍心看着他为了你一辈子这么闹腾？你爱他，就该离开他。

她爱，所以她悄然搬出了葛家。

她记得，那天，微明的晨曦是湖水一样的蓝色，她爱的葛蓝还在沉睡中——尽管每天都和母亲抗争，但在宠爱中长大的葛蓝依然还有着大男孩一样的天性，他一边摔东西说要和家里断绝关系，一边向母亲伸手要钱买运动装备。在深谙人世沧桑的黄栀子看来，葛蓝对她的爱是真的，但他对家庭的抗争最终不过是任性而已，孩子气的他担不起他们的未来，到最后，等待她的，一定是葛蓝的妥协。

看透了这一点，趁彼此都还爱着，悄悄离开，总比撕破脸好。

她离开时没有带走任何东西，只带走了一样，那就是葛蓝的骨血。

葛蓝不知道。

没有谁知道。

·八·

生活没有更好，也没有更糟。离开葛家不久，品学兼优的黄栀子被顺利分配到了医科大学附院的血液科。那是一段忙碌而崭新的开始，对黄栀子来说，最大的改变，是她有工资了，每一天，每个月，每年。总之，她有钱了。

钱是她的底气，她一边上班，一边平静地孕育着肚子里的孩子。

葛蓝的妈妈是个一不做，二不休的人，自己的孩子她最清楚什么德行，在黄桅子最忙碌的那些日子，她决然把自家的生意迁到了昆明，而且能量强大地将葛蓝的工作也调到了昆明。

大男孩葛蓝走前来到附院，想见桅子，没见着。那几天，桅子在另外一家医院里待产，生下了多谷。

多谷是她必须生下的孩子，当年来到系里的那个女人说得没错，她拥有一个健康孩子的机会不多，她做母亲的机会同样不多。

未婚生子，这样的事太丢人。大家都想不通黄桅子是怎么了——都是学医的，要避孕很简单。你黄桅子这么一个艰苦朴素又用功苦读的农村女孩子，怎么会做出这种事，这太令人震惊了。

院里找她谈话，但黄桅子拒绝回答任何问题。年轻的一张脸上写满了决然和沉默。这态度激怒了院领导，黄桅子的试用期还没过，他随时可以开掉这个给附院带来“耻辱”的女孩子。

黄桅子挺得笔直，坐在那里，两行泪无声地掉下来。

这决然和沉默的泪水让院领导有点犹豫和不安了，刀子高高举起后，最后还是十分谨慎地落了下来。

一个人就是一本医学书，每个人体、每一种病都是对医生的一场考验。院领导看出这个出身贫寒、靠打工和做家教完成学业的姑娘有病，只不过病在心里，她不给你看，你再费劲也枉然。既然有病，那就这么着吧。

非议中走过来的黄桅子，除了板着张脸做出一副拒人于千里之外的样子，别无他计。在血液科一路走过来，黄桅子一向保持严谨沉默，她用时间和专业水平将大家对一个未婚生子女人的猜疑和不屑变成了尊敬和神秘。渐渐地，她成了附院的一个传说，偶尔一些不着边际的版本传到她耳朵里，她一笑置之。

附院里的医生和护士们谈到她，一般都是说：那个奇怪的女人。

呵呵，奇怪的女人，总比被命运诅咒的女人好。

作为专业权威，黄桅子与老大的业务水平不相上下，唯一的区别，是她是冷的，老大是热的，老大对待生命的态度和她是截然不同的。

这是老大能当主任而她当不了的原因，也是他们经常吵架的原因。

最严重的一次争吵，老大冲她砸了杯子，这汉子一向就不是电视剧里那种温言细语的主。一时间，会议室里茶水四溅，众人惊诧，唯她这个奇怪的女人风雨不动，稳坐泰山，老妖怪一样，眼睛都不眨一下。

冷血动物。老大骂，你看你给大家带来了多少麻烦。

那次争吵的原因来自一个六十多岁的急转M5病人，入院骨穿结果为白细胞只有零点几，血小板只有一个，几乎没什么希望了。亲人要求无论如何都要试一试，救一救。讨论时，老大主张上一次化疗，冲一冲。黄桅子不同意，说都这样了，回家吧，让一张床位出来，救一个该救的人。

谁是该救的？谁是不该救的？你告诉我。老大阴沉着脸，你以为你是上帝？谁该救谁不该救，由你决定？

她戗上了，谁该救谁不该救，你心里比谁都清楚。

老大火了，我再次警告你黄大夫，我们不光是医病、医人，还要医心，病人和家属都强烈要求再尽一次人力，我们就应该尊重他们的请求，尽量冲一冲，而且我们有很多冲过以后成功的例子，所以，你没有资格轻易对一个生命作出判决。冲过了，大家都心安；不冲，死去的人心不甘，活着的人心不安，明白吗？

归根结底不就是钱吗？黄桅子按压着手中的笔，冷冷地说，他们家有的是钱，烧呗，当然，我们科也不会嫌钱多是不是？

钱这东西，黄桅子这一辈子都跟它耗上了，提到它，黄桅子除了恨，还是恨。

老大愣住了，他没想到跟他一起并肩战斗的黄桅子竟然说出这种话来。老大从小生长在草原，骑马摔跤打狼，是个有血性的男人，当下就一杯子砸了过去。

黄桅子，不是这个病人该不该上化疗的问题，问题在于你的态度，你不尊重生命，你必须反省。

黄桅子抱着手臂不说话，一脸作死相。

科室的人面面相觑，都沉默了。

事后，科里按老大的方案启动了治疗，结果病人在第二轮化疗时没有挺过来，走了。家属人财两空后，与医生反目成仇，也不知道是谁把黄桅子那番话给传了出去，这一来，家属更是炸锅，立即大闹血液科。

吸血鬼，你们都是吸血鬼，明明知道人都救不活了，还榨干我们家所有的钱。

事情闹了半个多月，出动了院办、公安、维稳众多力量才摆平，老大整个眼眶子都给折腾垮了。

那段时间，整个科室没有一个人主动跟黄桅子说话。

黄桅子知道自己犯了众怒。

其实在血液科，因为家家都是砸锅卖铁来治病，科室没少贴补，大到主任，小到护士，都经常掏腰包给吃不起饭的病人家属买盒饭、租板房。科室有不少幼儿患者，护士长还和省团委搞了个青年志愿者协会，协会每周来做志愿服务，变魔术、唱儿歌，尽管都戴着口罩，但那美好的笑声在青年和幼儿之间传递，胜过人间最动听的音乐。再有就是那些捐赠者，默默来，默默去，病人从仓里出来时，身体里生长着新的希望，给予的人却早已悄然离去。总之，这个科室是在和死神抢人，而这抢夺的过程不仅仅有家属和医生参与，还有那么多陌生人在共同参与。他们是一个团结的科室，是在与死神搏斗的过程中种下生命花朵的科室。老大还让护士长在护士站里贴了四个字——勇者不惧。

这么一个战斗得昏天暗地的科室，却被黄桅子说得如此不堪，实在是过了。

但黄桅子有黄桅子的想法，她认为生命这个东西，一旦到了无谓挣扎的时候，就应该理智面对，与其把钱花在一个毫无希望的生命身上，不如让生者活得更好。

就像血，明明流淌在健康人的身体里，好好的，偏偏要输给那些明知已经没有希望的病人。看着稀缺的一袋袋血浆或血小板送过来，一滴滴输进病人身体，第二天、第三天、第四天血检结果，零还是零，什么也没变，黄桅子心里特难受。

老大说她不尊重生命，其实，她只是比他们理性而已——她不仅尊重病人的生命，同样也尊重病人家属。她觉得应该为活着的人多考虑一下，比如少花冤枉钱。

老大长了个汉子身材，却生了副娘娘腔心肠，他懂个屁。

·九·

清晨，黄桅子被放在枕边的口琴磕痛醒来。

这把口琴，自白河交给她后，一直不曾丢弃，不管吹口琴的人是否还在，那夜月光下奏响的口琴声，永远保存在黄桅子的记忆里。她固执地觉得，世间所有乐器，都没有口琴声动听。

这一刻，黄桅子怔怔地盯着它。

关于多谷，她需要托付给一个值得信赖的人。多年来，她早已把自己长成了一棵树，自己遮风挡雨，保护自己和多谷，她从没有要去依靠别人，以至于现在要寻找可依靠的人时，翻遍手机，竟然寻不出几个可以打电话的人来。

白河是她第一个想到的人，当年吹口琴的少年早就从大学教师转行，摇身一变，成了副区长、区长、副市长。一直在心中鄙视白河世俗的黄桅子，此刻不得不世俗地想——有一个副市长保护多谷，不管多谷今后成不成材，至少会有一份体面的工作。

选择白河的另一个原因，是这些年白河没少给黄桅子发信息，特别是自他从政后，好像经常坐飞机。于是，不管黄桅子回不回复，他每次出差上飞机前都会给黄桅子发信息说，登机。每次下飞机，也会发，平安。黄桅子觉得好笑，一个八竿子打不着的人，上飞机、下飞机都给自己发信息，是在炫耀吗？除了坐飞机，只要有职务变动，白河也会第一时间发信息过来。每年高考一放榜，他还会发来当年他们那个县城中学的考试情况，六百分以上多少人，五百分以上多少人。然后加上一句，桅子，当年我要是多考三十分就好了，我们就可以在同一个地方上大学。

有一次，黄桅子忍不住恶心他，就回了一句，然后呢，不还会遇到一个女同学？

那边打蔫儿了，回，是我对不住。

所以呢？黄桅子边翻看着病人的血检报告，边回。

我还是你的亲人，桅子，永远是。

好。黄桅子微笑，恶毒地回过去，哪天你来我们医院看病，我给你享受医生亲属待遇。

哈哈哈。那边回过来。黄桅子看着那三个字，仿佛看到白河那一口洁白的牙齿，在记忆的月光下闪闪发亮。

突然就原谅了他。

青春早就不在了，还说那些做什么，不管怎样，没有白河，她估计早死了。

之后数年，她的状况，以及多谷，白河也渐渐知晓了些，两人仍然发着短信，但没有暧昧，只有温暖。每次他出差坐飞机发信息，她出手术室或是会诊后拿出手机，都会回一个字，知。有时候出手术室她太累，老大就会拿过她手机，眼神邪恶地替她回，知。

她懒得跟老大解释，孤独的人生，天上地下，有个牵挂，总是好的。

抚摸着口琴，黄桅子发了条信息过去，亲人。

白河几乎是秒回，怎么了？出什么事了？

黄桅子惊讶于他的反应，他怎么就知道不对劲了呢？

见个面吧。她柔软地呼唤，你来。

好，时间？

尽快。

一会儿，白河的电话打了过来，是黄桅子记忆中熟悉的声音，有力而热情。不知为什么，黄桅子的眼泪又掉了下来，她突然发现，要和一个最想见的人说自己要死了，是一件几乎做不到的事情，因为念头刚起，心就会碎掉，碎成无数片，痛不欲生。

白河不知道她的状况，只管在那头飞快地说，我让秘书查了一下行程，只有后天半天的时间，我中午飞你那儿，然后下午跟你见面，吃个晚饭，晚上我再飞回来。有事见面谈，如何？

啊？黄桅子被他的语速搅得几乎回不过神，吸了吸鼻子，茫然地答，怎么都行。

关键是后天你有没有时间，亲人，女侠，你现在是血液科权威。

我……有的是时间。黄桅子咳嗽了一下，强忍着胸中涌起的痛楚，说，最近……我休假了。

那就好，吃饭的地方我来安排，我们选一个你来方便、我走也方便的地方，这样，我们可以一起多坐一会儿。白河简洁地说完，挂了。

我们可以一起多坐一会儿。这话多么暧昧和热烈啊。快二十年了，不曾见面的两个人，天南地北，能一起多坐一会儿，对于身居要职的他和即将离世的她，都太奢侈了。

两天后，黄桅子来到白河给的地址。

这是离区政府不远的一处小巷，带小院的两层小楼，院子里种满了多肉。上到二楼，里面是个静雅的茶室，茶旗是靛蓝色的蜡染布，配着一套天青色的钧窑茶具，花插上简洁地插了一枝观音草。看来，当年吹口琴的少年，艺术的细胞依然还在。

她缓坐下来，自己给自己泡了杯老寿眉。

手机响，白河的信息——落地，稍等。

心怦怦跳，黄桅子有点紧张，走到洗手间，看见了镜中的自己，有点憔悴，没有血色，还有点……老。她迟疑地拿出路上刚买的一支口红，笨拙地抹在唇上，这是她人生第一次抹口红。

士为知己者死，女为悦己者容。

她沦落到了这步田地吗？要靠姿色换取一个承诺？想到这里，黄桅子觉得凄凉，拿起纸巾把刚抹的口红又擦掉点，红着眼走出洗手间，坐了几秒，终究还是焦躁不安，又进去，重新抹上。

好吧，她对自己说，无论怎样，就算是为了多谷。

时间一分一秒过去，黄桅子静坐着，听到自己的心脏在狂跳，越跳越慌张，她突然有了初恋的感觉，那一夜，那轮月亮，那清朗悠扬的口琴声，那泛着白光的穿白衬衫的人……

白河出现在门口时，黄桅子有点疑惑。

这是当年吹口琴的那个白河吗？尽管还是长的腿、茂密的黑发，但神情间已经完全找不到当年的影子。他的白衬衣依然干净顺滑，但不再是青春的味道，他的裤子笔挺，黑色的皮鞋擦得一丝不苟，肚子微微发福，金边眼镜框使他显得很笃定、威严。

整个人，不再是吹口琴的浪漫少年。

她几乎不认识他了。

那么，这个陌生的亲人，十多年未见的亲人，她该怎么和他打招呼呢？黄桅子困顿地看着他，胸中起起落落全是汹涌的波涛。他们曾经是最亲的人，携手走过她最艰难的岁月，他是她最坚实的浮木，带她游过大海，以前是，现在也是。她站起身来，想第一时间跟他说句什么，比如想念、伤心、感激、愤怒……还有死亡。

可是所有正在酝酿着的情感都被白河的一个小举动瞬间

打碎。

白河从门口大步流星走过来，老远伸出手，黄医生，幸会幸会。

黄桅子傻傻地看着他，眼睁睁看着白河的手有力地握住自己，摇了摇，又摇了摇。

她还记得当年白河战战兢兢地握着自己的手的感觉，那是爱，是靠近，是初恋，是我想牵着你。

可眼前这个握手多么客套，纯粹是领导和客人相见的握手。黄桅子感到自己被一种绝望和羞辱包围，正想抽手掉头离去，白河的食指却隐隐约约在她手心里轻微动了一下，黄桅子看一眼白河，白河眼角朝身后扫了扫，黄桅子这才发现，白河身后跟进来一个中规中矩的年轻人，手提着包，站在门口。

可是，这算什么，他们明明是亲人。

小苏，过来，见见黄教授，她可是医科大学附院的权威啊，下一步我们与附院的合作，恐怕还要有劳黄教授。

小苏便走了过来，很恭敬地叫了声“黄教授”。

没等黄桅子回过神来，白河挥挥手对年轻人说，你去点餐，然后自己在楼下吃点东西，我和黄教授边吃边具体谈一谈事情，七点五十分准时叫我，我们出发。

小苏便知趣地闪身走了，顺带关上了门。

门一关，气氛顿时就有点暧昧了。白河长吐一口气，坐下来，轻声叫，桅子。

一声“桅子”，光阴瞬间流淌回来，她顿时就委屈了，泪水噙满眼眶，侧过脸去，不让白河看她的眼。

栀子，这么多年了，你终于肯见我，我以为你一辈子都不见我了。白河的声音里，带着对旧日的缅怀，口琴声恍若就在耳畔。

黄栀子放心地暗喘了口气。

还抹口红，明明就不会，都出来了。白河温柔地说着，竟然从桌上的纸巾盒里抽出一张纸巾，替黄栀子擦拭起来，那神情和动作，仿佛分手的十几年时光从来就没有发生和存在过。黄栀子愕然呆坐，某一秒，白河的手指透过纸巾碰触到了她的嘴唇，她一惊，整个身体都紧张了起来。

我没别的意思。白河笑，栀子，我们是亲人，我是你唯一的亲人，我答应过你。告诉我，遇到什么事了？

你怎么知道……有事？黄栀子镇静下来，费解地问。

没事你不会找我，你那么倔。白河了然于胸，说，不光是有事，而且是有大事。

黄栀子点点头，低下头，想一想，再想一想，最后抬起头来，盯着白河，一字一顿地说，白河，我快要死了。

白河一时没听明白。

我快要死了，死之前，我想把多谷托付给你。黄栀子怕自己垮掉，开始转变语速，她飞快地说着，不容白河插嘴，不带任何情感——我有一套房子，没有贷款。五年前买了一个门面，在医院侧门后海花园小区，不大，只有十八平方米，出租给人家卖早餐包子，我还有二十万存款。我想全部交给你，请你帮我把多谷带大。以后，你就是多谷的舅舅。

等等等等。白河严肃起来，身体往前倾，双手伸出来，用力捧住她的脸，哄她，慢点，我听不明白，你慢点说。

她从没有被男人这样把脸颊捧在手心里过，像捧着一件珍宝。白河手心的温度一点点融进她的皮肤、身体，以及心。

她开始流泪，胸口一阵阵发紧，刺痛，她不停地摇头，大哭。

我要死了，白河，我要带着你的口琴死了，求你替我照看好多谷。你说过，你是我的亲人。

白河难以置信地看着眼前哽咽得几乎说不出话来的女人，好半天，他终于意识到了什么，一时间面若死灰。

你是医生。白河急切地说，你不会死的。

医生……也有医生治不好的病。黄栀子感到心脏明显负荷过重，她竭力控制自己，伸长脖子，大口大口地呼吸，像一个濒临死亡的人。

栀子！白河的眼眶红了，什么意思，一二十年不见我，一见我你就说你病了，你是在惩罚我吗？到底什么病？你告诉我。

白血病。黄栀子依然呼吸困难，她又长长地吸了口气，说，治不好。

你自己就是血液科权威，什么叫治不好？白河硬邦邦地说，我不信。

黄栀子看着白河，泪眼模糊，那年，和你分手的一个月后，学校体检，他们告诉我，我的血型是RH阴性血。我不好找配型的，我不到的。

白河整个人都定住了，呆滞了好半天，你从没告诉过我。

那个时候，告诉跟不告诉，有什么分别？黄桅子说。

白河沉默了，牢牢盯着黄桅子，生离死别一样，眼眶红得厉害。

好半天，白河搓了把脸，把眼泪收进掌心，缓慢地说，我都快五十岁了，你才来告诉我，你让我回去的时间都没有。

我不要你回去，也不求你回去，白河，我只想把多谷托付给你。我没有谁可以托付。

不。白河失去控制了，不停地摇头，愤怒地说，绝对不行，除非你去治病，缺钱，我有，要我管多谷，我不！

我求你了。

不！白河紧咬住下唇，像当初离开黄桅子时一样，艰难酝酿并做出决策，先治病。

你不答应，明天我就消失。黄桅子说，我可以明天就死掉，也可以后天。或者你答应我，那我就再多存在一段时间，三个月，或者半年。你知道，我和你，我们都是一样敢下决心的人。

白河愣了。

坚强的黄桅子，没有什么做不到的，包括死。这一点，他清楚，就像她当年瞒着所有人，坚强地生下多谷，且一个人艰难地过到现在。

白河颓然地垂下脑袋，正要答应，手机却不合时宜地响起来，白河怔怔地望一眼手机，默默挂掉。手机接着又响，一声接一声，白河不耐烦地接通，恼怒地问，谁？

不知那边的人说了句什么，黄桅子明显地感到白河表情的变化，他望一眼黄桅子，用手捂住了话筒，好像生怕黄桅子的抽泣声传过去。最后，白河轻声说，好的，我今晚就回去。我知道，我会处理好的。

挂掉电话，白河饱含歉意地说，那个，谁……事儿太多。

黄桅子笑笑，说，她？

啊？嗯，嗯。白河的表情有点复杂，欲言又止的样子，然后烦乱地搓太阳穴。

你跟她说来见我？

没有，没有。白河迅速答，我没跟她说，是……那个，小苏，可能是小苏。

她要你早点回去？

是，白河眼神游离，敷衍答着，是，是。

黄桅子举起杯子，将里面的茶徐徐倒在茶海里。

白河不吭声，气氛渐渐凝固下来。

黄桅子不傻，知道刚刚这个电话，意味着什么。但她依然想试一试，为了多谷。她从提包里拿出一个信封，推到白河面前，遗书、卡、房产证，所有的东西都在里面，我并不想破坏你现在的家庭，只是除了你，我的确不知道这个世界上我该去找谁，我没有朋友。

白河惧怕地往后缩了缩，面有难色，桅子，我觉得，咱们还是先治病吧。死不死的，别说了，不吉利。

我说过，我不想治，我不想把钱花在治病上，我要留给多谷。

多谷需要的不是钱，是你，是母亲。

不。我知道钱对一个孩子有多重要，你知道吗？白河，当年我妈死的时候，我所有的念头不是我妈死了，而是我妈死了，我怎么办？因为没钱，因为穷，我姨妈卖光了我们家的房子、木料、树。大学的时候，我要打三份工才能凑齐交学费的钱，为了打工挣钱养活自己，我甚至没办法去你学校看你。你不知道，这世界上，要是没有钱，该怎么活。

当年你完全没有必要过得那么苦，桅子，我早就想说你，大学学费和生活费陈校长都替你交了，但你整天除了钱还是钱，连我过来陪你你都三心二意，在我耳朵边说来说去都是钱。

不，我没有要陈校长的钱，我自己赚钱，大学毕业的时候，陈校长给我的所有钱我都还给了他。黄桅子自豪地、悲壮地答。

白河瞠目结舌地看着眼前这个女人，这个自己承诺要当她一辈子亲人的女人，这些年她到底是怎么走过来的呢？独自一人，独自承受悲欢。

他有一种冲动，想要上前拥抱她，但他不敢。他知道，一方面，黄桅子现在最不需要的就是拥抱，拥抱是火，会把她所有的冰都融化掉，而她现在所有的坚强，其实都是水结成的冰，一旦化成水，黄桅子就再也站不起来了。另一方面，有些承诺和有些事，他不能做。

敲门声响起，小苏进来了，提醒他，白市长，厨房马上上菜，吃饭一个钟头够不够？我们离七点五十分还有一个小时，还有，明天一早有个会，书记临时召集的，说您必须参加。

好。白河头也不回，挥了挥手，一脸公事公办的表情。

小苏的穿插和服务员的上菜打乱了白河和黄桅子的节奏，两个人像木偶一样坐在桌子的两端，黄桅子干看着满桌子的菜，难以下咽。

白河则有一筷子没一筷子地吃着，吃两口，放下筷子——

桅子，我，实在是……有点麻烦。

什么？黄桅子面无表情地问。

关于多谷，要是他大一点，或者说已经上了大学，以后要找工作、谈恋爱把关、帮着买房子什么的，都不是问题。只是，现在多谷才十四岁，我又是副市长，组织管理又比较严，你的财产要让我保管，这属于重大事项，按规定必须得报告，本来我们两个，也没什么事，可现在的人，疑心多，总会往别的方面想，我怕说不清楚。多谷呢，我要是带到家里管，家里那位恐怕也不好说话……我们的事，她一直是知道的。怎么说呢，我不是怕她和我闹，我是怕多谷受气。再者，眼下，我也有个事，关于考察的事……总之，我们当领导干部的，百十双眼睛盯着，很多事，真的不好办。

黄桅子听白河说完，心沉到了底，她看着眼前这个愁眉苦脸却又衣着鲜亮的男人，他走到今天，是曾经放弃爱情的结果，既然已经输掉了爱情，绝没有在十多年后为了旧时情分又把今天的地位和家庭再赔进去的道理。看他的穿着打扮，他是如此爱惜自己的羽毛，她黄桅子怎么傻到想要把多谷托付给他呢？曾经靠不住，往后自然也是靠不住。

黄桅子微微笑了，细而尖锐地说，对不起，我以为，天上地下你都来信息，是因为你是我的亲人。

天上地下都发信息，是因为远，安全。白河孤注一掷地把碗推到一边，自嘲地说，又用牙咬住下唇，艰难地坦白——我想赎罪，一直想，我也想你，正好你隔我远，又不肯搭理我，大家都挺安全的，所以……

黄桅子听不下去，人家只是调情，她居然还来自取其辱，黄桅子，你是眼瞎了。她霍地站起来往外走。

桅子桅子桅子，我的意思是咱们还是治病吧，治病是上策。白河慌了，腾地站起身来拦住她。

白市长，后会无期。黄桅子冷冷地推开白河的手，从包里掏出一件东西，狠狠砸到桌上。

白河认出来了，那是他当年送给黄桅子的口琴。

但愿从今往后，你我永不忘，莫斯科郊外的晚上……

白河鼻子一酸，紧赶两步，一把从背后抱住黄桅子，治病吧，桅子，我求你，咱们去医院，听话。

黄桅子挣脱他的怀抱，仔仔细细看一遍白河，讥笑道，白市长，请自重，随便抱女人，也是重大事项，要报告的。

·十·

接下来怎么办？你找不到人托付的，我跟你说过，全世界，只有靠自己才靠得住，当然，还有我。老大小声说着，人半蹲在地，他在给她打针，这活自从当大夫后很少做了，他小心翼翼地。

她斜坐在沙发上，笑说，你这样子，要是手里不是针筒而是花，我还以为你是要向我求婚呢。

天下女人都死绝了，也轮不到你。老大语气带有不屑，手却拿着酒精棉签，轻柔地擦拭着她的臀部，还嘻笑，看不出这屁股还挺白。

滚。她嗔怪，然后收起笑容，提起裤子，俯下身盯着老大，我决定找多谷的爸爸。

你要不要那么贱？老大冷哼一声，当年人家爹妈为了躲你这个洪水猛兽，店关了，房卖了，把葛蓝的工作也调走了，举家逃回老家云南，你还要怎样？再说了，葛蓝那只长不大的小卷毛狗，这些年也没见雄赳赳、气昂昂地跑回来过，这样一只长不大的泰迪，你把孩子托付给他？你还是算了吧。但凡姓葛的对你有点情分，也不至于十四年了一点联系都没有。你呢，给人养了十四年儿子，现在还要上演一出苦情戏给人家看，你这是丢尽我们当医生的脸。

不管怎样，他是多谷爸，他有权知道，他有个儿子。黄桅子说。

当年也不见你说人家有权知道他有个儿子。

此一时，彼一时。黄桅子说，我要死了。

老大心头一阵寒，叹口气，软下来，说，电话呢？天南地北，怎么联系？

我还有他亲戚的电话，就是当年我给补英语的那个孩子，孩子一直跟我有联系。

试试。老大站起身，又摸了摸她额头，嘀咕，好，不发烧了，可你这人怎么净做些发烧的事？说完去给她打果汁。

黄桅子真就拿起手机打了过去，边听，边叫老大，快，帮我记一下，139，啊，36……

老大赶紧掏出手机记下来，再弄了一杯果汁、一杯热水，放到茶几上。

水果记得洗后要用开水烫了再打汁，药在这里，三点钟吃一次，晚上七点再吃一次，我值完夜班再来看你。还有，明天周五放假，接多谷，我去。

黄桅子摸了他的大腿一把，真心说，谢谢你。

谢谢我你也不能吃我豆腐。老大扭了扭，退到茶几另一边，脸上是很吃亏的表情。

你说，上辈子我们会不会是夫妻？黄桅子开玩笑，她向来严谨自律，很少开玩笑，尤其是男女玩笑，但这段时间她老跟老大开玩笑，老大越躲她越来劲。

老大知道，她其实是紧张，而且恐惧。

这世上没有人不害怕死亡。

是啊，上辈子我们是夫妻，这辈子是搭档，再下辈子，又是夫妻，所以我老婆整天提心吊胆，生怕你把我拐了。老大把手机里刚记下的葛蓝电话号码转存到黄桅子手机上，这才绕回来，远远伸出手拍拍她的脑袋，听话，风大，不要出去，体温状况再稳两天就好了。我走了。

风再大也要出去。

还好，昆明的天气不错，黄桅子走出机场，小心翼翼地摘下口罩。飞机上，邻座一直在咳嗽，搞得黄桅子很紧张，她目前的白细胞只有二点几，任何的风吹草动，都有可能让她倒下。

葛蓝短信里给的那个地址并不难找，沿着公园路一直向前就是。已是傍晚，两旁的小广场上到处是跳坝坝舞的老人。据说在西南三省，没有一个广场不被跳坝坝舞的老人们攻占。活到老，皮到老，还真有意思，听他们开的这个音响，是要冲到天上去的架势。

气压和湿度的原因吧，路过音乐声震天响的广场，黄桅子胸口有点发闷，停下来休息了好一会儿，才继续往前走。

葛家的休闲山庄前果然有一株巨大的三角梅，瀑布一样挂着，开满紫色的花。小四合院面积不大，也开满了花，绣球花、紫薇花、太阳花、阿拉伯婆婆纳、酸浆草花、玻璃海棠……让人感觉全世界的花都开到了这里来。黄桅子不禁想，葛家的儿媳妇，会是个怎样明丽如花的女人，总归比她这个只会做手术的无趣女人强。

想着，她找了秋千旁的铁艺座椅坐下来，开始打葛蓝的电话，却没想到接电话的是一个女人。

我找葛蓝。她迟疑了一下，说。

我知道你找葛蓝。对方直爽地说，啥子事，我是他媳妇。

黄桅子有点意外，之前她和葛蓝一直是短信联系，难道，这两天和她联系的人，都是葛蓝的爱人？

你到了是吧？那头说，我看到院子里坐了个美女，你往上看。

黄桅子抬起头，看见二楼木窗户旁站了个身形瘦小的女人，三十多岁的样子，长相很机灵，有着西南地区女人特有的玲珑感，但神色明显很憔悴。

一会儿工夫，女人端着一杯水，来到院子里，腰上系着围裙。

黄桅子尴尬地笑，说，老板娘也亲自下厨？

啥子老板娘。女人歪嘴苦笑，回头指着院子说，两楼一底，外带这个院子，都不是葛家的了。

什么意思？

你先说，你找葛蓝做什么？女人狡猾地眨眨眼，有点调皮，也有点戒备。黄桅子突然觉得这女人有点像当年的自己，那时候，她跟着葛蓝，他们一起打球、游泳，她刚开始学会放松时，也是这样，带点调皮，带点戒备。

我……是他的一个老朋友，我们曾经是球友。

你短信里说找他有事，有事你说吧，还非得赶到昆明来。女人嗓门儿有点大，像是不太高兴。

这事，我得亲自给葛蓝说。黄桅子为难地答，四处张望，葛蓝呢？

你怕是见不着葛蓝。女人把水递给黄桅子，拍拍手麻利地说，他进去了。

进哪儿去了？黄桅子不明就里，边喝着水边问，她着实渴了，水温温的，十月的天气，这温度正好。

能进哪儿？戒毒所呗。女人喊了一声，仰头看着小楼，还有开满绣球花的院子，愤愤地说，吸粉，这个死鬼，恁大个家业都吸完了，人都吸垮架了，恁好的院子，没得了。

正喝水的黄桅子一下子给呛着了，咳了好半天，咳嗽让她的胸口一阵刺痛，她捂着怦怦直跳的心，直瞪瞪地看着女人，声音都变了，吸粉？怎么可能？葛蓝，那么阳光、那么健康的一个人。

是啊，恁阳光，恁健康，就是天天想着一个以前耍的女的，想着想着就跑去吸粉，我跟了他是一天好日子都没得过到。女人骂着，用眼角瞄黄桅子，你莫不就是那个女的？

黄桅子吓坏了，赶紧摇头。

哦，我还猜是你呢，不过看起来也不像，他说，那个女的是个医生，你看起来不像医生，倒像个病人。女人说话俏皮风趣，不像是男人吸粉、家业盘光的样子。

黄桅子半信半疑地望着她，说，葛蓝都……那个了，你怎么还能这样子说话呢？

要不我怎么说话？女人摊开手，道，就算天塌下来，人还站着，就不是个事。我怕个屁，他们盘得去家业，盘不走手艺，三十年后，又是一条好汉。我是打不死的小强。

黄桅子敬佩地看着眼前这个小巧玲珑却又说话粗糙有趣

的女人，她以为自己已经很可怜、很坚强了，却不知道，人世间每个人都各自有着各自的伤，葛蓝的妻子明明眼前已经山穷水尽，人家偏偏还能站在这里说俏皮话。比起整天板着脸的自己，强多了。

黄桅子站起身来，缓缓往外走。

女人冲她背影喊，你还没说找葛蓝啥子事呢。

我……黄桅子回过头，笑笑，本来是……借钱，这光景，算了。

女人瘪瘪嘴，表示无计可施，大声道，要钱没有，要命我有一条，对不起了，大姐，你慢走。

慢走，还是漫走呢？她在昆明街道上，找不到方向。昆明的风是温柔的，街道上、院子里、窗户旁到处开满了鲜花，热烈而澎湃，她行走在这片花的海洋里，却无法活成花的模样，让人爱，让人怜，自始至终，她都是一棵孤独的树，无处可依。

可笑的是，她努力地吃药、打针，努力地恢复身体，然后坐着飞机到昆明来找一棵树，找来找去，还是只有自己。

她返回机场，在候机室里给老大打了一个长长的电话。

她如水般轻柔地倾诉——老家，母亲的山林，姨妈给她留了一棵树，樟树，出嫁的时候打成家具，是好嫁妆。

她本来是当作遗言在叙述的。

老大却说，冲那棵树，你也得给我好好活下来。

树，是啊，树。她莞尔一笑，说，大学的时候，我读三毛的作品，里面有一篇写树的散文，我背给你听——

如果有来生，要做一棵树，站成永恒。

没有悲欢的姿势，一半在尘土里安详，一半在风里飞扬；

一半洒落荫凉，一半沐浴阳光。

非常沉默、非常骄傲。

从不依靠、从不寻找。

老大，有时候，我觉得我就是老家山林里那棵樟树，唯一的树，我就是全家的血脉，是父母的延续，是多谷未来的依靠。

所以，你很棒，你是全世界最棒的一个。老大称赞她。

可是我现在累了，想休息。老大，我只是想找个人替我照顾多谷，为什么我找不到?

因为多谷的树是你呀。就像你，你只有一棵樟树，多谷也只有一个你。

可是我要死了。

关键是你现在怎么死?姓白的靠不住，姓葛的没得靠，靠我我老婆又要跳楼，多谷的事不安顿好，你怎么死?现在，我问你，要不要接受我的建议，冲一冲?我一直尊重你的选择，替你保密，但我也随时为你提供后援支持。你不仅拥有一位主治医生，你还拥有整个团队。

我是熊猫血啊。她轻吐一口气，像吐出一口血。

这是问题吗?我可以给你找无数的熊猫侠。

嘁，吹牛，还熊猫侠。她的眼泪顺着腮边滑落。候机厅里人来人往，整个世界人来人往，她却无处依靠，什么熊猫侠，她身边连个人影子都没有。

乖，我们冲一下好不好？老大继续哄着她，温和得像母亲，不要轻易放弃生命，不管对病人，还是对自己。配型的事，不急，再难，总会有的。

可是我怕我等不到，生命是脆弱的。她答。

生命无所谓脆弱，关键是意志。你说到树，我想推荐你去看一棵树，你去看了它之后，再告诉我，你要不要入院。

在哪里？

在巴林。

巴黎？

不，是巴林。老大的声音在那头像湖水一样温柔地漫过来——在中东，有一个国家，叫巴林，它小得就跟你一样，在人海茫茫，不，“国海”茫茫中，没有多少人会注意到它。在巴林，有一棵树，独自长在沙漠里，也跟你一样，一个人，它的四周没有一口井，没有一滴水，可它却在那片沙漠里存活了四百多年。

心突然就动了一下，那是棵什么样的树，独自长在沙漠里，跟她一样？它苦吗？它的叶子会不会像她现在的面容一样，憔悴又干枯。

桅子，我觉得，就算你要死，也该去看看那棵树，也许它是在人世间、在世界的另一边的另一个你。老大的声音像每一次深夜送她回家时，在车里哼唱的呼麦一样，从遥远的地方传来，低沉、徐缓、充满魔力，直透人的内心。

那棵树，叫什么？她问。

我不知道，你去，然后回来告诉我。老大答。

好。她挂掉电话。

说不清什么原因，她心里有一丝力量在生长，她想去巴林，想去看一看那棵沙漠里的树。那棵，也许是另外一个她的树。

·十一·

我就说，黄桅子这种人，只要你不给她退路，她就绝对死不了。老大在微信里狠狠说完，整个人松了口气。

这段时间，他真是累坏了。科室里的事、病人的事、桅子的事。

正进安检的白河听到这则语音，也松了口气，这个男人还真是对桅子上心，看来，他的判断是正确的，幸好那天和桅子见面时他及时打来电话，不然，白河真有可能就答应了桅子——他欠她一辈子呢，不能照顾她，至少替她照顾她的孩子，他会把多谷当成他和她的孩子来养的。

是这个科室老大打电话来阻止了白河。

以桅子的性格，决定死是一瞬间，决定治也是一瞬间，她果断，很少反复，要让她决定治疗，你必须拒绝帮助她。你听着，你只管断她后路，其他的我负责，你跟她说完就立马走人，记住了？

白河当时握着手机，看着对面的桅子，只有含糊着回答，我知道，我会处理好的。

那一夜登上回程的飞机时，白河感到自己很颓废、很痛苦、很酸涩，总之若干情绪堆积，搞得他快要窒息。他拿着手机，习惯性地要给桅子报登机的消息，却发现自己已经没有资格再发了。可是不发吧，他的心缺了一角，十多年，都习惯了，她是亲人，最可怜、最孤独的亲人，他欠她的，而且她病了，就要死了……想到这里白河全身的力气都在消失融化。发吧，对桅子和他都是一种羞辱，一个多小时前，是他自己亲口对桅子说的，发信息的原因，不过是为了玩味一份对自己而言没有危险的暧昧。

这是怎样的一次相见？十多年前，他负了桅子；十多年后，桅子求到他面前，他再一次负了人家。

他忘不了刚才黄桅子把口琴砸在桌子上的眼神，冰凉、绝望，却又像暗夜里燃烧的怒火。

他差点就要脱口说出真话——其实他给她发的每一条信息，并不是什么暧昧、什么安全，他只是想让她知道，万一再碰到难熬过的坎，有他在。他知道她这么多年过得并不好，单身女人，带一个未婚生的儿子，怎么可能好？

但他不敢，因为那个该死的科室老大在电话里说——我们搭档十多年，我是她老大，我比你更懂她，你给她一条退路，她就会全心全意只想一件事，死。你不给她退路，她就会为了多谷争取一次活下去的机会。

那一刻，白河心中充满醋意，他更懂她？他想问他，你们一起在月光下坐在山岗上吹过夏夜的风吗？你们一起手牵手相约过庆祝高考胜利吗？

但他问不出口，生死大事，容不得他小情小调、小酸小醋的小心思。

他只有按桅子的老大说的去做，哪怕这样会让他在黄桅子面前变成一堆臭狗屎。

也许是感受到了白河心底的不甘，桅子的老大在那边轻轻叹口气，说，听我的吧，你们家的桅子，需要下猛药才能活过来。

你们家的桅子，多动听，是的，桅子是他的亲人，是他们家的桅子，白河的心底流过一阵暖流。

他要桅子活着。

流量控制的原因，飞机一直没有动，白河呆坐了好半天，想了想，终于还是拿出了手机，慢而坚决地输入两个字，给桅子发了过去。

登机。

很快，手机震动了一下。

是桅子回过来的信息，只有一个字。

滚。

白河笑起来，他们家的桅子，亲爱的桅子，发出这个字时得多么愤怒啊。他可以想象出她咬牙切齿的样子、生龙活虎的样子、脸涨得通红的样子，那些通通都是一个人有力气、有决心在这世上好好继续活下去的样子。

真好。

白河想，再等个十几二十年，等他要死了，要走在她的前面了，他就可以告诉她了，他不曾想要任何暧昧，他要的、给的、所期待的，只是亲人的爱。想到这一点，白河真希望自己马上就可以死去，那他就可以早一点把这些告诉她，然后镜头感十足地要求桅子和那个鬼老大“还自己清白”。

还自己清白，呵呵，想到还有一个比自己被编排得更惨的葛蓝，白河忍不住笑出声来，眼前的视线却模糊了。

飞机开始缓慢滑行、加速，最后轰然离地，直向云天。

天气很好，白云朵朵如花，蓝天如洗。

白河副市长静静看着窗外一望无垠的云海，默默对着某一朵云说，桅子，你要好好的，我们都要好好的。

编排葛蓝的人当然也是老大。

对葛蓝，老大下的手比对白河狠，他不想这个人在黄桅子最后的时光里冒出来做上帝。这时候不搞搞葛蓝，都对不起他“老大”这个名号。

果然，当他告诉姓葛的他在人世间还有一个儿子时，姓葛的第一反应就是要飞回来、扑回来。哼，回来？也不想想，黄桅子顶着流言蜚语的这十四年是怎么过的，凭什么白白把儿子送给他葛蓝？

而且，老大最烦的就是这姓葛的玩意儿在电话那端顿时就哭开了，哪里像人家当副市长的白河，听着电话毫不慌乱、稳稳当当、滴水不漏。

他立即威胁他，要来认儿子可以，一并给黄桅子收尸。

葛蓝马上就㞞了，怯怯道，孩子……叫什么名字？

多谷。

多谷，对了，是多谷，葛蓝想起来了，他曾经和桅子相约过，以后结婚生孩子，女儿叫多米，儿子叫多谷。

她当初为什么不告诉我呢？葛蓝伤心地说，她太狠心了。

她狠心？明明是因为你是只长不大的泰迪，一个男人，能丢下未婚妻，和全家人逃到昆明去，还说她狠心？我也是佩服，凭你这本事，你就算活到老，也还是衔着奶嘴的货色。

葛蓝没心思听他恶心自己，只想着要见桅子。

老大根本不理会他，说，见桅子？她现在满世界找你，就等着把多谷交给他亲爹后，自己安心去寻死路。你是见她还是逼她死？

可我真想见桅子，她病了，她一个人，那么遭罪，我想看看她，安慰她。

老大听着，觉得这条泰迪还有点良心，他本来是想让葛蓝把手机给家人，然后搞出个葛蓝已经死了的假象出来，但是老大觉得这个桥段不太可行，万一桅子一轴起来，要去哭坟呢？不管怎样她和他总是生了个儿子出来的，且眼下人家表现还不错，咒人家死好像也不地道。

于是说，见可以，但你得让她不安心，不敢把儿子交给你。

葛蓝愣了，啥意思？

装呗。老大强忍住心头要作恶生乱的得意，说，你装成个头上生疮、脚下流脓的烂人，吃喝嫖赌、杀人放火，随便什么都行。越不是玩意儿越好，凭黄桅子的个性，绝对不会把儿子交给这种人。

葛蓝不干，好好的，儿子没见着，老子倒成了臭不可闻的烂人。

你不是烂人你还是好人啊？好人会丢下未婚妻和儿子十四年？你大爷。老大破口大骂。

好好好，我是烂人。葛蓝投降，只要能救桅子，你保证，这样做能救桅子。

我保证。老大斩钉截铁地答着，其实心里也够虚，不过想着自己替桅子摆了两个负心汉一道，还是很满意。

你们不入地狱，谁入地狱？

眼下，一切剧情都在老大的掌握中进行，黄桅子也明显表现出了一点斗志，老大觉得云开雾散，用梁山好汉的话来说，是十分受活，便吹着口哨进了病区，很快，便有病人家属兴奋地朝他围了上来。

在他们眼里，老大心情好，说明又有人给捞回来了，不管这人是谁家的，有人活过来就是好事，在血液科，每一个被挽救过来的生命都是对其他生命的加持。

这种加持，叫希望。

总有一天，黄桅子会明白，她的活着，也是对其他生命的加持。

·十二·

半个月隐秘的异地治疗休整后，黄桅子决定出发了。

老大取笑她，要不要写封遗书，或者告诉多谷点什么？

她白了他一眼，她目前的状态并不糟，打人和恨人的力气是有的。不知道老大从哪里给她搞到那么多血小板，白细胞也通过打升白针升了起来，就目前而言，她病情最大风险是出血和感染。但有了血小板和白细胞这两个保障，长途飞行对她来说不是大问题。

真正的问题是回来之后到底怎么办。

回来再说回来的事吧。老大站在机场安检口，拍拍她肩膀，轻描淡写地说，顶多是个死，你劝病人回家的时候，不也是这么说的吗？

她语塞。

知道自己很坏很坏了？他扬了扬眉头。

我……她有点愧疚，想说什么，却组织不出来。

没时间听你唠叨，天亮之前，我还要赶回去查房。你不在，我苦啊，得一个顶俩。记住，回来告诉我，那是棵什么树。老大说完，打着哈欠一摇一晃地往回走，那样子十足是累坏了。

去巴林没有直达的飞机，在迪拜机场转机时，靠窗而坐的黄栀子看到了机场外缘无边的沙，而跑道仿佛是在沙漠中抢出来的一道银色溪流，貌似随时会被沙吞噬，却神奇安全地延伸到前方。她想起了人体的血管和血脉，和那些与死神抢夺空间与时间的病人与战友。

黄栀子突然无比想念在科室里奋战的那些日日夜夜。这些年，她其实一直在和沙漠抢跑道，每一次病人和家属的配合和努力，都让她心存感激。

但总是有人不断打破这份珍贵的努力。

多谷三岁生日前后，她经手了一个病人，入院时血小板已经低到只有一个，基本相当于没了水龙头，只要出血，根本就止不住，小护士紧张得一再叮嘱病人要绝对卧床、绝对绝对卧床。病人倒好，一个不留神，和家属溜到医院门口的餐馆里去吃火锅，说是住院前好好吃一顿，慰劳慰劳，结果这一顿火锅还没吃完就肠道出血，拉上来抢救。家属吓得人都瘫了，跪在地上不停地哀求，医生，救救他，救救他，求你们了，只要能救活他，我们全家砸锅卖铁都愿意。

她和全科室的人全力以赴整整四天四夜，全血和血小板一袋一袋地冲，总算把人救了回来。第五天，刚消停，傍晚人又不见了。全科室正在天上地下地找，下面打电话说有人跳楼了，看病号服，应该是血液科的人。

病人是从晾衣台跳下去的，他也真能跳，三米高的铁丝网，也不知道哪儿来的力气和本事翻上去的。有那本事和勇气，好好治病啊，跳什么楼呢？之前整个科室的人都在围着他转，忙了四天四夜，为了要袋血小板，天天和输血科搞得跟打架抢人一样。如今，他却说死就死了。

治不起。家属面对科室人员的痛心，木然地说，人都在医院跳楼了，抢救的费用，收不收，你们看着办吧。

愤怒的黄桅子愣住了，她意识到自己或许又要担责了。这是她的病人，在医院跳了楼，家属不闹事就很好了，要人家付住院费，想都不要想。

至于谁来担责，也不用想。病人家属肯定觉得是医院和医生的责任。

那一次之后，黄桅子对病人基本就采取了听之任之的态度。治不治，你们定；上不上呼吸机，你们定；用不用抗生素，你们定。

医生，我们完全不懂，你帮我们定好不好？或者你告诉我们，有希望吗？有希望我们砸锅卖铁都治。

砸锅卖铁？黄桅子再也不相信这话了，她要是一路相信下去，砸锅卖铁的人就是她。

黄桅子对病人的态度从此转变，很多时候，对于要不要“冲一冲”，她的态度很冷静和决绝。不是害怕担责任，而是，她觉得，有时候，延长一段毫无意义的生命，本身就是一件毫无意义的事情。

她的态度在血液科影响了一部分医生和护士，也就是说，一部分人站在她这边，一部分人站在老大那边。

老大和她产生的所有分歧，症结都在这里，除了这个，他们是最亲密的战友。

老大曾经多次警告过她，不要自以为是，她的那句“延长一段毫无意义的生命，本身就是一件毫无意义的事情”完全是一个伪命题。因为，一段生命是否有意义，不该由医生和旁人来做出判断。

你的态度是一个风向标，它会像慢性的毒药，改变家属，改变我们医生、护士对生命的敬重，最可怕的是，它会改变我们攻坚克难的信心和决心。

黄桅子冷冷地看着老大，说，老大，言重了，区区小女子，没有那么大的能耐。

机舱外，起风了，黄桅子看到一层沙轻轻扬起，落在跑道上。

心咯噔一下，漏跳一拍，顿时有了点恍若隔世的清醒，她突然意识到，自己的态度，正是这风里覆盖跑道的沙。

好像，真错了……

转机间隙，她给老大打了个电话，说到银色的溪流、血管、跑道和沙，还有生命。老大呵呵笑，说，终于醒悟了，不容易啊，灭绝师太。那个，反正都要死了，潇洒点，打开流量上微信，给你看个东西。

她狐疑地打开流量和微信，看到无数新的信息，其中一个是她之前并不曾见过的群，叫熊猫侠，一共有一百多条未读信息。

她意识到了什么，点开它，“爬楼梯”快速浏览。

如她隐约猜中的，这是一个RH阴性血的微信群，群里所有人都在@她。

@桅子，我们都可以为你献血，不用急，我们帮你找合适的骨髓，为你捐血小板。

@桅子，你活着的意义，是能够用你的经验和医术救更多的人——包括我们每一个熊猫血的人。

@桅子，你成功了，我们所有熊猫血的人就再不会心生恐惧。

……

最后，她看到了一个头像，和老大的一模一样，是一片大草原。

“大草原”也@她了，说，宝贝，十月十八日，全科室等你回家。

她的回程时间是十月十八日。

黄桅子哭了，她一直以为她是独自一个人，一个与全世界都无关的人，却不知道在这个叫“熊猫侠”的群体里，她不光成了他们的重心，还是他们的宝贝。

桅子，看到了吗？你真的不应该放弃。老大的微信发了过来，第一，科室需要一个成功的病例，至今我们没有RH阴性血的干细胞移植病例。第二，病人们也需要有一个优秀的大夫帮他们打仗。第三，RH阴性血型的人本来就不多，死一个，就少一个，你有责任让自己活着。第四，关于钱和多谷，你的逻辑依旧是错的，你想想，如果时光倒回去几十年，你是愿意有一个妈，还是有一百万块钱？你这个缺心眼儿的婆娘。

看到这里，黄桅子“哧”地笑起来，真是“又哭又笑，小狗撒尿”。

她伸出手指，点了一个表情包回去，是一个小孩不停点头的表情，小孩是那么可爱，像极了多谷小时候的样子。天底下所有的孩子都一样美好，因为他们有一个共同的名字，叫“天使”。

关闭了流量，黄栀子站在巨大的落地窗前，心情复杂地注视着眼前这个阳光明媚的世界。

另一个空间里，老大也站在玻璃窗前，只不过他眼前已是晚霞满天。

十月十八日，栀子会不会回到科室来？从曾经权威的大夫，变成一个可怜巴巴等待救治的病人，这对栀子来说，不光需要信心和勇气，更需要抵抗住恐惧。巴林那一棵树，会不会给栀子力量？他觉得会，又担心不会。

这一刻，他知道，栀子的决定其实也是对他的加持，面对这么多次的生离死别，他心里也有心魔。无休止地打仗，是人都会累的，在崩溃的边缘，战友的支持远胜于人世间最强大的炮火。

手机响，是“泰迪”打来的。

栀子回来后，治疗费我出。

好。他冷冷地答，我知道你家钱多。

然后，葛蓝战战兢兢地说，他现在实在是有点怕惹着这个老大——我可不可以见栀子？她会原谅我吗？

老大没回答，挂了。他无法回答葛蓝，尽管他尽全力布了这盘棋，但他也看不透最后的棋局，就像他尽全力救每一个病人，但最后的结局是什么，他无法作答。

岁月是一条长长的河流，他只是努力清理淤堵的那个人，栀子也是，他们没有神赐的魔杖，他们唯有爱和信心，伴随着呼吸，生生不息。

把手机丢到沙发上，老大再一次深感疲惫，对面病房的玻璃窗把晚霞反射到他办公室的墙壁上，静默无声。没有栀子的争吵陪伴，没有栀子的并肩战斗，他真的很寂寞、很累。他想念栀子，想念这位战友兼朋友，只有他们自己知道，在生死边缘的爱和陪伴，恰恰与爱情无关，却远远比爱情深刻。

·十三·

两个小时的转机后，黄栀子登上去往巴林的航班，一个小时零二十分钟，巴林到了。

走出机舱，黄栀子也看到了金色的夕阳，它洒向大地，像炫目的佛光。

算一算，她出发时是清晨七点，经过九个小时的飞行和两个多小时的转机，到达时应该是傍晚。但她此刻却站在灿烂的阳光下，她从时光手里抢过来四五个小时的时差，这让她有点小小的兴奋。

谁说延长一段生命毫无意义？

有点疲倦的黄栀子决定休整半天。

坐在清真寺门口，黄栀子心如止水——已经到了巴林，她不急，她要有最充沛的状态，明天，明天再去看那棵树。

第二天早晨，导游带着黄栀子出发了。

你的手，真柔润。导游扶着她下车时，用古怪的中文发音准确地赞美她，像你们中国的宝贝，玉。

栀子看看自己的手，是的，它的确是宝贝，这双手救活过无数生命，在那些人的眼中，它的确是世间最珍贵的宝贝。

风沙有点大，迷了眼，等风稍停，远远地，黄桅子看到那棵树，在满目黄白色的沙漠里，在稀稀拉拉的草簇中，唯有它高高耸起，傲立在沙丘上，葱郁的绿色在清晨的白光与沙漠枯燥的色泽中显得无比惊艳，它的手臂伸得那么长，一部分主枝向上生长，像挥舞的手，又像一把撑起的巨伞，另一簇枝条则弯曲着绵延向低处，像一位和善的长者，正蹲下身伸出手来，对她说，来吧，孩子，站到我的手心里，我带你去看世界。

黄桅子远远看着它，心中涌起莫名的震撼和敬畏。她蹲下来，把手伸进沙里，向下，再向下。

干燥无比的沙里没有一丝丝水分，她拔出的手臂明显带着身体水分被抽走的痕迹，一片干裂的白色。

她想不出来，在这偌大一片沙漠和死亡的干涸中，这棵树，靠什么活。

导游看着她说，不用试了，这里根本就没有一滴水，我们走吧，再走近些。

不了。黄桅子站起身，摇摇头，呢喃，就这么远远望着就好……这棵树，它叫什么名字?

它是牧豆树。但是，全世界的人都叫它“生命之树”。到巴林，每个人都会来看这棵神奇的树，它很坚强很坚强，大家都爱它。导游说完，伸开双臂，像拥抱世界一样。

生命之树，呵呵。她摇头，无可奈何地笑了。原来她又被老大下了套，老大并不是不知道这棵树，他只是要她来完成一次洗礼，关于生命，以及坚强。

好吧，算你厉害。黄桅子在心里说，虽然我不确定回国后会做出怎样的决定，但我现在可以确定的是，关于之前的争吵，你是对的。

黄桅子拿出手机，很认真地拍下了这棵巨大的牧豆树，她要告诉老大，这棵树像她和他，她是不管不顾撑着伞的那一部分，而老大是俯身向下弯曲着的那一部分。这棵树让她懂得，生命不仅仅有宁折不弯的刚强，还有俯身敬畏的柔韧。

[访谈]

文学是灯光和星星

——万松浦访谈：专访肖勤女士

近期，万松浦书院网站对荣获第十四届“万松浦文学奖”的贵州省文联党组成员、副主席肖勤进行了采访。

采访者：万松浦书院网站海林

海：您大学毕业后，有十余年的时间一直在基层从事行政工作，是什么原因让您投身于文学创作?

肖：应该是来自童年的经历和阅读的习惯。我的父母是知青，我的童年是在一个远离城市的小山村度过的，那时候叫公社，没有电灯没有电视，我家里有一个收音机，可以收听一些广播，生活很枯燥也很乏味，但父亲是一个喜爱文学的人，会拿一大部分工资出来订阅报纸杂志以及买连环画，我童年最快乐的事情就是每个月拿到杂志和新书，然后对着字典阅读。大刀王五啊，七侠五义之类的，都是小时候读过的，因为喜欢读，到后来开始自己试着写。真正开始创作，是在基层工作时，仿佛童年的岁月又回来了，乏味、单调，而且很累很茫然，每天机械地重复着办公室和下乡的工作。我记得我看了一个笑话，城里人问一个放羊的小孩子。

问：放羊做什么？

答：卖钱。

问：卖钱来干什么？

答：娶媳妇。

问：娶媳妇做什么？

答：生娃。

又问：生娃做什么？

答：放羊。

我很担心自己会陷入那种不知道自己的理想和梦想在哪里的状态，于是开始更加努力地创作，我坚信文学是灯光和星星，有它的陪伴，人生会不一样。

海：您写过很多乡土题材的儿童文学作品，故土与仡佬族的文化对您的创作有什么影响？

肖：我创作的土壤和源泉都来自故土和当地多民族文化，贵州是一个多民族省份，西南地区的乡土文化和少数民族文化是取之不竭的资源。当年，我的中短篇小说集《丹砂》荣获第十届全国少数民族文学创作骏马奖，其中重要的获奖篇目《丹砂》《暖》《金宝》等，均来自我在乡村的经历和仡佬族文化给我的滋养。

海：国家正在推行乡村振兴战略，中国作协也提出“新时代山乡巨变创作计划”，您觉得这对于乡土作家来说提供了怎样的契机？

肖：我们正生活在一个伟大的时代，我们身边的乡村正发生着巨大的变化，短短十多年过去，我熟悉的那个乡村已经焕然一新，展现出前所未有的美丽景象。对乡土作家来说，在这么短的时间内见证发展、目睹巨变是一件非常幸运的事情，你不用花费半生的时间去看见、去思考，也不用在县志中去寻找百年前乡村的旧模样，一切都摆在我们面前，而“新时代山乡巨变创作计划”给所有行走在乡村大地上的作家和文学爱好者一个可能——用心用情去看、去感悟、去创作，最精彩的华章就在眼前。

海：城市化进程加剧，农民离开土地，进城务工，传统的乡村正在崩解，很多人的命运正在改变，在这大变革的时代，您用独特的女性视野关注老人、儿童、妇女等底层弱势群体，观照人生世相，您要用您的作品带给人们什么？

肖：文学是一盏灯，它有时照亮前方的路，有时照亮身后的路，照亮前方是给予方向的指引，照亮身后是提醒我们别丢下或落下那些重要的东西。我在乡村工作那十多年，的确是乡村空心化最严重的一段时期，所以我当时的目光多放在“386199”上，也就是妇女、儿童和老人，我希望通过作品，能让社会把更多温暖的目光关注到这些弱势群体上来，再细小的翅膀也渴望飞翔，再细小的青苔也渴望阳光，而文学可以给他们一缕风和一缕阳光，也可以提醒人们，当经济大踏步往前走、打工潮越来越汹涌的时候，乡村需要回望和呵护。很高兴的是，随着近十年来脱贫攻坚和乡村振兴工作的开展，农村大地发生了翻天覆地的变化，乡村又热闹起来，返乡创业的人越来越多，留守妇女、儿童、老人符号化的现象渐渐淡出，乡村正从“物的新农村”走向“人的新农村”。

海：您的儿童小说扎根乡土，文字空灵干净，人物率真，始终给人以向善向美的艺术追求。作品里的人物一般都有原型吗？

肖：也许有吧？但不具体，我自己的童年像雾里的梦一样，记不太清，又仿佛就在那儿，人物站在雾中。小时候除了跟父母生活在一个偏僻的小公社，假期的时候，母亲还会送我到外婆家，外婆家在一个很繁华的小镇上，比父母当知青的那个小公社热闹很多、大很多，我喜欢那里。但是，我的外公是一个特别严厉的人，我很害怕跟他在一起，但我外婆对我们特别好，每到过年，她会给我们生火熬糖、做麻糖，赶集的时候，她会砍几棵竹子，扛到集市上去卖……外婆家在一座小山上，屋子背后是茂密的松林，林子旁有一个宽阔的晒谷场，有月光的夜晚，晒谷场像一面泛着光的镜子。在山下，外婆家有一块田，就叫月亮田，我从小就喜欢月亮，也喜欢月亮田这个名字。我有一个小姨，只大我不到十岁，是个古灵精怪的家伙，整天给我讲一些鬼啊神啊的故事，我的童年几乎是被她给吓大的，但她也给我讲了一个特别美的童话，就是望月鳝的传说。我的儿童文学《外婆的月亮田》里描述的很多场景和细节就来自于此，但其余的自然是虚构的。文学来自生活，又超越生活本身。

关于文字的空灵干净，我始终认为，干净的文字表达的是一个作者将作品奉献给儿童读者时的慎重与敬重。说敬重，是因为儿童是未来，敬重他们如同敬重老前辈，我是用一种非常认真、非常虔诚的态度写儿童文学，希望每一行字都是闪着光的、都是干净美好的。也希望通过我的作品，给予儿童读者以某一种期待、祝福和美好品德的传承。比方说，《外婆的月亮田》里头，写了外婆与小竹儿的很多对话，都是简单又有哲理的，外婆说，家里从来就不是讲理的地方，一个屋檐下，一个强一个就要弱，一个硬一个就要软。小竹儿说，不，外婆，你不是经常说，做饭要有米，做事要讲理吗？外婆说，但是，“理”不是吵架啊，你外公倔起来的时候是不是像一桶炸药？小竹儿点头，然后外婆说，那世上能把炸药灭掉的是水呢，还是另外一桶炸药？小竹儿说水。外婆就说，对了，这个，也是理。小竹儿又问外婆，为什么外公经常凶外婆但是却拿小姨没办法，外婆说，你外公强了一辈子，就是块硬石头，可是小鸡蛋非要和大石头碰，大石头也只有让着小鸡蛋呀。小竹儿觉得自己好喜欢和外婆说话，外婆的话她听不太懂，但就是觉得奇妙，觉得美好。再比如外婆教小竹儿挖冬笋，说，没有笋子就没有这一山绿油油的竹子，竹子就是笋子，笋子就是竹子，一代一代，一辈一辈。小竹儿怕外婆老去，外婆又说，小竹儿现在是笋子，以后也会变成竹子，也会老，挖笋不伤根，世代传下来的规矩，小竹儿记住了，守住了这片竹林，外婆就还在，小竹儿、小竹儿以后的小竹儿就都会还在。

海：能谈一谈您近期的创作打算吗？

肖：最近在创作一部叫《全科医生红医魂》的小说，

讲述抗战结束后中国共产党创建的第一所医学院校——遵义医科大学半个世纪以来为国家建设和发展、为中国西南地区医疗卫生事业培养大量优秀的医务人才，为脱贫攻坚和乡村振兴培养大量基层全科医生的一部纪实文学。这所大学其实和山东也有一些关系。当年解放战争前夕，罗荣桓带领山东的部队进入东北，随行到东北的有著名的医学家、革命家黄农，他到大连后，受党的指派，隐藏共产党员身份，更名为王布君。在大连他做了两件事，一是接收大量日本人战败撤退后留下来的医院，清理和收集药品和医疗器械；二是创建中国共产党的第一所正规医学院校——大连医学院，为解放战争储备战地医务人才。后来，大连医学院在“三线建设”期间，又在国家号召下，全部南迁到遵义，后来更名为遵义医科大学。在南迁过程和遵义期间，书写和留下了太多太多感人的故事。

海：好的，肖老师，非常感谢您能接受我的采访！谢谢。

图书在版编目（CIP）数据

肖勤作品精选集 / 肖勤著. -- 南宁：广西民族出版社，2024. 10. --（全国少数民族文学创作骏马奖获奖作家作品精选集 / 东西主编）. -- ISBN 978-7-5363-7838-4

I. I247. 7

中国国家版本馆CIP数据核字第20243HE778号

全国少数民族文学创作骏马奖获奖作家作品精选集

肖勤作品精选集

XIAOQIN ZUOPIN JINGXUANJI

东西　主编

出 版 人：石朝雄
项目统筹：吴柏强
项目协调：白　煜　吴桐言
责任编辑：陶安宁　蓝雪玲
装帧设计：张文昕
责任校对：黄淋冬
责任印制：梁海彪　张东杰
出版发行：广西民族出版社
地址：广西南宁市青秀区桂春路3号　　邮编：530028
电话：0771-5523216　　传真：0771-5523225
电子邮箱：bws@gxmzbook.com
印　　刷：广西民族印刷包装集团有限公司
规　　格：889毫米×1194毫米　　1/32
印　　张：12
字　　数：250千字
版　　次：2024年10月第1版
印　　次：2024年10月第1次印刷
书　　号：ISBN 978-7-5363-7838-4
定　　价：58.00元